토니 얼리는 삶을 이루는 갖가지 소소한 사건들에 주목하고 대수롭지 않아 보이는 순간들을 한데 모아 하나의 작품으로 완성해냈다. 소년과 그 가족의 삶은 마을 전체가 뿜어내는 환한 불빛처럼 독자의 마음속에서 빛날 것이다. **뉴스위크**

힘 있고 감동적인 소설. 『소년 짐』은 잔잔한 호수 한가운데에 떨어져 아름다운 물결을 만들어내는 조약돌 같다. **블룸즈버리 리뷰**

토니 얼리는 명료함, 균형감, 편안함이라는 예술의 기본 원칙으로 회귀하려는 용기를 지닌 작가다. 『소년 짐』은 '대작'은 아니지만 '좋은 작품'임에 틀림없다. 여기서 '좋은 작품'이란 말은 '뛰어난 작품'이란 말보다 더 고귀한 찬사다. **뉴욕 타임스 북 리뷰**

작은 보석 같은 데뷔작. 얼핏 단순해 보이면서도 부드럽고 사랑스러운 문장으로 가득 차 있다. 『소년 짐』은 독자들의 상상 속에 영원히 남을 탄탄한 작품이다. **USA 투데이**

섬세하고 미묘한 힘을 가진 작품. 특정한 시대와 장소에 살았던 한 소년의 이야기를 아름답게 그려낸 『소년 짐』은 시간과 공간을 초월하여 이 세상의 모든 청소년에게 공감을 불러일으킬 것이다. **디 어니언**

토니 얼리는 차분한 태도로 한 소년과 한 가족, 그리고 아주 작은 한 마을을 조명한다. 뿐만 아니라 섬세한 함축을 통해 그 작은 집단을 초월하여 넓은 세상까지 비춘다. **앤드리아 배릿(작가)**

『소년 짐』은 조용히 완성된 마법과 같다. 토니 얼리는 소년 짐이 살던 세상, 그리고 앞으로 변할 세상의 모습을 한 편의 매력적인 이야기로 솜씨 좋게 만들어냈다. **시카고 트리뷴**

소년 짐

JIM THE BOY
by Tony Earley

Copyright ⓒ Regal Literary Inc., 2000
Korean Translation Copyright ⓒ MUNHAKDONGNE Publishing Corp., 2011
All rights reserved.

This Korean edition is published by arrangement
with Regal Literary Inc. through Shin Won Agency, Seoul.

이 책의 한국어판 저작권은 신원 에이전시를 통해
Regal Literary Inc.사와 독점 계약한 (주)문학동네에 있습니다.
저작권법에 의해 한국 내에서 보호를 받는 저작물이므로
무단 전재 및 무단 복제를 금합니다.

이 도서의 국립중앙도서관 출판시도서목록(CIP)은
e-CIP 홈페이지(http://www.nl.go.kr/ecip)와
국가자료공동목록시스템(http://www.nl.go.kr/kolisnet)에서 이용하실 수 있습니다.
(CIP제어번호: CIP2011002212)

소년 짐

토니 얼리 장편소설 ― 정회성 옮김

문학동네

세라 캘리포니아에게

"나는 이곳 헛간이 좋아." 윌버가 말했다.
"나는 이곳의 모든 점이 마음에 들어."

E. B. 화이트, 『샬롯의 거미줄』 중에서

 차례

프롤로그

노스캐롤라이나 주, 린스 마운틴
애머스 글래스 귀하

친애하는 글래스 씨께

귀하의 아들인 짐 글래스가 스물세 살을 일기로 하나님 품에 돌아갔다는 소식을 비통한 심정으로 전합니다. 일주일 전 아침, 짐은 제초 작업을 하러 혼자 목화밭에 나갔습니다. 그런데 정오가 되어도 돌아오지 않았습니다. 제 동생 알이 밭에 쓰러져 있는 짐을 발견했을 때는 이미 숨을 거둔 뒤였습니다. 의사 말로는 심장마비가 일어났고, 그 때문에 고통은 길지 않았을 거라고 합니다. 짐의 어머니도 비슷한 이유로 젊은 나이에 세상을 떠나셨다고 들었습니다. 한 인간이 일생에 이 같은 소식을 두 차례나 듣는 것이 얼마나 비통한 일인지 알고 있습니다. 더욱 깊은 애도를 표합니다.

아시다시피 짐은 시시라 불리는 제 누이동생 엘리자베스와 결혼했습니다. 남편을 잃은 시시는 무척 힘들어했고 건강도 나빠졌습니다. 지난 몇 년간 귀하와 짐의 관계가 소원했던 까닭에 누이동생은 제게 짐의 장례가 끝날 때까지 귀하에게 편지를 보내지 말아달라고 부탁했습니다. 저는 짐의 아내이자 제 누이동생인 시시의 뜻을 존중하기로 했습니다. 저는 누이동생의 바람대로 짐이 쓰러진 밭에서 기독교식으로 장례를 치르고, 그가 마지막으로 지상에 머문 장소에 아담한 비석과 그곳을 세상으로부터 보호할 울타리를 세웠습니다. 유감스러운 것은 귀하께서 짐과 관련된 여러 가지 문제에 대한 오해를 미처 풀지 못하셨다는 것입니다. 저는 짐을 친형제처럼 사랑할 수 있었던 것에 대해, 그가 우리 가족의 구성원으로 지냈던 소중한 시간에 대해 하나님께 감사드립니다. 하지만 막상 슬픔 속에서 지난 시절을 떠올리니 좀더 너그럽고 따뜻하게 짐을 대하지 못한 것 같아 후회도 됩니다. 아무쪼록 그가 세상을 떠나면서 제게 서운함을 느끼지 않았기를 바랍니다.

글래스 씨, 이제 슬픈 소식은 그만 전하겠습니다.

저는 오늘 귀하에게 이 세상에서 가장 행복한 소식도 전해드리려고 합니다. 어제 시시가 아들, 그러니까 귀하의 손자를 낳았습니다. 누이동생은 아이의 아버지를 기리는 뜻으로 아이에게 짐 글래스라는 이름을 붙여주었습니다. 짐은 금발에 울음소리가 우렁찬 건강한 아이입니다. 몸무게도 제법 나갑니다. 우리 가정에는 여전히 슬픔의 그림자가 짙게 남아 있지만 짐의 탄생은 우리의 삶은 계속 이어진다는 것을, 그리고 우리가 비록 슬픔 속에 있고 하나님의 계획을 알지 못한다 할지라도 그분의 사업을 계속해나가는 것이야말로 그분의 뜻임을 우리에게 알려주었습니다. 짐이 울 때마다 저는 그 울음소리가 하나님이 우리를 사랑하신다는 암시이자 우리 모두 각자의 자리에서 최선을 다하라는 명령이라고 생각합니다(만약 짐이 없다면 슬픔이 얼마나 클지 저로서는 도저히 상상할 수 없습니다). 앞에서도 말씀드렸듯 시시는 건강이 좋지 않아 지금은 손님을 맞을 수 없는 상태입니다. 하지만 조만간 귀하께서 손자를 만나는 날이, 우리에게 그랬듯 아이가 귀하의 슬픔을 걷어낼 날이 곧 찾아왔으면 합니다.

글래스 씨, 저는 정성을 다해 짐을 키울 것을, 그리고 아이의 아버지가 바랐을 그런 사람으로 아이가 자라는 모습을 하나님의 은총으로 보여드릴 것을 당신께 약속드립니다. 짐은 선량한 기독교인이었고 성실한 일꾼이었습니다. 짐은 귀하의 일부였지만 우리의 일부이기도 했습니다. 짐의 이름은 그의 아들이 이 대지에 두 발을 딛고 있는 한 모두의 기억에서 사라지지 않을 것입니다.

부디 이 편지가 귀하에게 잘 전달되기를 바랍니다. 또한 이 편지에 적힌 기쁜 소식 하나가 지금 귀하가 겪고 있을, 저로서는 상상조차 할 수 없는 슬픔을 조금이나마 덜어주기를 기도합니다.

1924년 6월 16일

짐의 처남, 제노 맥브라이드 드림

Jim the Boy

제1부

생일을 맞은 짐

아침식사

밤사이 기적 같은 일이 일어났다. 짐의 나이에 숫자 하나가 더 붙은 것이다. 어제 잠들었을 때 짐은 아홉 살이었다. 그런데 일어나니 열 살이 되어 있었다. 그 보태진 숫자는 딴딴한 근육처럼 묵직했고, 짐은 그것이 꼭 근사한 상 같다고 생각했다. 외삼촌들의 나이에는 숫자가 두 개씩 들어 있었는데, 이제는 짐의 나이에도 숫자가 두 개 들어 있게 되었다. 짐은 미소를 지으며 기지개를 켰다. 그러고는 코를 쿵쿵거리며 장작 타는 냄새, 비스킷 굽는 냄새, 차갑고 촉촉한 이슬 냄새 같은 아침 냄새를 맡았다. 창밖의 어슴푸레한 햇빛이 방을 기웃거리고, 방 안의 엷은 어둠이 밖을 내다보고 있었다. 귀뚜라미 한 마리가 자장가를 부르며 잠을 청했다. 녀석은 밤새도록 일해 피곤한 모양이었다. 짐은 고대

하던 날을 맞이하기 위해 자리에서 벌떡 일어났다.

엄마가 오븐 뚜껑을 행주로 잡고 열었다. 엄마는 키가 크고 얼굴은 창백하지만 무척 아름다웠다. 그리고 목은 하얗고 길었다. 엄마는 서른 살도 채 안 된 나이지만 외할머니에게서 물려받은 긴 검정 스커트를 입고 있었다. 그렇다고 그 때문에 엄마가 나이 들어 보이는 것은 아니었다. 오히려 가족들이 엄마로 인해 마치 오래된 사진 속에 들어가 있는 것 같은, 어떻게 행동해야 할지 모르겠는 이상야릇한 기분을 느꼈다. 요 며칠 동안 엄마는 외할머니의 기다란 옷을 입었다. 짐은 문을 살짝 열고 나갔다.

"일어났구나. 생일 축하한다!" 엄마가 말했다.

짐의 마음은 산들바람에 실린 종이 조각처럼 공중으로 날아올랐다 금세 바닥에 내려앉았다. 엄마가 안쓰럽게 느껴졌고, 꼭 어두컴컴한 배 속 한가운데 들어와 있는 듯한 느낌이 들었다. 아빠의 죽음은 엄마의 마음에 깊은 상처를 남겼다. 그리고 그 상처는 오래도록 아물지 않았다. 엄마는 늘 슬픔의 쟁기를 끌고 다녔다. 외삼촌들, 교회 아주머니들 그리고 마을 사람들은 그 쟁기를 제자리에 놓아두도록 엄마를 설득하는 노력을 오래전에 포기했다. 그들은 엄마가 지나간 자리에 남은 슬픔의 깊은 고랑을 건너거나 그 안을 걷는 데 점점 익숙해졌다. 짐은 그저 엄마가 슬퍼한다는 것, 그리고 엄마의 슬픔이 어떤 것인지 자신이 어느 정도

짐작한다는 것만을 알 뿐이었다. 엄마가 짐에게 키스하려고 몸을 숙이자 엄마의 볼에서 갓 파낸 묘지의 흙처럼 달콤하고 슬픈 라일락 향기가 풍겼다.

"오, 짐. 어떻게 네가 열 살이 되었을까?"

"저도 모르겠어요, 엄마." 짐이 대꾸했다. 사실이었다. 엄마가 놀란 만큼 짐도 자기가 열 살이라는 사실에 놀랐다. 짐은 십 년 동안 존재해왔고, 짐 글래스라는 똑같은 이름의 아버지는 십 년 하고 일주일 동안 이 세상 사람이 아니었다. 아침을 먹기 전, 짐은 이런저런 생각을 했다.

엄마가 오븐에서 꺼낸 비스킷을 밀짚 바구니에 담았다. 짐은 그 바구니를 들고 식당으로 갔다. 기다란 식탁에 외삼촌들이 둘러앉아 있었다.

"이게 누구신가?" 코란 삼촌이 말했다.

"나는 모르겠는걸." 알 삼촌이 말했다.

"누군지는 모르지만 이상하게 생겼네." 이번에는 제노 삼촌이었다.

"다들 제가 누군지 아시면서 왜 이러세요?" 짐이 말했다.

"우리는 네가 누군지 모르겠는걸." 코란 삼촌이 말했다.

"짐이라구요."

"만나서 반갑다, 짐." 알 삼촌이 말했다.

"그만 좀 놀리세요." 짐이 말했다.

외삼촌들은 모두 키가 크고 말랐으며 어깨가 떡 벌어진 데다 손이 큼지막했다. 그들은 매일 아침 스무 개가 넘는 비스킷, 열두어 개의 계란 프라이, 커다란 접시에 가득 담긴 햄을 먹어치웠다. 주전자의 블랙커피와 커다란 잔에 담긴 우유도 금세 동이 났다.

"그 비스킷, 우리 먹으라고 가져온 거니?" 제노 삼촌이 물었다.

짐은 고개를 끄덕였다.

"그럼 이제 자리에 앉으럼."

짐은 모든 면에서 외삼촌들을 닮으려고 애썼다. 그는 토할 것 같은 기분이 들 때까지 비스킷과 계란 프라이를 먹었다. 보다 못한 제노 삼촌이 "녀석, 그러다 배 터지겠다"고 말하자 그제야 짐은 형벌을 면제받기라도 한 듯 재빨리 포크를 내려놓았다.

외삼촌들 중 맏이는 제노 삼촌으로, 마흔 살도 넘을 만큼 꽤 나이가 많았다. 코란 삼촌과 알 삼촌은 쌍둥이였다. 둘은 서로 닮지 않았다고 박박 우겼다. 물론 사실이 아니었다. 그들과 잘 아는 사이여도 둘을 구별하기 힘들었다. 그들이 사는 집 또한 똑같은 모양이었다. 하지만 그에 대해 아무도 이상하게 여기지 않았다. 알 삼촌과 코란 삼촌 둘 다 젊었을 때 집을 지었다. 하지만 제노 삼촌과 마찬가지로 모두 결혼을 하지 않았다. 외삼촌들의 집에는 가구 같은 것도 거의 없었다. 제노 삼촌의 집에만 겨우 오븐이 하나 있을 뿐이었다.

엄마는 외삼촌들을 위해 요리와 청소를 했다. 엄마가 집안일이 너무 벅차다고 말하자, 외삼촌들은 엄마를 도울 여자를 고용했다. 코란 삼촌은 조면소*와 사료 가게를 운영했다. 알 삼촌은 농장을 경영했다. 제노 삼촌은 알 삼촌과 함께 농장에서 일하면서 토요일 오전에는 제분소를 운영했다. 가장인 제노 삼촌은 가족을 돌보았다. 물론 외삼촌들 사이가 틀어질 때도 있었다. 그럴 때면 알 삼촌과 코란 삼촌은 저녁식사를 마치자마자 곧장 자기 집으로 가버렸다. 그러고는 저마다 난롯가나 현관 앞에 앉아서 화가 가라앉을 때까지 아무 말도 하지 않았다. 그러나 그런 일은 어쩌다 있을 뿐이었고, 대체로 식구들은 잘 어울려 지냈다. 집 안에서 거친 말소리가 나면 짐은 아마 몹시 낯설게 느낄 터였다.

"저녁때까지도 배가 꺼지지 않겠어요." 짐이 배를 톡톡 두드리며 말했다.

"꽤나 많이 먹은 모양이구나." 코란 삼촌이 말했다.

"많이 먹어야죠. 이젠 열 살이잖아요." 짐이 으스대듯 말했다.

"아, 맞아. 열 살이지." 알 삼촌이 말했다.

---

* 기계로 목화의 씨를 빼거나 솜을 트는 곳.

"이젠 외삼촌들과 함께 일하러 갈 때가 되었다고 생각해요." 짐이 말했다.

"흠." 제노 삼촌이 잠시 뜸을 들였다.

"제 생각엔 옥수수밭 제초 작업을 거들 사람이 필요한 것 같은데요."

"우리는 솜씨 좋은 일꾼이 필요해. 짐, 너는 스스로 솜씨 좋은 일꾼이라고 생각하니?" 제노 삼촌이 물었다.

"네, 삼촌." 짐이 재빨리 대답했다.

"일하는 게 겁나지 않아?"

"전혀 겁 안 나요."

"그래? 너희 생각은 어떠냐?" 제노 삼촌이 알 삼촌과 코란 삼촌을 향해 물었다.

두 사람은 서로의 얼굴을 쳐다보았다. 잠시 후 코란 삼촌이 한쪽 눈을 찡긋했다.

"내 생각엔 잘할 것 같은데, 형." 알 삼촌이 말했다.

"그래? 좋아. 그럼 얼마나 잘하는지 일을 한번 시켜보자." 제노 삼촌이 말했다.

김매기

아침식사가 끝나자 코란 삼촌이 가게 문을 열기 위해 자리를 떴다. 짐은 제노 삼촌과 알 삼촌을 따라 트럭을 타고 농장으로 향했다. 짐은 트럭 화물칸에 서서 한 손으로 밀짚모자를 쥐고 운전석 지붕 너머를 바라보았다. 이른 아침의 세상은 미완성인 채 갓 탄생한 것처럼 보였고, 이슬을 머금은 공기도 이제 막 만든 것처럼 신선했다. 강가의 낮은 지대에는 안개가 잔뜩 끼어 있었다. 안개는 방황하는 유령처럼 나무들 사이를 이리저리 흘러다녔다. 떠오르는 태양 속으로 빨려들어갈 듯 간선도로가 쭉 뻗어 있었다. 이윽고 도로에서 떨어져 솟아오른 태양은 까마득히 멀리 있는 것처럼 느껴졌다. 어느새 하늘은 푸른빛을 띠었다. 짐은 괜스레 웃음이 나왔다.

강기슭에 이르자 일꾼 다섯 명이 짐 일행을 맞았다. 흑인인 그들은 새 학교 뒤편 언덕 위의 숲 속에 살고 있었다. 일꾼들은 별다른 말도 없이 트럭 뒤로 가서 괭이를 꺼냈다. 짐은 괭이 중에서 가장 새것을 집어들었다. 니스 칠이 된 자루는 반짝반짝 윤기가 흘렀고 날은 녹슨 곳 하나 없이 깨끗했다.

제노 삼촌이 고개를 저으며 말했다. "그 괭이는 에이브러햄 씨에게 주거라."

에이브러햄은 머리가 하얗게 센 노인이었다. 그는 한 병사가 자신에게 이제 자유의 몸이 되었다고 말해준 날을 생생하게 기억하고 있었다. 그는 언덕에 살고 있는 사람들에게 아버지나 할아버지 같은 존재였다. 하지만 짐은 괭이를 에이브러햄에게 넘겨주고 싶지 않았다.

"저는 이 괭이를 쓰고 싶은데요." 짐이 말했다.

"저는 이것을 쓰겠습니다." 에이브러햄이 제노 삼촌에게 말하며 트럭 뒤에 남아 있는 괭이를 꺼내들었다. 자루가 반쯤 부러진 괭이였다. 다른 괭이는 사람들이 전부 집어가 남은 것은 그것뿐이었다.

"그 괭이는 짐에게 주세요." 제노 삼촌이 그렇게 말하고는 짐에게서 괭이를 빼앗았다. 에이브러햄이 자루가 부러진 괭이를 짐에게 건넸다. 짐은 더이상 아무 말 안 하는 게 낫겠다고 생각했다.

"자, 김매기를 시작합시다." 제노 삼촌이 말했다.

"점심 드실 때쯤이면 그 괭이를 쓰게 된 걸 다행스럽게 생각할 겁니다. 가볍지만 튼튼한 괭이거든요." 에이브러햄이 말했다.

짐은 화가 났다. "저는 바보가 아녜요. 오늘로 열 살이라고요."

"오, 그러시군요." 에이브러햄이 말했다.

짐은 외삼촌들과 일꾼들을 따라서 축축한 풀밭을 지나 강기슭 끝으로 걸어갔다. 젖은 풀 때문에 작업복 바지 밑부분이 축축했다. 맨살에 달라붙은 옷이 무척 차가웠다. 이윽고 옥수수밭에 다다른 일행은 한 사람씩 차례로 대열을 벗어나 두 줄 간격으로 자리를 잡고 섰다. 이제부터 그들은 각자 한 이랑의 끝에서부터 그 옆 이랑의 끝까지 U자를 그리며 괭이질을 할 터였다. 두 이랑의 잡초를 모두 뽑은 사람은 대열의 맨 끝으로 가서 또다시 시작하면 되었다. 이런 식으로 옥수수밭 전체의 잡풀을 뽑을 계획이었다. 짐은 제노 삼촌 옆자리의 두 이랑을 맡았다.

옥수수는 외삼촌들에게는 무릎 높이, 짐에게는 허리 높이까지 자라 있었다. 옥수수밭은 삼십 에이커쯤 되어서 잡초를 모두 뽑으려면 여러 날이 걸릴 터였다. 김매기가 끝나면 알 삼촌이 노새를 몰고 와서 고랑을 쟁기질할 거고, 그렇게 잡초 없이 깔끔해지면 옥수수가 더 잘 자랄 것이었다. 여름이 끝날 무렵 옥수수가

실하게 여물면 시장에 내다 팔기도 하고, 더러는 가루로 빻아놓거나 노새에게 먹이기도 할 터였다.

제노 삼촌이 짐이 맡은 이랑으로 건너왔다. 짐의 볼이 빨개졌다. 자신을 지켜보고 있는 일꾼들의 시선이 느껴졌다.

"이렇게 해야지. 옥수수에 닿지 않게 조심하면서 괭잇날을 풀의 뿌리 부분에 박았다가 힘껏 잡아당겨야 해. 그래야 풀이 뿌리째 뽑히지." 제노 삼촌이 말했다.

"저도 알아요." 짐이 퉁명스레 대답했다.

"그럼 어디 한번 해봐라."

짐은 자그마한 잡초 무더기를 겨냥해서 괭이를 내리쳤다. 하지만 괭잇날이 그만 옥수수 밑동에 박혀버리고 말았다. 옥숫숫대가 나무처럼 천천히 쓰러졌다. 짐의 귀에 일꾼들의 웃음소리가 들렸다.

"매 한 대감이다." 제노 삼촌이 말했다.

제노 삼촌은 단 한 번도 짐에게 매를 든 적이 없었다. 하지만 짐은 삼촌이 혹시라도 매를 들까봐 겁이 났다. 제노 삼촌은 짐이 여태까지 벌어놓은 매가 몇 대인지 계산하듯 걸핏하면 큰 소리로 수를 세곤 했다. 어떤 때는 매의 수를 장부에 적어두었다고 엄포를 놓기도 했다. 그리고 어쩌다 짐이 착한 일을 하면 매의 수를 하나 뺐다고 말했다. 하지만 짐의 생각에는 말로만 그럴 뿐

실제로는 수가 더 느는 것 같았다.

"괭이자루가 짧아서 그래요." 짐이 말했다. 부러진 자루 끝이 창처럼 날카로웠다.

제노 삼촌은 한쪽 무릎을 땅에 대고 짐의 얼굴을 바라보았다. "짐, 너랑 그 괭이에 대해서 이러쿵저러쿵 말다툼할 시간도, 네 변명을 들을 시간도 없다. 내 일을 거들고 싶니, 아니면 집에 가고 싶니?"

"삼촌 일을 거들고 싶어요." 짐이 대답했다.

"그래? 좋아. 그럼 잘 봐라."

제노 삼촌은 짐이 뽑아내지 못한 잡초 무더기에 괭잇날을 박고는 홱 잡아당겼다. 잡초는 깔끔하게 뽑혀나왔다. 삼촌은 잡초를 고랑 쪽으로 던졌다.

"이제 네가 해봐라."

짐은 삼촌처럼 괭잇날을 놀려 토끼풀 한 무더기를 파냈다. "잘했어. 그 괭이도 쓸 만하네 뭐." 제노 삼촌이 말했다.

제노 삼촌은 자기 이랑으로 다시 돌아갔다. 일꾼들과 알 삼촌은 어느새 몇 미터 앞서가고 있었다. 알 삼촌이 제일 앞서 있었다. 외삼촌들은 무슨 일에서든 남에게 지는 걸 싫어했다. 짐도 지는 건 싫었다. 짐은 에이브러햄보다 먼저 밭이랑 끝에 도착하기로 마음먹었다. 그러면 점심을 먹은 뒤 제노 삼촌이 부러진 괭이를 에이브러햄에게 줄 것이다. 어쩌면 에이브러햄에게 집에 돌아가라고 말할지도 모른다.

짐은 고개도 들지 않은 채 열 대의 옥수숫대 주변에 난 잡초들을 괭이로 깨끗이 뽑아냈다. 그러고는 잡초를 한쪽에 쌓아놓았다. 열번째 옥수숫대 주변에는 잡초 뿌리가 너무 깊이 박혀 있어서 괭이질을 해도 소용이 없었다. 짐은 한참 동안 씨름한 끝에 무릎을 꿇고 양손으로 힘껏 풀을 잡아당겼다. 하지만 풀은 꿈쩍도 하지 않았다. 짐은 괭이자루의 날카로운 부분을 잡초 옆에 깊이 박았다. 그런 다음 자루를 지렛대처럼 이용하여 뿌리를 통째로 뽑으려고 애썼다. 하지만 여전히 생각처럼 되지 않았다. 짐은 잡초를 움켜쥔 채 몇 차례 끙끙거린 끝에 마침내 뿌리째 뽑아냈다. 짐은 잡초 무더기가 트로피나 커다란 물고기라도 되는 듯 번쩍 들어올렸다. 잡초 뿌리에는 고양이만 한 흙덩이가 붙어 있었다. 짐은 사람들이 자기를 자랑스럽게 바라보고 있을 거라고 생각하며 주위를 둘러보았다. 하지만 아무도 없었다. 벌써 모두 한참 앞으로 가버린 것이다. 짐이 자리에서 일어나자 사람들의 모습이 보였다. 외삼촌들과 일꾼들은 짐보다 구십 미터가량, 아니 그보다 훨씬 앞서 있었다. 모두 느릿느릿 괭이질을 하며 한 걸음씩 나아갔다. 맨 앞에 있는 사람은 여전히 알 삼촌이었다. 제노 삼촌과 에이브러햄은 이등 자리를 놓고 경합을 벌이는 중인 것 같았다.

짐은 돌아서서 이랑이 시작되는 지점을 바라보았다. 침을 뱉으면 닿을 것처럼 가까워 보였다. 짐은 다시 시선을 돌려 멀리 떨어진 이랑의 끝을 바라보았다. 강가의 숲은 달만큼이나 까마득해 보였다. 외삼촌들은 짐보다 한참 앞서긴 했지만 아직 밭 전체의 사분의 일도 가지 못했다. 아무리 열심히 제초 작업을 한다고 해도 각자 맡은 이랑 하나조차 제대로 끝낼 수 있을 것 같지 않았다. 끝낼 수 없을 줄 뻔히 알면서 여행을 시작한 셈이었다. 짐은 울상을 지었다. 울음 덩어리가 배 속에서 구름처럼 부풀어 오르는 것 같았다.

짐은 울려고 하는 자신에게 화가 났다. 그래서 뱀을 죽일 때처럼 괭이로 땅을 찍었다. 괭이를 내리칠 때마다 나팔꽃, 잡초, 클로버 등이 잘려나갔다. 짐은 마구 괭이질을 하다가 옥수숫대를 또 쓰러뜨렸다. 배 속에 갇혔던 울음 덩어리가 목구멍 밖으로 빠져나와 짐에게만 들리는 작고 희미한 소리를 내며 잠깐 동안 허공에 머물렀다.

외삼촌들과 일꾼들은 김을 매면서 점점 더 멀어져갔다. 짐은 옥수숫대를 하나 더 쓰러뜨린 걸 제노 삼촌이 알고 혼낼까봐 조마조마했다. 삼촌이 화를 낼 것을 생각하니 무서웠다. 짐은 무릎을 꿇고 손으로 자그마한 구덩이를 판 뒤 옥수숫대를 세워 넣고 흙을 메웠다. 그런 다음 옥수숫대가 똑바로 서도록 흙을 다졌다.

짐은 괭이를 집어들고 팔등으로 코에 흐르는 땀을 훔치고는 작업복 바지에 쓱 문질렀다. 마음이 조금 가라앉는 듯했다. 짐은 점심때까지 김매기를 계속하기로 마음먹었다. 그 전에 집에 돌아갈 방법은 떠오르지 않았다. 하지만 짐은 식사를 마친 뒤 자신이 원하지 않으면 제노 삼촌이 굳이 다시 일을 시키지 않으리라는 걸 알고 있었다.

짐은 김매기를 시작한 지점을 향해 돌을 던졌다. 지금까지 얼마나 일을 했는지 알고 싶었기 때문이다. 짐은 어떤 것이 자기와 얼마나 떨어져 있는지 궁금하면 돌을 던져서 거리를 측정하곤 했다. 그런데 방금 던진 돌은 납작하고 가벼운 데다 한쪽 면이 뭉툭해서 제대로 날아가지 못했다. 짐은 던지기에 적당한 돌을 찾으러 주변을 돌아다녔다. 강기슭의 흙 속에서 그런 돌을 찾기가 쉽지는 않았다. 짐은 네다섯 개의 돌을 주워서 아까처럼 던졌다. 돌은 일을 시작한 지점에 훨씬 못 미친 곳에 떨어졌다. 그러고 보면 일을 꽤 많이 한 셈이었다. 짐은 흡족한 표정으로 지금까지 작업한 이랑을 바라보았다. 분명히 일의 진척이 있어 보였다.

짐은 다시 괭이를 집어들었다. 순간 괭이자루가 야구방망이와 길이가 똑같다는 사실을 깨달았다. 짐은 괭잇날 바로 윗부분을 움켜쥐고 연습 삼아 휘둘러보았다. 그런 다음 자그마한 돌멩이 하나를 찾아서 공중에 던져 올리고는 자루를 힘껏 휘둘렀다. 원 스트라이크. 돌멩이를 맞히지 못했다. 괭잇날 때문에 자루를 제대로 휘두를 수가 없었다. 짐은 두 번이나 삼진을 당하고 나서야 겨우 돌멩이를 쳐냈다. 하지만 돌멩이는 오른쪽으로 날아갔다. 파울볼이었다. 짐은 돌멩이 세 개를 더 친 뒤에야 만족스럽게 타격할 수 있었다. 그제야 짐은 잡초가 무성한 밭이랑으로 다시 관심을 돌렸다.

발밑에 박혀 있는 돌멩이가 짐의 눈길을 사로잡았다. 언뜻 화살촉처럼 보였는데 막상 괭이로 파내보니 끝부분만 화살촉처럼 생겼고 아래쪽은 둥그스름했다. 짐이 여태껏 찾아낸 화살촉은 딱 한 개였다. 외삼촌들은 가끔 자기들이 찾아낸 화살촉을 짐에게 주곤 했다. 코란 삼촌은 화살촉 찾기의 달인이었다. 이제까지 삼촌이 화살촉을 줍지 못하고 밭고랑을 지난 일은 거의 없었다. 코란 삼촌은 어렸을 때 돌칼을 주운 적도 있었다. 그런데 그것은 짐에게 주지 않고 대신 침실 벽난로 선반 위에 놓인 시가 상자에 고이 보관해두었다. 짐은 자신이 화살촉을 찾아내기 전에 외삼촌들이 몽땅 주울까봐 불안했다. 다행히 제노 삼촌은 아직 화살촉이 많이 묻혀 있을 거라고 했다. 실제로 밭을 맬 때마다 화살촉이 계속 나왔다.

짐은 손에 든 돌멩이를 자세히 들여다보며 어쩌면 돌멩이야 말로 화살촉의 시초였을지도 모른다고 생각했다. 하지만 정말 그런지 확신이 서지 않아 점심때 코란 삼촌에게 물어보기로 했다. 코란 삼촌은 인디언의 생활 방식에 해박했다. 외삼촌은 인디언들이 돌멩이 두 개를 맞부딪쳐서 불을 피웠다고 했다. 짐은 마른 풀을 그러모은 다음 적당한 크기의 돌을 하나 더 찾아냈다. 그러고는 돌멩이 두 개를 풀 위에 바싹 대고 불꽃이 튈 때까지 맞부딪쳤다. 하지만 불꽃만 튈 뿐 풀에 불이 붙지는 않았다. 인디언들은 어떻게 이런 방식으로 불을 피웠을까? 짐은 이해할 수 없었다. 인디언들이 나무껍질로 카누를 만들었다는 것도, 창과 화살을 던져 쓰러뜨릴 만큼 사냥감에 가깝게 접근했다는 것도 이해가 되지 않기는 마찬가지였다. 짐은 가끔씩 인디언이 되면 어떨까 하고 생각했다. 아니, 인디언이 되고 싶었다. 하지만 인디언보다는 카우보이가 되는 편이 더 쉬울 거라는 생각이 들었다. 짐은 숲 속을 소리 없이 걸을 수도, 돌멩이 두 개를 맞부딪쳐서 불을 피울 수도 없었다. 그러니 차라리 카우보이가 되는 것이 쉬울 터였다. 카우보이는 총과 성냥을 사용하니까. 하지만 카우보이가 되면 날뛰는 황소 등에도 올라타야 했다. 짐은 언제쯤 자신이 황소를 탈 수 있을 만큼 용감해질지 생각해보았다. 그날은 아득히 멀게만 느껴졌다. 무슨 일이든 결코 잘해내지 못할 거라는 생각도 들었다. 밭이랑의 끝이 아까보다 훨씬 더 멀게 보였다.

작업복이 땀으로 흠뻑 젖어 냄새가 났다. 짐은 허벅지에 손을 대보았다. 손바닥이 뜨거웠다. 짐은 실눈을 뜨고 하늘을 쳐다보았다. 하늘은 구름 한 점, 새 한 마리 없이 텅 비어 있었고, 태양은 하얗고 작아 보였다. 짐은 해의 위치로 시간을 알아보고 싶었다. 그래서 눈이 부셔 더이상 볼 수 없을 때까지 계속 해를 바라보았다. 짐은 오늘만큼 무더운 적이 또 있었는지 기억을 더듬어보았지만 잘 생각나지 않았다. 트럭에는 양동이에 든 물이 있었지만 그것은 김매기를 마치고 밭 어귀까지 돌아온 뒤에나 마실 물이었다. 외삼촌들은 고생 끝에 낙이 온다는 말을 굳게 믿었다. 외삼촌들과 일꾼들은 이제 반환점을 돌아서 짐이 있는 쪽으로 점점 가까이 다가오고 있었다. 아직 멀리 떨어져 있기는 하지만 짐이 트럭으로 다가가면 금세 그들의 눈에 띌 게 분명했다. 모자 쓴 짐의 이마에서 땀 두 방울이 흘러내렸다. 짐은 땀방울이 어디로 흘러내리는지 알아보려고 몸을 움직이지 않고 가만히 있었다. 한 방울은 눈으로 흘러들어갔고 다른 한 방울은 뺨으로 흘러내렸다. 이윽고 각다귀 한 마리가 짐의 입으로 날아들었다. 짐은 벌레를 뱉어냈다. 그러자 이번에는 짐의 얼굴 주위로 날아다녔다. 각다귀를 쫓으려고 모자를 벗어 마구 흔들어댔지만 녀석은 도망가지 않았다.

"대체 뭘 하고 있니?" 제노 삼촌이었다.

짐은 소스라치게 놀랐다. 자신이 쪼그려 앉아 있는 땅바닥에 삼촌의 그림자가 드리워진 것을 미처 알아차리지 못했기 때문이다. "사마귀를 보고 있었어요."

"사마귀? 녀석이 너를 물었니?"

"아뇨."

짐은 조금 전 옥수숫대에 앉아 있던 사마귀를 손으로 쳐서 떨어뜨린 다음 괭이로 두 동강을 냈다.

"사마귀는 다른 벌레를 잡아먹는단다."

짐은 괭이자루의 뾰족한 부분으로 동강 난 사마귀의 몸통 하나를 찔러대다가 슬며시 고개를 들었다.

"잡으려거든 사마귀 대신 메뚜기를 잡도록 해라. 메뚜기는 옥수수를 먹어치우니까."

"네, 삼촌." 짐이 고개를 끄덕이며 말했다.

짐은 두 동강 난 초록색 사마귀를 흙으로 덮었다. 그러면서 사마귀를 죽인 것 때문에 제노 삼촌의 장부에 매가 한 대 더 추가되는 것은 아닐까 불안해했다.

"일을 어떻게 했는지 좀 볼까." 제노 삼촌이 그렇게 말하고는 짐이 맡은 이랑의 출발 지점 쪽으로 고개를 숙인 채 걸어갔다. "나팔꽃도 뽑아야 하는데 여기저기 많이 남아 있구나. 나팔꽃은 옥수숫대를 감으며 쭉쭉 자라는 데다 번식력도 강해. 그래서 보는 족족 없애야지 그러지 않으면 밭을 다 망쳐버리게 돼."

제노 삼촌이 옥수숫대 하나를 가만히 바라보더니 그쪽으로 다가갔다. 그것은 짐이 잘못해 쓰러뜨렸다가 도로 땅에 심어놓은 옥수숫대였다. 삼촌은 옥수숫대를 유심히 바라보다가 그것을 뽑아들고는 짐을 향해 몸을 돌렸다. 제노 삼촌은 키가 무척 컸다. 하지만 지금만큼 커 보인 적은 없었다.

"이 옥수숫대가 왜 이러지?" 삼촌이 물었다.

"모르겠어요." 짐이 대답했다.

"모른다고?"

"네."

"이렇게 되면 제대로 자라지 못한다는 건 알고 있지?"

짐은 고개를 끄덕였다.

"그런데 왜 도로 땅에 심었니?"

"모르겠어요." 짐이 기어들어가는 목소리로 말했다.

"모른다고?"

"네."

제노 삼촌은 옥수숫대를 지휘봉처럼 높이 들어올렸다. 마치 그렇게 옥수숫대를 잘 보여주면 짐이 질문에 제대로 대답하리라고 생각하는 것 같았다.

"짐, 네가 한 짓을 감추려고 하기 전까지는 그냥 실수일 뿐이었다. 그런 실수는 누구나 할 수 있지. 하지만 너는 네 실수를 감추려 했고, 그래서 거짓말을 하고 만 거야."

짐은 고개를 푹 숙이고 작업복의 앞자락만 바라보았다. 뺨 위로 두 줄기 눈물이 흘러내리기 시작했다. 짐은 삼촌이 볼세라 재빨리 눈물을 훔쳤다.

제노 삼촌은 불결하고 수치스러운 물건이라도 되는 양 옥수숫대를 획 내던졌다.

"짐, 평소에도 나한테 거짓말을 많이 하니?"

"아니요." 짐이 대답했다.

"네가 하는 말을 믿어도 될지 삼촌이 고민해야 하는 거니? 전에는 그런 고민을 한 적이 없는데 이제부터는 그래야 하는 거야?"

짐은 고개를 흔들었다. 거듭 아니라고 말하고 싶었지만 그럴 수가 없었다.

"왜 그래?" 삼촌이 짐의 얼굴을 바라보며 물었다.

"속이 안 좋아요."

"아픈 거야?"

짐은 어깨를 으쓱했다.

"그럼 집에 가거라." 제노 삼촌이 말했다.

짐은 강 쪽으로 뻗은 밭이랑을 바라보았다. 갑자기 맡은 일을
마저 끝내야겠다는 생각이 들었다.

"어서 가라니까. 몸이 아플 때 햇볕을 쬐면 안 돼. 어서 가."
제노 삼촌이 손가락으로 읍내 쪽을 가리키며 말했다.

"괜찮아요. 점심때까진 일할 수 있을 것 같아요." 짐이 말했다.

"안 된다니까. 어서 집에 가. 가서 엄마한테 아프다고 말해."

짐은 저항하기 전에 상대방의 동정을 살피는 사람처럼 침묵
을 지키다가 자기와 삼촌 사이의 허공에 대고 가늘게 한숨을 내
쉬었다.

"얼른!" 삼촌이 재촉했다.

짐은 걸어가다 길 끝에서 몸을 돌려 밭을 바라보았다. 짐이 포
기한 이랑의 김매기를 제노 삼촌이 대신 하고 있었다. 강기슭 쪽
으로 눈길을 돌리자 일꾼들이 보였다. 알 삼촌이 여전히 선두였
다. 알 삼촌은 결코 멈추지 않을 기세로 부지런히 일하고 있었
다. 아직 아침나절인데도 그는 벌써 두번째로 강 쪽에 다가가고
있었다.

뜻밖의 선물

짐은 밭과 목장을 지나 집으로 향했다. 목장의 무성한 풀밭 속에 새끼 토끼들이 있었다. 짐은 토끼들을 놀라게 하지 않았다. 신발을 벗고 개울을 건널 때도 금 쪼가리를 찾아 돌 틈을 뒤지지 않았고, 가재와 도마뱀을 찾으려고 바위 밑을 살피지도 않았다. 짐은 도마뱀을 살며시 쥐고 가슴 쪽의 얇고 창백한 피부 안쪽에서 자그마한 심장이 뛰는 것을 들여다보는 걸 무척 좋아했다. 사납게 꽉 무는 가재의 집게발도 좋아했다. 하지만 그날은 그냥 개울을 건너 읍내 쪽으로 이어진 길을 계속해서 걸었다. 한때 엄마와 아빠가 세 들어 살던 오두막이 있는 숲 속의 자그마한 개간지도 얌전히 지났다. 양철 지붕 위로 돌을 던지지도 않았고, 삐걱거리는 현관 계단을 살금살금 올라가 때가 긴 창문 안을 엿보지도 않았다.

읍내에 들어선 짐은 외삼촌들의 집 주변을 빙빙 맴돌았다. 물론 짐이 집에 늦게 들어가면 엄마가 걱정할 터였다. 엄마는 짐이 돌아오면 즉시 자리에 눕히고 이마에 손을 얹어 열이 있는지 살폈다. 또 날씨가 따뜻한 날에도 두꺼운 재킷을 입히곤 했다. 엄마는 짐을 옥수수밭에 보내고 싶어하지 않았다. 불안했기 때문이다. 외삼촌들은 그런 엄마를 안심시키기 위해 짐에게서 눈을 떼지 않겠다는 약속을 해야만 했다. 종종 외삼촌들은 엄마의 지나친 보호와 보살핌으로부터 짐을 구해주어야 했다.

다행히도 정오를 한참 앞둔 시각의 앨리스빌은 인적이 거의 없었다. 짐이 지나갈 때마다 컹컹 짖거나 꼬리를 치던 개들도 보이지 않았다. 녀석들은 현관 계단 밑 서늘한 곳의 흙을 파내 만든 둥그런 구덩이 속에서 잠을 자고 있었다. 남자와 소년 들도 모두 일하러 가서 보이지 않았다. 여자들은 밭에서 돌아올 남자들을 위해 식사 준비를 하고 있을 터였다. 읍내의 집들은 마치 땅에 박힌 것처럼 햇볕 속에 조용히 웅크리고 있었다.

짐의 시야에 들어온 유일한 사람은 철도역장인 피트 헌트뿐이었다. 키가 작고 길게 콧수염을 기른 그는 역 입구에 놓인 의자에 앉아서 잡지를 읽고 있었다. 피트는 아이들을 별로 좋아하지 않았다. 화물 취급 사무실에서 전신기를 작동할 때 아이들이 창문으로 들여다보려고 하면 재빨리 블라인드를 내려버렸고, 짐이 화석을 찾으려고 석탄 더미를 뒤질 때면 역사에서 달려나와 쫓아냈다. 하지만 가끔은 짐이 그러거나 말거나 내버려두기도 했다. 짐은 피트에게 말을 걸 자신이 없었다. 하지만 짐이 모르는 사실이 하나 있었다. 피트는 짐이 다른 아이들과 함께 있을 때만 석탄 더미에서 쫓아낸다는 사실이었다. 피트가 손에 든 잡지 너머로 짐을 힐끗 쳐다보았다.

"안녕하세요?" 짐이 머뭇거린 끝에 인사를 건넸다.

피트는 아무 말 없이 고개를 한 번 끄덕였다. 그러고는 이내 잡지를 위로 올려 눈을 가렸다. 짐이 아기였을 때 피트는 외삼촌들 집에 전선을 가설했다. 엄마 말에 따르면 당시 그는 작업하는 한 달 내내 외삼촌들과 함께 지냈지만 거의 말을 하지 않았다고 했다.

짐은 코란 삼촌과 마주치고 싶지 않았다. 하지만 기차역을 지나 삼촌의 사료 가게 쪽으로 천천히 걸어 내려갔다. 짐은 변명을 해야 하는 자신의 처지가 못마땅했다. 그는 가만히 땅바닥을 내려다보았다. 땅 위에 발자국이 찍혀 있었다. 평소 같으면 발자국을 따라가겠지만 지금은 그러고 싶지 않았다. 짐은 하고 싶은 일도, 놀이도 생각해낼 수 없었다. 딱히 가고 싶은 곳도 없었다. 생일이 이렇게 초라하다니, 짐은 낙심한 표정으로 돌멩이를 걷어

찼다. 하지만 평소와 달리 돌멩이가 얼마나 멀리 굴러가는지는 지켜보지 않았다.

짐이 호텔 앞에 이르렀을 때였다. 호텔 이층 창가에서 화이티 화이트사이드가 짐을 불렀다. 호텔은 허름한 벽돌 건물로, 외판원들과 열차 승무원들이 기차를 갈아타기 위해 읍내에서 기다리는 동안 묵는 곳이었다. 화이티 화이트사이드는 거버너 사료 회사의 외판원이었다. 외삼촌들이 가게에서 파는 사료와 씨앗은 대부분 그의 손을 거쳐 들어온 것이었다. 화이티의 원래 이름은 랠프였다. 하지만 그는 사람들이 랠프보다 화이티라는 이름의 외판원을 더 잘 기억할 거라며 랠프 대신 화이티라는 이름을 썼다. 화이티는 코트 주머니에 알사탕을 넣고 다니며 짐에게 하나씩 주곤 했다. 당연히 짐은 그런 화이티를 좋아했다. 외삼촌들은 화이티 화이트사이드를 정직한 사람으로 평가했다. 그러므로 그들이 다른 외판원에게 사료나 씨앗을 사는 일은 없을 터였다.

"어이, 짐 글래스!" 창가에서 화이티가 소리쳤다.

짐은 호텔 창문을 올려다보며 미소를 지으려다 문득 지금은 웃을 만큼 행복하지 않다는 생각이 들어 그만두었다.

"안녕하세요, 화이티 아저씨." 짐이 말했다.

"어디 가는 길이니?"

"아무 데도 안 가요."

"그럼 잠깐만 기다릴래? 나도 갈 데가 없거든."

짐은 화이티가 쿵쿵거리며 호텔 계단을 내려와 거리로 나올 때까지 기다렸다. 화이티는 외삼촌들처럼 키가 훤칠하게 크고 마른 체격에 새치가 많은 갈색 머리였다. 그는 젊은 나이에 머리가 세는 것을 두고 차라리 잘된 일이라고 했다. '희다'는 뜻의 화이티라는 이름에 흰머리까지 있으니 사람들이 자기를 훨씬 더 잘 기억할 거라며.

"얼굴이 온통 흙투성이구나. 뭔 일 있었니?" 화이티가 물었다.

"외삼촌들과 함께 옥수수밭의 김을 매다 왔어요." 짐이 대답했다.

"짐, 잘했어. 노동은 남자에게 좋은 거야. 힘든 일을 해야 가슴에 털이 복슬복슬하게 자라지." 화이티는 짐을 아래위로 훑어보며 말했다. "주머니에 항상 손수건을 넣고 다니면서 그걸로 얼굴을 닦아라. 손으로 쓱쓱 아무렇게나 닦지 말고. 그래야 집에 가다가 예쁜 아가씨와 마주쳐도 깨끗한 얼굴을 보여주지."

짐은 어깨를 한 번 으쓱했다. 그의 말에 뭐라고 대꾸해야 할지 몰랐기 때문이다. 짐은 화이티를 좋아했지만 종종 그의 말을 제대로 이해하지 못할 때도 있었다. 화이티는 짐을 다 큰 어른처럼 대했다. 심지어 '아저씨' 대신에 이름을 부르라고 하기도 했다.

"그런데 사실 그런 건 별로 중요하지 않아." 화이티가 말했다.

짐은 다시 어깨를 으쓱하고는 자신의 손을 내려다보았다. 손이 몹시 더러웠다. 짐은 작업복 바지에 손을 쓱 문지르고는 호주머니에 찔러넣었다.

화이티 화이트사이드는 항상 말쑥한 정장에 풀 먹인 흰색 셔츠를 입었다. 그리고 겨울에는 빳빳한 챙이 달린 커다란 펠트 중절모를, 여름에는 눈부시게 흰 밀짚모자를 썼다. 짐은 화이티가 틀림없이 부자일 거라고 생각했다.

"무슨 말이냐 하면, 예쁜 여자한테는 남자가 좋은 직장을 가졌는지, 일은 열심히 하는지, 마음씨가 자상한지 같은 게 더 중요하다는 거야. 얼굴에 흙이 묻었는지 안 묻었는지보다 말이야. 네 생각은 어떠니?"

"모르겠어요." 짐이 말했다.

짐과 화이티는 한동안 아무런 말도 하지 않은 채 거리에 서 있었다.

짐이 먼저 침묵을 깼다. "오늘은 외삼촌들이 다른 날보다 좀 일찍 쉬게 해줬어요. 어차피 점심 먹을 때가 다 됐긴 하지만요."

"그랬구나." 화이티가 말했다.

짐은 땅바닥에 찍힌 자기 발자국 중 하나를 바라보았다. 발자국 앞부분에 발톱 자국이 있었다. 신발을 살펴보니 앞쪽 뚫린 구멍으로 발톱이 삐죽 튀어나와 있었다. 짐은 발톱이 계속 신경 쓰였다. 그것 말고는 신경 쓸 게 딱히 없기 때문이기도 했다. 짐은 계속해서 발가락을 꼼지락거렸다.

화이티는 주머니에서 시계를 꺼내더니 처음 보는 물건인 양 뚫어지게 바라보았다.

"어디 보자…… 기차가 도착하려면 아직 시간이 좀 남았구나. 짐, 우리 언덕 위로 올라가서 새 학교 건물 구경하지 않을래?"

화이티는 기차를 타고 노스캐롤라이나 전 지역을 돌아다녔다. 그는 그레이트 사우스이스턴 철도 회사의 열차 가운데 가장 빠른 캐롤라이나 문을 탄 적도 있었다. 물론 최신식 열차인 캐롤라이나 문은 앨리스빌에는 정차하지 않았다.

"그래요. 학교를 구경하는 것도 좋을 것 같아요."

새 학교는 이 층짜리 붉은 벽돌 건물로 앨리스빌에서 가장 컸다. 새 학교를 제외하면 화이티가 묵는 호텔이 마을의 유일한 벽돌 건물이었지만 그 안은 비좁고 지저분한 데다 왠지 모르게 쓸쓸해 보였다. 새 학교는 요새처럼 언덕 위에 자리잡고 있어 앨리스빌 어디서나 쉽게 눈에 띄었다. 짐의 기억 속에 새 학교 건물은 허구한 날 공사 중이었다. 공사는 개교 예정인 가을에나 끝날 터였다. 짐과 화이티는 학교 쪽으로 나 있는 흙길을 걸어 올라갔다.

"참 멋진 건물이야. 그렇지, 짐?" 화이티가 학교 건물을 올려다보며 말했다.

짐은 아무런 대꾸도 하지 않았다. 새 학교에 다닐 일이 걱정되었기 때문이다. 1학년 때부터 다닌 학교는 반이 두 개밖에 없었다. 짐은 그 학교에 다니는 아이들을 상급생까지 전부 알았다. 그런데 새 학교가 문을 열면 앨리스빌 부근의 시골 학교들은 모두 문을 닫을 테고, 많은 아이가 앨리스빌로 전학을 오게 될 터였다. 그 아이들은 앨리스빌까지 버스를 타고 통학할 예정이었다. 심지어 린스 마운틴에 사는 산골 아이들까지 새 학교로 전학을 올 터였다. 짐은 종종 외삼촌의 가게에서 아버지와 함께 온 산골 아이들과 마주쳤는데, 그 아이들은 처음 마주친 순간부터 짐을 흘겨보았다. 짐이 마음에 들지 않는다는 눈빛이었다. 짐도 그 아이들이 싫었다. 짐의 친할아버지는 린스 마운틴에서 살았다. 짐은 한 번도 할아버지를 본 적이 없었고, 언젠가 만나게 될 거라는 생각도 하지 않았다. 엄마가 허락하지 않을 게 뻔했기 때문이다. 짐은 자신의 할아버지를 알 수도 있는 아이들과 함께 학교를 다니게 된다고 생각하면 조금 겁이 났다. 하지만 그런 말을 입 밖에 내지는 않았다.

짐은 학교 운동장 가장자리에 멈춰섰다. 하지만 화이티 화이트사이드는 계단 위로 달려 올라가서 건물의 커다란 정문을 열어보려고 했다. 문은 단단히 잠겨 있었다.

"젠장, 안으로 들어갈 수 있으면 좋을 텐데."

화이티는 계단을 내려가 가까운 창문으로 다가갔다. 그는 발 뒤꿈치를 들지 않고도 안을 들여다볼 수 있을 만큼 키가 컸다. 화이티는 모자를 돌려 썼다. 그러고는 유리창에 얼굴을 대고 두 손으로 햇빛을 가린 다음 안을 들여다보았다.

"여긴 교장실 같은데." 화이티가 중얼거리고는 짐을 향해 고 개를 돌렸다. "짐, 거기 그냥 서 있을 거야? 교장실이 어떻게 생 겼는지 보고 싶지 않아?"

짐은 고개를 저었다. 교장실 안을 들여다보고 싶지 않았다. 전 에 다니던 학교에는 교장 선생님 없이 교사만 두 명 있었다. 두 분 다 좋은 선생님이었다.

화이티는 건물 옆을 따라 멀찌감치 걸어가서 또다른 창문 앞 에 멈춰섰다.

"여긴 교실이겠구나." 화이티는 잠시 안을 들여다보고 휘파람 을 불었다. "와아, 참 멋진데. 짐, 이리 와서 너도 봐."

짐은 다시 고개를 저었다.

"어서 와서 보라니까. 창문을 들여다본다고 혼나지는 않을 거야."

화이티는 양손으로 디딤대를 만들었다. 짐이 거기에 발을 디

디고 서자 화이티가 들어올렸다. 짐은 유리창에 얼굴을 바싹 갖다댔다. 유리창은 햇볕을 받아 따뜻했다. 그동안 학교 구경을 하러 온 적은 있지만 안을 들여다보는 것은 처음이었다. 짐이 맨처음 알아차린 사실은 교실에 천장이 없다는 것이었다. 위층을 지탱하는 들보만 보였다.

"저기 천장에 있는 게 뭐지?" 화이티가 물었다.

"아직 천장이 없는데요." 짐이 대꾸했다.

"내가 뭘 보고 묻는지 알잖아."

"아, 저건 전등이에요."

"그래, 전등이야." 화이티가 말했다.

외삼촌들은 새 학교가 개교하면 앨리스빌에 전기가 들어올 거라고 말했다. 짐은 그 말을 믿지 않았다. 이미 몇 해 전 읍내에 전선이 가설되었지만 아직도 뉴카펜터에 있는 발전소와 연결이 안 된 상태였다. 짐은 전등이 있는 학교에 다니고 싶었지만 큰 기대는 하지 않았다.

"저 칠판 좀 봐라. 엄청 크지? 복잡한 산수 문제를 풀어도 공간이 넉넉하겠는걸. 계산을 하다가 칠판이 모자랄 걱정은 안 해도 되겠어." 화이티가 칠판을 바라보며 말했다.

교실은 전등과 칠판을 제외하고는 텅 비어 있었다. 책상도, 걸상도 없었다. 벽에도 그림 하나 걸려 있지 않았다. 짐이 창문에

서 몸을 떼자 화이티가 땅에 내려주었다.

"짐, 넌 앞으로 네가 감당할 수 없을 만큼 많은 것을 배우게 될 거야." 화이티가 말했다.

"외삼촌들이 기하학을 가르쳐주실 거예요. 삼촌들은 기하학 도사들이거든요."

"그래, 똑똑한 분들이지." 화이티가 진지하게 말했다. "짐, 외삼촌들 말씀 잘 들어야 한다. 그렇게만 하면 네 앞날은 훤해질 거야. 틀림없다고."

짐과 화이티는 학교를 빠져나와 읍내로 향했다. 언덕에서 내려다보니 앨리스빌 전체가 한눈에 들어왔다. 피트 헌트가 역사 앞에 서서 기지개를 켜고는 거리를 둘러보고 있었다. 코란 삼촌은 조면소 일을 멈추고 가게 안으로 들어갔다. 조금 있으면 가게 문을 닫고 식사를 하러 제노 삼촌 집으로 갈 것이었다. 제노 삼촌 집 주방 굴뚝 위로 연기가 모락모락 피어오르고 있었다. 알삼촌과 제노 삼촌은 밭에서 돌아와 코란 삼촌과 엄마에게 밭에서 있었던 일에 대해 이야기할 터였다. 짐은 갑자기 안개처럼 서늘한 것이 배 속에 번지는 느낌이 들었다. 짐이 밭에서 일하다 몸이 안 좋아 일찍 나왔다는 말을 믿을 사람은 엄마밖에 없을 것이다. 외삼촌들은 짐을 창피하게 여긴 나머지 별다른 말을 하지 않을 게 뻔했다. 디포 가에 있는 높다란 집은 짐이 세상에서 가장 가고 싶지 않은 곳이 되었다.

"이봐." 화이티가 느닷없이 짐의 팔을 찰싹 때렸다. "오늘이 누구 생일이라고 들었는데. 너 혹시 그런 얘기 들었니?"

"아뇨, 못 들었는데요. 무슨 말을 들으셨는데요?"

"응, 어떤 아이가 오늘로 열 살이 되었다고 들었는데……"

"제가 그 아이인 거 같아요." 짐이 죄를 고백하듯 말했다.

"그 아이가 너라고?"

"네."

"나한테 말 안 했잖니. 열 살이라. 선물은 좀 받았니?"

"아뇨."

"네 생일인데 엄마랑 외삼촌들이 아무것도 해주지 않았단 말이야?"

짐은 생일날 가족들이 무언가를 해줄 거라고는 생각지 않았다. 설령 무언가를 준비했더라도 이제는 줄 생각을 하지 않을 게 뻔했다. 그리고 엄마가 선물을 준비했다면 아침에 주었을 것이었다.

"그런 것 같아요." 짐이 풀 죽은 목소리로 말했다. 배 속의 안개가 등뼈를 타고 목으로 올라왔다.

"그것 참 안됐구나." 화이티가 말했다. "열 살 생일인데 선물하나 받지 못하다니…… 정말 어처구니없구나. 너도 그렇게 생각하지 않니?"

짐은 대답 대신 고개를 끄덕였다. 화이티가 보는 앞에서 울고 싶지는 않았지만 어쩌면 울게 될지도 모른다는 생각이 들었다.

"아무래도 뭔가 조치를 취해야겠구나." 화이티가 말했다. "잠깐만."

화이티가 거리 한복판에 멈춰서서 바지 주머니에서 씹는담배 반 토막을 꺼냈다.

"씹을래?" 화이티가 물었다.

"아뇨." 짐이 심드렁하게 대꾸했다.

"흐음." 화이티는 다시 코트 한쪽 주머니에 손을 집어넣더니 작은 종이 철을 꺼냈다.

"혹시 영수증 철 필요하니?"

짐은 고개를 가로저었다.

"그럴 줄 알았다."

화이티는 다른 쪽 코트 주머니에 손을 넣어 안을 뒤졌다. 그리고 그가 다시 손을 뺐을 때는 야구공이 쥐여 있었다. "이건 어떠냐? 야구공은 사용할 줄 아니?"

짐은 숨이 막혔다. "저 주시는 거예요?"

"어떻게 쓰는지 안다면." 화이티가 말했다.

"어떻게 쓰는지 잘 알아요! 잘 안다고요!" 짐이 소리쳤다.

"잘됐구나. 그러잖아도 주머니에 넣고 다니기가 너무 불편했거든. 주머니가 불룩 튀어나와 보기에도 좋지 않고. 할머니께 크리스마스 선물로 드리려고 준비해둔 건데, 할머니한테는 야구 배트가 없더구나."

화이티는 짐에게 야구공을 건넸다.

"감사합니다, 화이티 아저씨!" 짐이 큰 소리로 말했다.

짐은 손에 쥔 야구공을 금덩이라도 대하듯 이리저리 살펴보았다. 공은 가벼우면서도 탄탄했다. 집에 있는 야구공은 대포알만큼이나 무거웠다. 실수로 비를 맞혔기 때문인데, 하나 더 사달라고 말하고 싶어도 겁이 나서 그럴 수 없었다. 화이티가 준 야구공은 새것이었다. 화이티의 모자보다 더 반짝반짝 광이 날 정도였다. 짐은 야구공을 일 킬로미터 이상 멀리 던질 수 있을 것 같은 기분이었다.

짐은 야구공을 공중으로 던져올렸다. 공이 떨어지자 화이티가 손을 뻗어 낚아챘다.

"이 야구공, 어떻게 쓰는지 확실히 아는 거야?"

"그럼요!" 짐이 소리쳤다.

"알았어, 알았어. 그냥 한번 해본 소리야." 화이티는 야구공을 짐에게 건넸다. 둘은 함께 언덕을 내려가기 시작했다.

세례

점심 무렵 외삼촌들이 돌아왔다. 짐은 화이티가 준 야구공에 대해 입을 다물기로 했다. 화이티한테 야구공을 받은 것이 잘못된 일일지도 모른다는 생각이 들었기 때문이다. 외삼촌들과 엄마는 식사가 끝날 때까지 별다른 이야기를 하지 않았다. 그저 먹기만 할 뿐이었다. 오전에 밭에서 있었던 일에 대해서는 아무도 입을 열지 않았다. 짐은 야구공을 헛간에 숨겨두었다가 화이티가 마을로 돌아오면 돌려주어야겠다고 마음먹었다.

"오전 시간을 아주 알차게 보낸 것 같군. 그렇지, 알?" 제노 삼촌이 알 삼촌을 바라보며 말했다.

"응, 일을 꽤 많이 한 것 같아." 알 삼촌이 말했다.

제노 삼촌은 엄마가 디저트로 만든 애플파이에 버터를 발랐다. 짐은 엄마가 케이크를 굽지 않았다는 것을 진작부터 눈치채고 있었다.

"우리 중에서 네가 일을 가장 많이 했어. 게다가 가장 빨리 끝냈고." 제노 삼촌이 말했다.

"내가 빨리 한 게 아니야. 다른 사람들이 느렸던 거지." 알 삼촌이 말했다.

"이제 어엿한 농부가 됐군. 예전엔 네가 농부가 되리라곤 상상도 못했는데 말이야."

알 삼촌이 고개를 돌려 제노 삼촌을 똑바로 바라보았다. 알 삼촌은 농사일을 하는 것에 자부심을 갖고 있었다. 코란 삼촌은 알 삼촌이 울타리를 따라 몇 킬로미터나 뻗어 있는 나팔꽃 덩굴을 일일이 다 뽑아낼 만큼 지독한 사람이라고 말했다.

"내가 농부가 되리라곤 상상도 못했다니, 그때가 언제였는데?" 알 삼촌이 물었다.

"너하고 코란이 병아리들에게 세례를 주었을 때."

"대체 언제 적 얘기를 하는 거야, 형? 그때 우리는 겨우 네 살이었어. 형은 그 일을 영원히 잊지 않을 작정이야?"

"당연하지. 어떻게 잊어? 그 일 때문에 매까지 맞았는데. 그리고 그때 너희는 다섯 살이었어. 나는 열두 살이었고. 내가 세례를 받은 여름이었으니까. 너희는 내가 세례받는 모습을 보고 그 일을 벌였던 거야."

"아무튼 우리는 어린 꼬맹이였을 뿐이야. 아무것도 모르는 철부지들이었다고."

"그건 순전히 알의 아이디어였어, 짐." 코란 삼촌이 짐을 바라보며 말했다. "목사는 알이었어. 나는 그냥 목사를 보좌하는 집사였고. 내가 한 일은 알에게 병아리들을 건네는 것뿐이었어. 병아리들을 빗물 통에 집어넣은 장본인은 바로 알이야."

"그래, 너희 둘은 단지 어린 철부지들이었을 뿐이야." 제노 삼촌은 그렇게 말하고 엄마를 힐끗 바라보았다.

"시시는 그때 태어나지도 않았지만, 만약 태어났다면 분명 너희 옆에서 그 일을 거들었을 거야. 나중에 시시가 너희를 졸졸 따라다니면서 너희가 벌이는 난장판에 끼어들었던 걸 보면 결코 착한 애는 아니었던 것 같아."

"오빠들이니까 졸졸 따라다녔던 거죠. 오빠들이 못된 짓을 하리라곤 생각지도 못했다고요."

엄마가 항의하자 제노 삼촌이 빙그레 웃었다. "시시 네가 아는 건 절반도 안 될 거다." 제노 삼촌은 그렇게 말하고 짐에게 고개를 돌렸다. "짐, 당시 우리는 암탉을 한 마리 기르고 있었어. 그런데 그 암탉이 낳은 알에서 병아리가 아주 많이 태어났단다. 열두 마리 정도였을 거야."

"열세 마리였어, 형." 알 삼촌이 말했다.

"그래, 열세 마리." 제노 삼촌이 계속해서 말했다. "그런데 알하고 코란이 내가 강에서 세례받는 걸 보고 홀딱 반해서는 일을 꾸민 거야. 그해 여름 내 또래 일고여덟 명이 함께 세례를 받았는데, 그때 코란과 알은 강둑에 서서 우리가 세례받는 과정을 전부 보고 들었어. 그리고 그 작은 머릿속에다 꾹꾹 눌러 담았던 거지."

짐의 눈이 호기심으로 반짝거렸다.

"어느 일요일 오후였단다. 내가 세례를 받은 지 얼마 안 되었을 때였는데 코란과 알이 갑자기 사라져버린 거야. 어머니, 그러니까 네 외할머니는 나보고 동생들을 찾아오라고 하셨지. 그런데 녀석들을 찾고 보니 뭘 하고 있었는지 아니? 아, 글쎄 헛간 앞마당에서 병아리들에게 세례를 주고 있는 거야. 복숭아 광주리에 병아리들이 담겨 있었는데, 코란이 그중 한 마리를 꺼내서 알에게 건넸어. 알은 그 병아리를 빗물 통에 집어넣었다가 다시 꺼내 코란에게 건네주고. 코란은 그 병아리를 광주리에 넣고 다시 다른 병아리를 꺼내……"

"우리는 그저 병아리들도 구원받아야 한다고 생각했을 뿐이야." 코란 삼촌이 제노 삼촌의 말을 막았다. "구원을 받아서 천국에 가게 하려고 그랬던 거라고."

"그래, 맞아. 너희 덕분에 병아리들은 곧장 천국으로 갔지." 제노 삼촌이 말했다. "내가 거기에 도착했을 때 이미 한 마리만 빼놓고 전부 익사했으니까. 나는 병아리들을 살리려고 무진 애를 썼어. 부리에 입을 대고 숨을 불어넣기도 했지. 하지만 소용없었어. 알이 물속에 너무 오랫동안 넣어둔 바람에 이미 숨을 거둔 뒤였거든."

제노 삼촌은 계속해서 말했다. "병아리들이 움직이지 않자 그제야 너희 둘은 나쁜 짓을 했다는 걸 깨닫고 울기 시작했어. 너희는 울면서 부모님께 고자질하지 말아달라고 내게 빌었지. 병아리들을 죽인 걸 알면 어머니가 머리 꼭대기까지 화가 나서 마구 매질을 할 테니까 말이야. 나는 너희 둘이 매 맞는 걸 원치 않았어. 그래서 죽은 병아리들을 훈제 창고 뒤로 가져가 땅에 구덩이를 파고 묻었지. 그리고 아무에게도 말하지 않겠다고 너희에게 약속했던 거야."

제노 삼촌은 잠시 말을 멈추었다가 다시 이었다. "하지만 결국 모든 게 들통이 나고 말았지. 아버지가 괭이를 들고 훈제 창고 뒤로 가는 나를 본 거야. 내가 훈제 창고에서 돌아오고 얼마 지나지 않아 아버지가 죽은 병아리들을 들고 집에 들어왔어. 아버지는 곧장 나한테 왔지. 나는 죽은 병아리와 전혀 관련이 없었지만 무서웠어. 아버지가 나지막이 이렇게 물었지. '제노, 이 죽

은 병아리들에 대해 아는 게 있니?'

나는 병아리들을 빗물 통에서 발견했다고 말했어. 솔직히 아주 틀린 말은 아니지, 뭐. 아무튼 내가 그렇게 말하자 아버지가 또 물었지. '제노, 이 병아리들이 어떻게 빗물 통으로 들어간 거지?' 나는 모른다고 대답했어.

아버지가 말했어. '모른다고?'

나는 대답했지. '네, 모르겠어요.'

바로 그때였어. 어린 알과 코란이 더이상 견디지 못하고 울음을 터뜨리면서 자기들이 병아리들을 빗물 통에 집어넣어 세례를 주었고, 그래서 그것들이 익사했다고 아버지에게 털어놓은 거야."

제노 삼촌이 계속해서 말했다. "아버지는 일어서서 잠시 생각을 하더니 코란과 알에게 말했어. '얘들아, 너희에게 매를 들지는 않겠다. 너희 둘은 아직 어리고 아무것도 모르는 철부지니까. 하지만 앞으로는 절대로 병아리를 빗물 통에 집어넣지 마라.'

아버지는 내게도 말했어. '제노, 병아리들을 훈제 창고 뒤에 묻은 일에 대해서는 매를 들지 않으마. 너는 동생들을 지켜주려 했고, 그건 칭찬받을 만한 일이다. 하지만 내게 거짓말을 한 것은 나쁜 일이야. 거짓말을 한 것에 대해서만큼은 매를 들어야겠다.'"

"그래서 어떻게 됐어요? 매를 맞았어요?" 짐이 물었다.

"아버지는 나를 밖으로 데리고 가서 매질을 했어. 태어나서 가장 호되게 맞은 매였지. 난 그후로 두 번 다시 아버지에게 거짓말을 하지 않았어."

"우리도 병아리에게 두 번 다시 세례를 주지 않았고." 코란 삼촌이 말했다.

"그건 사실이야." 알 삼촌이 맞장구쳤다.

"어쨌든 출발이 어땠는지를 생각해보면 알은 꽤 괜찮은 농부가 된 셈이야." 제노 삼촌이 말했다.

"목사가 되겠다고 설치지 않은 것만으로도 고맙게 생각해야지, 뭐." 코란 삼촌이 말했다.

"목사가 되었다면 나는 분명히 사람을 물에 담그는 걸 금하는 감리교 목사가 되었을 거야." 알 삼촌이 말했다.

엄마가 자리에서 일어나 식탁 위의 접시를 치우며 물었다.

"그 모든 일이 벌어지는 동안 어미 닭은 어디에 있었어요?"

"우리가 닭장 안에다 가둬놨지. 하마터면 못 잡을 뻔했지 뭐야. 얼마나 날쌘지 막대기 두 개를 들고 한참 동안 쫓아다닌 끝에 겨우 붙잡았다니까." 코란 삼촌이 말했다.

"어미 닭은 오후 내내 병아리들을 정신없이 찾아다녔어. 온 마당을 샅샅이 뒤지고 다녔지." 알 삼촌이 말했다.

"얘기만 들어도 마음이 아프네요." 엄마가 말했다.

"그 어미 닭은 어떻게 됐어요?" 짐이 물었다.

"글쎄, 기억이 잘 안 나는걸. 아마 잡아먹었을 거야." 제노 삼촌이 말했다.

저녁식사 후

외삼촌들은 제노 삼촌네 집 현관 앞에 놓인 높은 의자에 앉아 한가하게 저녁 시간을 보내고 있었고, 엄마는 혼자서 그네를 타고 있었다. 짐은 계단 꼭대기에 앉아서 양손에 턱을 괴고 저무는 해를 조용히 바라보았다. 새 학교 창문이 석양빛에 아름답게 물들어 있었다. 곧 길고 어두운 그림자가 강가의 낮은 지대에서부터 서서히 올라올 터였다. 반딧불이들은 나무 꼭대기에서 불을 밝히고 매미들은 합창을 하며 청개구리들은 시끄럽게 울어댈 것이었다. 울타리에 늘어서 앉은 쏙독새들은 울다가 멈추고 다시 울기를 계속할 것이고, 귀뚜라미들은 풀숲 깊숙한 곳에서 구슬픈 노래로 나지막이 화답할 것이었다. 또 박쥐들은 소곤거리는 듯한 날갯소리와 함께 신기한 비행 기술을 뽐내며 높이 솟구쳤다가 자줏빛 하늘을 빠르게 날아다닐 터였다. 해질 녘은 앨리스빌의 하루 중 가장 아름다운 시간이었다. 하지만 짐은 해가 지지 않았으면 했다. 아니, 좀더 정확히 말하면 생일이 이대로 지나가버리는 게 싫었다. 생일인데도 제대로 된 일이 하나도 없었다. 게다가 외삼촌들까지 실망시켰다. 외삼촌들이 기뻐해주는 생일을 보내려면 다음 생일까지 꼬박 일 년을 기다려야 하는데, 그러고 싶지 않았다.

"좀 쌀쌀하구나. 들어가서 스웨터를 걸치고 나와야겠다."

엄마가 그렇게 말하고는 일어나서 집 안으로 들어갔다. 짐은 골똘히 생각에 잠긴 나머지 엄마가 다시 곁에 다가온 것을 알아채지 못했다.

"짐." 엄마가 불렀다. "이봐, 아들."

짐이 몸을 돌려 올려다보니 엄마가 초콜릿 케이크를 들고 서 있었다. 케이크 위에는 벌써 촛불이 켜져 있었다. 엄마는 케이크가 짐에게 잘 보이도록 몸을 숙였다. 자그마한 촛불이 엄마의 눈동자에서 예쁘게 일렁거렸다.

"생일 축하한다, 짐." 엄마가 말했다.

외삼촌들이 짐 주위로 우르르 모여들었다. "이 녀석 보게. 이게 뭔지도 모르는 모양이군." 알 삼촌이 말했다.

"이게 뭐지?" 코란 삼촌이 물었다.

"짐의 생일 케이크잖아." 제노 삼촌이 말했다.

"아, 생일 케이크구나. 난 또 시시가 불장난이라도 하는 줄 알았네." 코란 삼촌이 말했다.

짐은 케이크에 꽂힌 초의 개수를 셌다. 모두 열 개였다.

"짐, 우리가 너를 잊었다고 생각했나?" 제노 삼촌이 물었다.

"외삼촌들이 저 때문에 화가 나 있다고 생각했어요." 짐이 울먹이며 말했다.

"오, 아가야. 울지 마라. 너 때문에 화난 사람 아무도 없어." 엄마가 말했다.

"나 화 안 났어, 녀석아. 맹세하마." 제노 삼촌이 말했다.

"제노 오빠, 그러게 제가 애를 밭에 데려가지 말라고 했잖아요?" 엄마가 말했다.

"쉿, 시시." 제노 삼촌이 말했다.

코란 삼촌은 짐의 작업복 멜빵을 잡고 그를 번쩍 들어올리고는 마당으로 던지는 시늉을 했다.

"만약 우리가 화났다면 네가 금방 알아챘을 거잖아. 안 그래?" 코란 삼촌이 말했다.

"정말로 우리가 화났다면 너를 가만두지 않았을걸." 알 삼촌이 말했다.

짐은 자신이 왜 우는지도 모른 채 계속 흐느꼈다. 울음을 멈추고 싶었지만 그럴 수가 없었다.

"화이티 아저씨가 야구공을 줬어요." 짐이 말했다.

"그래? 참 친절한 사람이구나. 고맙다는 인사는 했니?"

짐은 고개를 끄덕였다.

"잘했다. 가르친 보람이 있구나. 자, 이제 어서 촛불을 꺼라."
짐은 한 번에 촛불을 껐다.

"랠프 화이트사이드 씨는 길 가다 만나는 아이한테는 누구든
지 야구공을 주는 게 아닐까요?" 엄마가 말했다.

제노 삼촌은 거의 알아차리지 못할 만큼 재빨리 고개를 흔들
었다. 그러고는 짐에게 물었다.

"짐, 케이크를 좀 먹어도 될까?"

"네, 그러세요." 짐이 말했다.

"우리는 생일에 초콜릿 케이크를 먹어본 적이 없는데 말이야.
알, 그렇지?" 코란 삼촌이 말했다.

"그래, 한 번도 먹은 적 없었어." 알 삼촌이 말했다.

"모두 식당으로 가요." 엄마가 말했다.

짐은 식당에 들어선 순간 눈을 동그랗게 떴다. 식탁 한가운데
에 야구 글러브와 야구 배트가 놓여 있었기 때문이다.

"저거 제 거예요?" 짐이 물었다.

"네 거라니, 뭐가?" 제노 삼촌이 말했다.

짐은 식탁을 가리켰다. 제노 삼촌이 목을 길게 빼고 식당 안을 들여다보고는 어깨를 으쓱했다.

"못 보던 건데, 뭐지?" 코란 삼촌이 말했다.

"아, 그만들 해요." 엄마가 말했다. "오빠들이 자꾸 내 아들 약 올리면 가만 안 둘 거예요."

제노 삼촌이 짐의 어깨에 손을 얹고 식당 안으로 가볍게 밀었다. 짐은 너무 빨리 다가가면 글러브와 배트가 사라져버릴까봐 겁이 나기라도 한 듯 조심스레 식탁으로 다가갔다.

"그 배트는 루이빌 슬러거 정품이야. 아마 너한테는 클 거야. 네가 좀더 자랄 때까지는 배트를 짧게 잡아야 할 거다." 제노 삼촌이 말했다.

확실히 배트는 짐에게 컸다. 무거운 데다 꽤 길었다. 짐은 어느 지점을 잡아야 휘두르기가 편한지 알아보려고 배트 손잡이를 이리저리 만져보았다. 나뭇결이 매끄러워 반짝반짝 윤이 났다. 거울 삼아 얼굴을 비추어볼 수 있을 정도였다.

"와, 정말 멋져요!" 짐이 말했다.

"이젠 글러브를 살펴볼까?" 제노 삼촌이 말했다. "이 글러브는 롤링스란다. 뉴카펜터의 가게 주인에게 메이저리그 선수들은 어떤 글러브를 쓰는지 물어봤더니 롤링스를 쓴다고 하더구나. 이런 글러브를 쓰면 공을 잘 잡을 수 있을 거야."

글러브도 배트와 마찬가지로 짐에게는 너무 컸다. 하지만 짐은 그것이 전혀 신경 쓰이지 않았고, 앞으로도 그럴 것이었다. 글러브의 두툼한 손가락 부분은 생가죽 끈으로 정교하게 접합되어 있었다. 그리고 손목 끈은 반짝이는 놋쇠 단추로 단단히 고정되어 있었다. 짐은 글러브를 얼굴에 대고 깊이 숨을 들이마셨다. 헛간에서 풍기는 매혹적이고 신비롭기까지 한 냄새가 났다. 외삼촌들은 짐이 혼자 헛간에서 놀지 못하게 했다. 오직 외삼촌들이 헛간에서 마구를 수선하거나 기름칠하는 동안에만 들어가볼 수 있었다.

짐은 굉장한 이야기를 들려주고 싶은데 상대방 나라의 언어를 몰라 답답해하는 사람처럼 멍한 시선으로 엄마와 외삼촌들을 바라보았다. 모두 자신만의 배트와 글러브를 받은 듯 행복해하는 표정이었고, 엄마의 눈동자는 약간 젖어 보였다.

"짐, 가족 모두가 준비한 거야. 우리는 너를 정말 사랑한단다." 엄마가 말했다.

코란 삼촌이 코웃음을 쳤다. "흥, 너나 녀석을 사랑해라, 시시. 나는 녀석을 가족으로 받아들일까 아니면 내다버릴까 생각 중이야."

"짐은 내다버리기엔 아까운 녀석이야. 좀 멍청하기는 하지만." 알 삼촌이 말했다.

"쥐방울만 한 녀석을 어떻게 하겠어? 우리가 데리고 있어야
지, 뭐." 제노 삼촌이 말했다.

타석에 선 짐

어느 여름날 저녁 목장.

소년은 만족스럽게 공을 쳐내지 못하고 있다. 배트를 휘둘러 공을 맞히기는 하지만 마음먹은 만큼 힘차게 타격하지는 못한다. 공은 하늘 높이 날아오르지 못하고 딱 소리에 놀라기라도 한 듯 풀밭 속으로 숨어 들어간다. 그러지 않으면 몇 미터 못 가 거미줄에 걸려 다 죽어가는 딱정벌레처럼 버둥대거나 데구루루 굴러가다 맥없이 멈춘다.

제노 삼촌이 투수를 한다. 제노 삼촌은 짐이 공을 칠 때마다 풀밭으로 달려가 불평 한마디 하지 않고 매번 다른 곳에 숨어 있는 공을 찾아낸다. 심지어 그는 짐의 헛스윙마저 자기 탓으로 돌린다. 배트가 너무 무거워서 그런 거야. 그는 배트가 짐에게 버겁다는 것을 잘 알고 있다. 그것은 배트를 살 때부터 알고 있던 사실이다. 그는 짐이 자랄 때마다 배트를 새로 사고 싶지 않았다. 내가 너무 째째했던 거 아닌가? 그는 조용히 자신을 꾸짖는다.

코란 삼촌과 알 삼촌은 멀찌감치 제노 삼촌 뒤쪽에 포진해 있다. 어둑어둑한 저녁이라 누가 누군지 잘 알아볼 수가 없다. 코란 삼촌이 왼손에 글러브를 낀 반면 왼손잡이인 알 삼촌은 오른손에 글러브를 꼈다는 점 말고는 둘은 자세도 똑같다. 둘은 짐이 배트를 휘두를 때마다 응원의 함성을 지른다. 단지 격려하기 위한 함성이지만 그들은 글러브를 주먹으로 팡팡 두들기면서 소리까지 지른다. 둘은 자신들이 서 있는 외야까지 공이 날아오리라고 기대하지 않는다. 다만 짐의 기분이 상할까봐 가까이 서 있지 않을 뿐이다.

외삼촌들 모두 어릴 때 쓰던 구식 글러브를 끼고 있다. 그것은 크기도 작은 데다 포켓*도 없다. 알 삼촌의 글러브는 오른손잡이 야수용인데 오랫동안 다른 손에 껴서 이제는 원래대로 끼면 맞지도 않는다. 외삼촌들은 누가 청하든 기꺼이 야구 시합에 응할 준비가 되어 있다. 하지만 오랫동안 청한 사람이 아무도 없었다. 그런데도 그들은 누군가 야구 시합을 청해서 시합 날짜가 코앞으로 다가온 것처럼 늘 그 작은 고물 글러브를 손질해둔다.

---

*글러브의 오목한 부분.

짐은 제노 삼촌의 얼굴을 살핀다. 제노 삼촌의 얼굴이 구름을 통해 비치는 달빛처럼 희미해 보인다. 마치 얼굴 속에 약하게 불을 켜두기라도 한 것 같다. 삼촌의 얼굴이 갑자기 수백 개의 낯선 얼굴로 변한다. 그 얼굴들에는 수백 개의 이상한 미소가 얽혀 있다. 짐은 눈을 깜박거리며 실재하는 것만을 보려고 애쓴다.

"좋아. 절대로 공에서 눈을 떼지 마라." 제노 삼촌이 말한다. "자, 간다!"

제노 삼촌의 손안에 든 공은 거의 보이지 않는다. 꼭 연기나 그림자 같다. 목장 끝에 있는 숲은 잠을 자는 듯 조용하고 어둡다. 강물은 기억을 더듬듯 숲을 굽이치며 흘러간다. 제노 삼촌이 짐을 향해 천천히 공을 던진다. 공은 검은빛을 띤 숲 위를 포물선을 그리며 날아가다 희미한 노을빛 하늘에 정지한다. 꼭 일식 현상처럼. 그 순간 비로소 짐의 눈에 공이 보인다. 짐은 지쳐 있다. 팔에 기운이 없다. 하지만 짐은 있는 힘을 다해 배트를 휘두른다. 배트와 공이 힘없이 부딪친다. 공은 짐의 발치에 떨어진다. 그러고는 매끄러운 거죽 안에 날고 싶은 꿈을 간직한 채 바르르 떨다가 기절한 듯 멈춘다. 짐은 배트를 왼손으로 바꿔 잡고 오른손으로 공을 집어 제노 삼촌에게 던진다.

"매번 간신히 맞네요." 짐이 말한다.

"힘내라 타자! 힘내라! 힘내!" 외야 쪽에서 알 삼촌이 소리친다.

코란 삼촌이 옛날부터 전해 내려오는 야구 선수들의 노래를 부른다. 이윽고 외삼촌들 모두가 짐에게 노래를 불러준다. 짐은 그런 아름다운 노래를 들어본 적이 없다. 정말 아름다운 노래다. 짐은 노래가 멈추지 않고 계속 이어지기를 바란다.

제노 삼촌이 소리친다. "자, 짐! 한 번 더 간다. 잘 쳐라!"

제2부

짐, 집을 떠나다

드넓은 바다

저녁식사가 끝나고, 낮의 열기도 사그라져 선선한 저녁 공기가 여행을 고생보다는 모험으로 여기도록 해줄 무렵이었다. 짐과 알 삼촌은 집을 나서 여행길에 올랐다. 짐은 알 삼촌이 어디로 가는지 몰랐다. 그저 먼 길이라는 것만 알 뿐이었다. 엄마는 둘을 위해 납지*로 싼 햄 비스킷 한 꾸러미와 함께 물병에 물을 가득 채워주었다. 트럭 좌석 뒤쪽에는 짐이 갈아입을 속옷 한 벌과 양말 한 켤레와 깨끗한 셔츠가 든 종이 봉지가 놓여 있었다. 알 삼촌은 블랙커피를 담은 병 두 개를 챙겼고 주머니에는 코란 삼촌의 권총을 넣었다. 권총은 여행이 결코 만만한 길이 아니라

---

* 밀랍이나 백랍 따위를 입힌 종이. 방습, 방수를 위한 포장용으로 쓰인다.

는 걸 보여주는 것이었다. 그것은 평소에는 외삼촌 가게의 현금
서랍 깊숙이 자리잡고 있다가 오직 외삼촌들이 뱀을 잡으러 갈
때만 희귀하고 위험한 새처럼 모습을 드러냈다.

알 삼촌은 그냥 잠깐 볼일이 있어서 가는 거라고만 말했다. 짐
은 느낌으로 그것이 진짜 목적이 아니라는 걸 알았지만 외삼촌
의 말을 의심하지는 않았다. 알 삼촌에게 무언가 비밀이 있다고
해도 굳이 알고 싶지도 않았다. 짐은 앨리스빌에서 어떤 방향으
로든 오십 킬로미터 이상을 여행한 적이 없었다. 짐은 목적지가
어디든 그곳의 경치를 보게 되는 것만으로도 무척 행복할 것 같
았다.

집을 떠난 지 한 시간쯤 되었을 때 둘은 셸비를 지났다. 짐에
게 동쪽의 셸비 너머는 새로운 세상이었다. 짐은 전에 두 차례
셸비에 와본 적이 있었다. 그때도 그랬지만 지금도 셸비는 모든
면에서 앞서가는 곳이었다. 앨리스빌과 달리 셸비에는 넓은 포
장도로가 사방으로 뻗어 있었다. 벽에 페인트칠을 하고 앞뜰에
는 푸른 잔디를 깐 셸비의 커다란 집들은 오래된 나무의 시원한
그늘 속에서 두 사람을 지켜보는 듯했다. 이윽고 둘은 시내로 접
어들었다. 짐은 밤이 가까워져 어둑어둑한데도 영업하는 가게가
많은 걸 보고 깜짝 놀랐다. 앨리스빌과는 달라도 정말 달랐다.

트럭이 법원을 빙 돌아서 가는 동안 짐은 열린 문틈으로 음료수 가게의 반짝거리는 카운터를 바라보았다. 음료수 가게에 들어가 앉는 것은 왕의 궁궐 안으로 들어가는 것과 마찬가지로 짐에게는 상상할 수 없는 일이었다. 그래서 알 삼촌에게 차를 세워달라고 조르지도 않았다.

트럭은 붉은 언덕이 보이는 탁 트인 곳으로 향했다. 곧 샬럿으로 가는 길을 가리키는 이정표를 통과했다. 짐의 엄마인 시시가 짐의 아빠와 결혼식을 앞두었던 어느 토요일, 제노 삼촌은 그녀를 샬럿으로 데려갔다. 그때 엄마는 백화점에서 웨딩드레스를 사고 엘리베이터도 타보았다. 시내를 돌아다니다가 전차에 부딪힐 뻔하기도 했다. 짐은 그러한 엄마의 샬럿 여행담을 귀가 닳도록 듣고 또 들었다.

짐은 따뜻한 바람이 곧장 자기 얼굴에 와 닿도록 열린 창문 쪽으로 몸을 기울였다. 한쪽 눈을 감자 간선도로를 따라 표시된 검은색 선이 마치 트럭 타이어에 감겨 말리는 것처럼 보였다. 짐은 창밖으로 고개를 내밀고 뒤를 바라보았다. 검은색 선이 트럭이 지나온 길을 표시하듯 트럭 뒤로 가지런하게 풀리는 것처럼 보였다. 검은색 선만 보면 집으로 돌아가는 길을 쉽게 찾을 수도 있을 것 같았다.

잘 정돈된 작은 농장들이 간선도로 양쪽을 따라 자리잡고 있었다. 짐이 매일 보며 자란 농장들과 비슷한 그것들은 마치 낯익은 얼굴의 이방인 같았다. 붉은 벽돌로 지어진 그 집들은 페인트 칠이 되어 있지 않았다. 각각의 집 뒤편에는 희미한 등불이 하나뿐인 창을 밝히고 있었다. 음식을 만드는지 검은 연기가 굴뚝에서 피어올랐다가 어둑어둑한 하늘로 이내 사라졌다. 짐은 사람들이 빙 둘러앉아 저녁식사를 하며 하루 일에 대해 이야기하는 광경을 떠올렸다. 그들의 일터는 짐과 알 삼촌이 지나온 목화밭일 터였다. 짐은 농장들을 자세히 관찰했다. 농장들은 저마다 점점 확장되는 개척지를 따라 위치한 마지막 초소 같아 보였다.

문득 짐의 머릿속에 두 가지 생각이 동시에 떠올랐다. '사람들이 이곳에 살고 있어. 그들은 내가 누구인지 몰라.' 바로 그 순간 눈을 가린 손을 치우기라도 한 듯—중심가에 들어서자 짐은 잔뜩 주눅이 들어 스스로 초라하게 느껴졌다. 그래서 그런 기분이 덜 들도록 손으로 눈을 반쯤 가리고 있었던 것이다—주위 세상이 환하게 펼쳐졌다. 마치 하늘을 나는 것 같은 기분이었다. 트럭이 천천히 나아갈 때마다 덜커덩거리는 소리와 함께 바퀴 밑에서 "샬럿, 샬럿, 샬럿" 하는 소리가 나는 듯했다. 바람은 강했고 향긋한 냄새가 섞여 있었다. 비록 익숙한 냄새가 나는 곳에서 멀리 떠나오긴 했지만 짐은 여기서도 흙 냄새와 비료 냄새, 노새 냄새를 맡을 수 있었다. "음, 냄새 좋은데." 짐은 자신의 말소리를 들었지만 알 삼촌은 그 소리를 못 들은 것 같았다.

트럭이 킹스 마운틴에 도착할 무렵 짐은 잠이 들었다.

짐은 개스토니아 외곽 직물 공장의 시끄러운 소음에 잠을 깼다. 공장은 삼 층짜리 건물로 기차보다도 길었다. 앨리스빌 전체가 공장 벽돌담 안에 들어갈 수도 있을 것 같았다. 공장 건물은 음침하고 잔잔한 연못 끝자락에 자리잡고 있었다. 창문에서 뿜어져나오는 불빛은 불안할 만큼 선명했고, 연못의 검은 물에 반사되어 번쩍이고 있었다. 기계들이 내는 소음은 요란하다 못해 섬뜩했다. 그에 비하면 트럭의 엔진 소리는 자장가나 마찬가지였다. 짐은 알 삼촌의 무릎을 베고 누웠다. "저런 곳에는 가고 싶지 않아요." 짐이 말했다.

"그래, 절대로 그럴 일이 없기를 바라마." 알 삼촌이 말했다.

짐이 단꿈에 빠져 있을 무렵 삼촌이 짐의 귀를 잡아당기며 말했다. "짐, 일어나라. 샬럿에 다 왔다."

짐은 몸을 일으키고 앉아 주위를 둘러보았다. 트럭은 깊은 협곡 사이를 흐르는 평화로운 강을 옆에 끼고 달리고 있었다. 안개가 자욱해서 앞을 분간하기 어려웠다. 어스름한 강둑을 따라서 나무들이 빽빽이 늘어서 있었고, 가지마다 희미한 불빛이 잘 익은 과일처럼 매달려 있었다. 주변에는 전차들이 희부연 안개 속에 깊이 잠들어 있었다. 짐은 트럭이 잠자는 전차들을 깨우지 않기를 바랐다. 강물은 신선하고 매혹적인 냄새를 풍겼다. 무더운 하루가 저물 무렵 도로 위에 내리는 비 냄새 같기도 했다. 짐은 안개가 햇빛에 사그라지고 모든 것이 환하게 드러나는 아침이 될 때까지 계속해서 강을 따라 달리고 싶었다. 나뭇가지에 달린 불빛을 따서 집에 가져가고도 싶었다. 엄마는 짐에게 강과 숲과 불빛들에 대해 이야기해준 적이 없었다. 엄마는 샬럿의 거리를 오가는 전차들에 대해서도 말해준 적이 없었다. 강둑 어디에선가 말 한 마리가 짐을 향해 다정히 히힝거렸다.

짐은 종소리만큼이나 요란한 침묵 속에서 눈을 떴다. 짐은 몸을 일으켜 알 삼촌을 발견하고 나서야 분명하게 모든 소리를 들을 수 있었다. 알 삼촌은 캄캄한 세상의 가장자리를 밝히는 트럭 전조등 불빛 속에서 커피와 함께 햄 비스킷을 먹고 있었다. 삼촌 뒤로는 나무도, 산도, 별도 없는 칠흑 같은 어둠뿐이었다. 하늘과 땅의 경계를 구분하는 것은 불가능했다. 짐은 트럭에서 내려 전조등 쪽으로 갔다. 알 삼촌이 주머니 속에서 비스킷을 꺼내 짐에게 건넸다.

"여기가 어디예요?" 짐이 물었다.

"사우스캐롤라이나. 그다지 특별한 것 같지 않지?" 알 삼촌이 물었다.

"네."

밤공기는 짙고 따뜻했지만 외투까지 벗을 정도는 아니었다. 전조등 쪽으로 마구 날아드는 나방들 때문에 불빛이 일렁거렸다. 어둠도 귀뚜라미와 매미의 율동적인 울음소리로 진동했다.

"그래도 여기의 흙은 좋구나. 냄새가 느껴지니?"

"네, 삼촌."

"나는 이런 흙냄새가 좋아. 나는 냄새만 맡아도 좋은 흙인지 나쁜 흙인지 구분할 수 있지. 잡초 냄새도 맡을 수 있고. 내가 잡초 냄새를 맡을 수 있다는 거 알고 있었니?"

"아뇨, 몰랐어요."

"잡초뿐만 아니라 메뚜기나 목화바구미 같은 벌레까지, 나는 모든 냄새를 맡을 수 있다."

"그렇군요."

"그나저나 잠 좀 깼으면 좋겠다. 그게 지금의 소망이야." 알 삼촌은 모자를 벗고 사우스캐롤라이나를 향해 큰 소리로 외쳤다. "오, 하나님, 제발 잠 좀 깨게 해주세요! 네?"

두 사람은 귀를 기울였다. 하지만 메아리조차 들리지 않았다. 한밤중이라서 하나님도 잠이 든 것 같았다. 짐은 웃음을 참지 못하고 킥킥거렸다.

알 삼촌은 다시 모자를 썼다. 그러고는 커피를 한 모금 더 마시더니 짐을 향해 고개를 돌렸다. "너 말이야. 아빠가 있었으면 하고 바란 적 있니?"

말이 비수처럼 짐의 가슴을 찔렀다.

"아빠는 돌아가셨잖아요." 짐이 말했다.

"그래, 그건 나도 안다. 짐." 알 삼촌이 말했다. "네 아빠는 좋은 사람이었어. 모두 네 아빠가 살아 있었으면 하지. 내 말은 아빠를 대신해줄 누군가가 있었으면 하고 바란 적이 있느냐는 거야."

여태까지 짐에게 그런 질문을 한 사람은 아무도 없었다. 그것은 엄마가 허락할 만한 질문이 아니었다. 짐은 한참 동안 곰곰이 생각했다.

"아뇨, 바란 적 없어요." 마침내 짐이 입을 열었다. "저한테는 벌써 아빠가 세 분이나 계신데요, 뭐."

알 삼촌은 짐을 바라볼 뿐 아무 말도 하지 않았다.

잘못 말했다고 생각한 짐이 다시 말했다. "알 삼촌이랑 제노 삼촌, 그리고 코란 삼촌이 계시잖아요."

알 삼촌은 여전히 아무 대답도 하지 않았다. 그래도 고개를 돌려 짐을 외면할 생각은 아닌 것 같았다.

짐은 침을 꿀걱 삼켰다. "와아, 사우스캐롤라이나에는 벌레가 참 많네요."

알 삼촌이 갑자기 웃음을 터뜨렸다. 하지만 웃음소리는 한밤 중 개 짖는 소리처럼 카랑카랑하면서도 쓸쓸하게 들렸다.

"짐, 이 말을 꼭 하고 싶구나." 알 삼촌이 말했다. "나는 말이 야, 우리를 두고 누가 어떤 말을 하든지 신경 안 쓴다. 정말로 신경 안 쓸 거야. 자, 한 대 쥐어박기 전에 그 비스킷이나 얼른 먹어라."

짐은 천천히 눈을 떴다. 그러고는 편안한 자장가 같은 소음을 들으며 별을 향해 몸을 일으켰다. 생각해보니 그 별은 짐이 오랫동안 지켜봐온 별이었다. 트럭 엔진에서 붕붕거리는 소리가 났다. 따뜻한 바람이 창문 안으로 불어닥쳐 짐의 뺨을 어루만지고는 쌩 하고 달아났다. 알 삼촌은 한창 이야기를 하는 중이었는데 시작 부분은 짐도 알고 있는 내용이었다. 짐은 두 눈을 감고 삼촌이 들려주는 이야기에 몸을 실었다.

"……그래서 제노 형은 네 엄마가 부탁한 대로 네 아빠 장례 가 끝나고 네가 세상에 태어날 때까지 네 할아버지인 애머스 글 래스 씨에게 편지를 쓰지 않았던 거야. 그후에 제노 형은 애머스 씨에게 편지를 써 소식을 전하면서 시시가 충격을 받아 건강도 안 좋고 그를 만나는 걸 원치 않으니까 찾아오지 말아달라고 했지. 그런데도 애머스 씨, 어쩌면 평생 동안 단 한 번도 남의 말을 따르지 않았을 그 양반이 어느 날 오후 점심식사를 막 마쳤을 때 가게에 나타난 거야. 애머스 씨는 로블리 젠틴 씨를 불러서 산 아래 그곳까지 함께 왔지.

그때 우리 셋 모두 가게에 있었어. 마침 그해 여름에는 농사일이 많이 밀리지 않았거든. 아무튼 그때 므두셀라*만큼이나 늙은 애머스 씨가 낡은 괭이자루를 지팡이처럼 짚고 절뚝거리면서 가게 안으로 들어왔지. 그러고는 이렇게 말했어. '나는 애머스 글래스요. 아이를 만나고 싶소.' 그러자 제노 형이 말했지. '애머스 씨, 당신이 아이를 만나는 걸 시시가 원치 않는다고 편지에서 말씀드렸을 텐데요?' 그랬더니 애머스 씨가 곧바로 이렇게 응수하더구나. '두 번 다시 말하지 않겠소.'

우리 셋은 모두 자리를 박차고 일어났어. 코란은 천천히 현금 서랍을 열었지. 어떤 일이 벌어질지 몰랐거든. 우리가 우리 땅에서 뒤로 물러서는 일은 절대로 없을 거란 사실을 빼고는 말이야. 상대가 애머스 씨든 누구든 간에 우리는 물러서지 않을 작정이었어. 그런데 애머스 씨의 처남인 로블리 젠틴 씨가 한 걸음 뒤

---

* 성경에 나오는 인물로 방주를 만들었다는 노아의 할아버지이다. 969세까지 살았다고 한다.

로 물러나면서 이렇게 말하더구나. '이런, 잠깐. 나는 이 싸움에 끼지 않겠소.' 애머스 씨는 곧 자신이 어떤 상황에서 싸워야 되는지 깨닫게 됐지. 우리는 셋이었지만 그는 혼자에다 노인이었으니까. 애머스 씨는 그 푸른 눈으로 한참 동안 우리를 노려보더구나. 악마가 쳐다보는 것처럼 소름 끼치는 눈빛이었어. 그런데 갑자기 그가 울기 시작하는 거야. 그것도 가게 한복판에서 흑흑흑 소리까지 내면서. 애머스 씨는 흐느끼며 이렇게 말했지. '오, 세상에! 내 아들 짐이 죽다니. 내 아들 짐이 죽다니. 제발 아이를 만나게 해주쇼. 제발 아이를 만나게 해줘요.'

우리는 어떻게 해야 할지 몰라 난처했어. 만약 우리가 애머스 씨를 집에 데려가면 네 엄마가 우리를 죽이려 들 테지만, 다른 한편으론 그 노인네가 정말 불쌍했어. 그런 상황에서는 누구라도 마음이 아팠을 거야. 결국 우리는 애머스 씨에게 잠시 기다리라고 말하고는 창고로 가서 상의를 했지. 그때 코란이 말했어. '시시는 지금 자고 있어.' 실제로 그 당시 네 엄마는 하루의 대부분을 잠만 잤지. 그래서 우리는 창문을 통해 애머스 씨가 안을 들여다보게 하면 아무 일도 생기지 않을 거라는 결론을 내렸어.

우리는 애머스 씨를 데리고 제노 형의 집으로 갔어. 그러고는 현관 앞에 있는 의자를 가져와 그 위에 올라가서 방 창문을 통해 네 엄마가 자고 있는 걸 확인했지. 그런 다음 애머스 씨를 의자에 올라가게 한 뒤에 나, 제노 형, 코란, 로블리 젠틴 씨, 이렇게 넷이서 그를 꼭 붙들었어. 그렇게 애머스 씨는 창문 안을 들여다보았지. 엄마 곁에 누워 있는 너도 보았고. 애머스 씨가 너를 본건 그때가 처음이자 마지막이었어. 그때 우리는 애머스 씨가 '짐, 짐……' 하고 부르는 소리를 들었단다."

짐은 생긋 웃고는 알 삼촌의 이야기 속에서 걸어나왔다. 그러고는 가물가물 멀어져가는 이야기 소리를 들으며 다시 잠 속으로 빠져들었다.

새로운 날을 여는 밝은 햇살이 플로렌스 근처의 황폐한 시골 상점에 있는 두 사람을 맞아주었다. 작고 낡은 건물이 가지를 넓게 드리운 늙은 떡갈나무 밑의 길가에 힘들게 서 있었다. 두 사람이 건물 부지에 들어선 순간 나무 꼭대기에 앉아 있던 까마귀한 마리가 마치 누군가에게 그들이 도착했다고 알리려는 듯 어디론가 날아갔다. 알 삼촌은 나무 그늘 쪽으로 트럭을 몰았다. 외삼촌이 시동을 끄자 엔진이 거친 숨소리를 토하며 아침의 정적을 깬 뒤 멈추었다.

가게는 우엉과 금작화와 작은 삼나무가 자라고 있는 드넓은 땅에 웅크리고 있었다. 짐은 삼나무가 여러 해 동안 연속으로 경작된 목화밭에서 자라는 나무라는 것을 잘 알고 있었다. 이제 그

땅은 너무 메말라서 농사를 지을 수 없었다. 밭을 갈던 농부들은 어디론가 떠나버렸고, 가게 문도 닫혀 있었다. 외삼촌들은 절대로 같은 땅에 이 년 연속으로 목화를 심지 않았다. 그들은 그렇게 하는 사람들을 형편없는 농부라고 말했다.

알 삼촌은 모자를 벗어 옆 좌석에 놓았다.

"잠깐 눈 좀 붙여야겠다. 내가 깰 때까지 망볼 수 있지?"

"네, 삼촌."

"뭔가 우리 쪽으로 다가오진 않는지 잘 살펴라. 내가 잠든 사이에 뭔가가 나를 덮치면 큰일 나니까."

짐은 좀더 잘 감시하기 위해 트럭 밖으로 나왔다. 혹시 급하게 뛰어들어갈 경우를 대비해 트럭 문은 열린 채로 두었다. 짐은 떡갈나무 밑으로 다가갔다. 나무는 그곳이 빈 들판의 한복판임을 표시하는 듯했다. 그 위로 보이는 파란색 사발 같은 하늘은 나무가 그 장소를 중요한 곳으로 보이게 하는 데 한몫했다. 하지만 나무 외에는 어떤 것도 중요해 보이지 않았고, 동쪽 멀리까지 죽 이어진, 개울이 있음을 알려주는 검은 덤불 둑 외에는 두드러지게 눈에 띄는 것도 없었다. 낡은 가게는 마치 힘들어서 기대려는 듯 나무 쪽으로 약간 기울어져 있었다.

짐은 가게 현관에서 레드록 콜라의 광고 문구가 적힌 온도계를 발견했다. 그것은 누가 남긴 쪽지처럼 문 중간에 못으로 고정

되어 있었다. 온도계를 자세히 들여다보니 이른 시간인데도 섭씨 29도를 가리키고 있었다. "무더운 하루가 되겠는걸." 짐은 용기를 북돋으려 일부러 큰 소리로 말했다. 하지만 문득 부랑자나 강도나 유령은 보통 건물 안에 숨어 있다는 사람들의 말이 생각나 덜컥 겁이 났다. 엄마는 사람이 겁을 먹으면 초라해진다고 했는데. 짐은 허파 가득 용기를 불어넣고는 까치발을 하고 건물의 하나뿐인 창가에 서서 안을 들여다보았다. 안에는 거친 목재로 만든 카운터와 곧 무너질 것 같은 선반들 말고는 아무것도 없었다. 짐은 '그런대로 괜찮은데' 하고 생각했다.

짐은 가게 뒤편에서 하얗게 색이 바랜 어떤 동물의 자그마한 머리뼈를 발견했다. 왜 그 동물이 죽었는지는 알 수 없었지만 아무래도 뱀에게 물려 죽은 것 같았다. 짐은 머리뼈를 막대기 끝에 꽂고는 가게 주변의 풀밭을 헤치며 어슬렁거렸지만 뱀은 보이지 않았다. 어쩌면 짐이 나타난 것을 알아채고 이미 도망을 쳤을지도 모른다. 도로 쪽에서 자동차가 다가오는 소리가 두 번 들렸다. 짐은 그때마다 뛰어가서 트럭 보닛 쪽에 숨어 여차하면 알 삼촌을 깨우려 했지만 두 번 다 차들은 속력을 줄이지 않고 지나쳐갔다. 짐은 혹시라도 운전자들이 방향을 틀어 돌아올까봐 차들이 시야에서 완전히 사라질 때까지 잠자코 기다렸다.

플로렌스에서 알 삼촌은 지나가는 사람에게 하비 하트셀 씨의 농장으로 가는 길을 물었다. 하트셀 씨는 자신이 가진 벨기에산 짐수레용 말 몇 마리를 팔려고 농민 신문에 광고를 냈는데, 알 삼촌은 그 광고를 보고 그를 찾아가는 중이었다. 삼촌들은 언제나 노새를 부려 농사를 지었는데 최근 들어 알 삼촌은 괜찮은 말을 가졌으면 하는 생각을 하기 시작했다. 그는 하루 종일 노새들과 이야기하는 것이 지겨워졌다고, 게다가 노새들은 그리 정직하지도 않다고 했다. 반면 말은 노새만큼 영리하지는 않지만 적어도 말들이 하는 이야기는 믿을 수 있다고 했다.

하비 하트셀 씨의 농장은 찾아가기에 그다지 어렵지 않았다. 하트셀 씨는 그의 농장으로만 통하는 길인 듯 보이는 기다란 흙길 끝에 살고 있었다. 일층과 이층에 베란다가 달리고 높은 흰색 기둥이 있는 붉은 벽돌집이었다. 하얀 조개 파편들이 깔린 긴 진입로를 지나면 집이 나타났다. 진입로에는 피칸나무 그늘이 드리워져 있었는데, 길을 사이에 두고 기다란 나뭇가지들이 서로 얽혀 터널을 이루고 있었다. 알 삼촌은 시원한 초록빛 터널 속으로 차를 운전해 들어갔다. 짐은 입고 있는 작업복을 비롯해 알 삼촌의 밀짚모자 정수리에 달린 고리와 방금 먹은 햄 비스킷을 생각하자 창피한 마음이 들었다. 하비 하트셀 씨의 농장은 두 사람과 어울리지 않았다. 이곳은 두 사람이 올 데가 아닌 것처럼 느껴졌다. 집 앞에 도착한 알 삼촌이 높은 이중문을 한참 동안 두드렸지만 아무도 문을 열고 나오지 않았다. 짐은 안도의 한숨을 내쉬었다.

간선도로로 다시 돌아가는 길에 알 삼촌은 멀찍이 떨어진 곳에 있는 오두막과 농장 들이 옹기종기 모인 곳을 향해 트럭을 몰았다. 집들은 모두 굳게 잠겨 있는 것 같았다. 한 집의 현관 앞에서는 개 한 마리가 자고 있었고, 또다른 집 마당에는 빨래가 잔뜩 널려 있었다. 알 삼촌은 어느 집의 헛간 그늘에 주차된 낡은 트럭 옆에 차를 세웠다. 삼촌이 소리 내어 사람을 불렀지만 아무도 대답하지 않았다. 헛간 뒤로 돌아가자 흰색으로 칠한 가축우리 문짝에 기대 서 있는 노인의 모습이 보였다. 우리 안에는 말 두 마리가 죽은 채 누워 있었다. 그리고 대머리수리들이 노인이 감사 기도 올리기를 기다리기라도 하듯 말들의 몸통 위에 꼼짝 않고 앉아 있었다. 짐은 코를 틀어쥐었다. 수리들의 붉게 벗겨진 머리가 흉측해 보였다.

"안녕하십니까?" 알 삼촌이 죽은 말들을 바라보며 말했다.

"안녕하쇼." 노인이 말했다.

"혹시 하비 하트셀 씨입니까?"

노인은 재미있는 농담이라도 들은 듯 웃음을 터뜨렸다. 그러고는 짐을 보더니 눈을 찡긋하고 말했다. "네 눈엔 내가 하비 하트셀 씨처럼 보이냐?"

노인은 치아가 하나도 없었다. 입을 다물면 양쪽 뺨이 웅덩이처럼 움푹 들어갔다. 짐은 하비 하트셀 씨는 분명히 이가 있을 거라고 생각했다.

"나는 하비 하트셀 씨가 어떻게 생겼는지 모릅니다만, 그렇다고 그렇게 무례하게 말할 것까지는 없지 않습니까?" 알 삼촌이 말했다.

짐은 알 삼촌을 바라보았다. 외삼촌들이 처음 보는 사람에게 그처럼 퉁명스럽게 말하는 것은 처음 보았다.

노인은 알 삼촌이 별로 신경 쓰이지 않는 것 같았다. 그는 엄지손가락을 겨드랑이에 집어넣더니 날갯짓을 하듯 팔을 위아래로 퍼덕거렸다.

"하비 하트셀은 영락없이 죄수처럼 생겼지." 노인이 말했다. "그는 여기 이 말들이 은행에 넘어가지 못하도록 총으로 쏴 죽였어. 농장의 가축들도 모조리 쏴 죽였지. 그래서 감옥에 끌려갔어."

"맙소사." 알 삼촌이 말했다.

"모두들 내게 이렇게 말하지. '하비 하트셀 씨의 땅을 몰래 돌아다니지 않는 게 좋을 거요.' 그럼 난 이렇게 대꾸해. '여긴 이제 하비 하트셀 씨의 땅이 아니야. 안 그래? 그가 내게 무슨 짓을 하겠어?'" 노인은 즐거운 듯 보였다. 그는 마치 자기가 주인인 양 출입문 문턱 위에 발을 걸쳤다.

"나는 한때 하비 하트셀 씨를 위해 일했어. 그런데 그는 내 몫을 가로채버렸지. 그것도 모자라 내가 그것에 대해 따지자 나를 내쫓았어. 이젠 감옥에 갇혀 있는 신세라서 더는 그렇게 못하지만 말이야."

짐은 비록 하비 하트셀 씨가 알 삼촌이 이렇게 먼 길을 찾아오면서까지 보러 온 말들을 쏴 죽이기는 했지만 자기도 모르게 그의 편을 들고 싶어졌다.

"저 말들은 **벨기에야**." 노인이 말했다.

"벨기에산이겠죠." 알 삼촌이 말했다.

알 삼촌은 몸을 구부리고 출입문의 문턱을 넘어 우리 안으로 천천히 들어갔다. 대머리수리들 중 한 마리가 커다란 날개를 활짝 펴더니 무겁게 날갯짓을 하며 허공으로 날아올라 들판을 가로질러 가버렸다. 하지만 다른 한 마리는 날개를 추켜세우고 알 삼촌을 향해 덤벼들듯 쉭 하는 소리를 냈다. 녀석의 깃털 사이로 햇빛이 비쳤다. 대머리수리의 도마뱀 같은 머리만 아니었다면 짐은 그 날개가 무척 아름답다고 느꼈을 것이다. 안으로 들어간 알 삼촌이 걸음을 멈추더니 주머니에서 권총을 꺼내 대머리수리를 겨누었다.

"오, 이런. 나는 그만 가봐야겠군." 노인은 모자를 손에 쥐고 헛간 벽 옆에 바짝 붙어 황급히 그곳을 빠져나갔다.

짐은 코를 쥔 손을 풀고 손가락으로 귀를 틀어막았다. 하지만 곧 다시 코를 막는 게 낫겠다는 생각이 들었다. 총소리는 생각보다 크지 않았다. 방아쇠를 당기는 순간 작고 둔탁한 소리가 났을 뿐 메아리는 울리지 않았다. 대머리수리는 천천히 날개를 접더니 졸린 듯 고개를 숙이며 말에서 떨어졌다. 파리 떼가 말 위로 날아올랐다가 다시 내려앉았다. 알 삼촌은 권총을 주머니에 넣고 말들이 쓰러져 있는 곳으로 다가갔다. 알 삼촌이 말들 옆에 서자 그제야 짐은 그것들이 얼마나 큰지 깨달았다. 말들은 짐이 지금껏 보았던 어떤 노새보다도 컸다. 알 삼촌이 말들을 일으켜 세우고 마구를 채운다면 헛간 전체를 끌고 갈 수도 있을 것 같다. 알 삼촌은 아무 말 없이 한참 동안 죽은 말들을 내려다보았다. 냄새 따위는 상관하지 않는 듯했다.

알 삼촌은 플로렌스에서 앨리스빌로 돌아가는 대신에 머틀비치로 트럭을 몰았다. 여태껏 한 번도 바다를 본 적이 없으니 이번에 구경 좀 하자는 것이었다. 보통 때라면 집에 돌아가서 일을 할 알 삼촌이 그렇게 말하는 것은 외외였다. 하지만 짐은 삼촌의 갑작스러운 계획 변경이 싫지 않았다. 짐 역시 한 번도 바다를 본 적이 없었기 때문이다.

트럭이 달리는 간선도로는 해안가의 낮은 습지대로 접어들면서 물에 잠기기 시작했다. 양쪽 도로변에 거무스름한 물이 고인게 홍수라도 난 것 같았다. 회색빛의 울퉁불퉁한 나무들이 반쯤물에 잠겨 있었고, 기다란 뱀 모양의 이끼들이 나뭇가지에 달라붙어 있었다. 검은 강물은 천천히 흐르면서 주위의 마른 땅을 조금씩 삼키고 있었다. 트럭이 그곳을 벗어나기까지 시간이 오래걸렸다. 짐은 트럭이 도중에 멈추지 않은 게 천만다행이라는 생각이 들었다. 트럭이 습지대에서 벗어나자 이번에는 낡은 오두막들이 모인 마을이 나타났다. 오두막의 마당에는 닭과 꾀죄죄한 어린아이들이 가득했다. 온갖 색깔과 크기의 개들이 오두막문에서 사납게 달려나와 타이어를 물어뜯을 기세로 트럭을 쫓아왔다. 마을 가까이에 목화밭과 담배밭이 넓게 펼쳐져 있었다. 낯선 트럭이 지나가자 밀짚모자나 밝은색 머릿수건을 쓰고 밭에서일하던 일꾼들이 고개를 돌려 쳐다보았다. 이따금씩 도로에서멀리 떨어진 숲 뒤에 자리잡은 커다란 하얀 집들이 눈에 띄었다. 짐은 이곳 역시 은행 차지가 되는 건 아닐까 하고 생각했다. 만약 그렇다면 이곳의 주인들 역시 헛간과 농장을 휩쓸고 다니면서 눈에 띄는 모든 것을 닥치는 대로 죽일지도 몰랐다. 그렇게생각하자 짐은 앨리스빌을 떠나온 뒤 처음으로 집이 그리워졌다. 짐은 사우스캐롤라이나에 살지 않는 것이 다행이라고 생각했다.

이윽고 두 사람은 습지대와 농장지대에서 벗어나 소나무숲 외에는 아무것도 보이지 않는 황무지로 들어섰다. 그리고 마침내 소나무숲을 가로질러 빠져나온 순간 드넓은 바다가 보였다. 짐이 내쉰 숨은 마치 밖으로 나가기가 무섭다는 듯 목구멍에 걸렸다. 짐은 몇 번이나 목구멍 밖으로 숨을 내쉬려고 애썼다. 하지만 쉽지 않았다. 짐은 풍경에 익숙해질 때까지 바다가 가만히 정지해 있기를 바랐다. 하지만 파도는 도랑에서 정신없이 뛰어노는 아이들처럼 넓은 백사장을 들락거렸다. 파도는 서서히 일어나 사우스캐롤라이나 쪽으로 돌진해오다 모래 위로 몸을 던졌다. 파도가 해안에 부딪쳐 부서질 때마다 요란한 소리가 났다. 그 소리는 꼭 하나님의 노여운 숨소리 같았다.

"휴우, 드디어 왔다." 알 삼촌이 말했다.

"정말 드디어 왔네요." 짐이 말했다.

"마침내 대서양에 왔어."

"그래요, 삼촌."

"지금까지 살아오면서 이렇게 거대한 걸 단 한 번도 생각해보지 않았다는 게 이상하네."

"정말 그래요."

"학교에서 배웠던 것 같은데 기억이 안 나. 마지막으로 바다 생각을 한 게 언제였는지 기억이 나지 않는구나."

"저도요."

"어쨌든 마침내 바다에 왔어."

"네, 삼촌."

두 사람은 트럭에서 내려 해변을 향해 난 모래언덕을 내려가기 시작했다. 모래언덕엔 귀리처럼 생긴 풀들이 바닷바람에 흔들리고 있었다. 알 삼촌은 멈춰서서 그 풀을 자세히 바라보았다. 짐은 처음에는 자세히 보았지만 그다음부터는 주의를 기울이지 않았다. 모래가 발을 태울 듯 뜨거웠다. 해변에 가까워질수록 모래는 차가워졌지만 파도는 모래언덕 위에서 보는 것보다 더욱 사납게 으르렁거렸다. 파도가 허공으로 솟구쳤다가 떨어지는 순간 혀를 내밀자 짠맛이 느껴졌다. 짐은 손을 뻗어 알 삼촌의 손을 잡았다.

"물속으로는 들어가지 않는 게 좋겠다, 짐." 알 삼촌이 말했다. "저 물에 대해서 우리는 아무것도 모르니까."

"안 들어갈게요." 짐이 말했다.

모래밭 위에는 파도가 지나간 자국이 시커멓게 남아 있었다. 둘은 그 자국에서 멀찌감치 떨어진 곳에 멈춰섰다. 그러고는 잠시 푸른 하늘과 푸른 바다가 하나가 되는 곳을 바라보았다. 밀려드는 파도의 언저리에 몸집이 작고 다리가 긴 흰 새가 이리저리 분주히 뛰어다니고 있었다. 새는 파도가 밀려올 때는 모래언덕 쪽으로 피했다가 파도가 물러가면 바다 쪽으로 달려갔다. 바다가 끝나고 육지가 시작되는 위험한 곳에서는 좀처럼 찾을 수 없는 무언가를 찾고 있는 듯이 보였다. 알 삼촌과 짐이 가까이 다가가자 녀석은 끼룩거리며 어디론가 날아가버렸다.

"짐, 나는 네가 누구에게든, 그리고 무엇이든, 빚을 져서는 안 된다는 걸 알았으면 한다. 빚을 지면 죽을 때 어떻게든 갚게 되거든. 내 말 알아듣겠니?"

"네."

"그냥 네가 알았으면 해서 한 말이다."

"네, 삼촌."

짐은 잠시 생각에 잠겨 있다 손으로 바다를 가리켰다. "우리 강은 저쪽에 있어요?"

"어딘가에 있겠지. 그런데 찾아보기 귀찮구나."

"저도요." 짐이 말했다. 그러고는 잠시 생각에 잠겼다 다시 말했다. "저 바다를 건너가면 벨기에에 닿을까요?"

"그럴 것 같구나." 알 삼촌이 말했다.

"삼촌, 왜 그 대머리수리를 샀어요?"

"모르겠다. 그냥 대머리수리가 말 위에 앉아 있는 모습을 참을 수 없었어."

"아, 그랬군요."

"쏘지 말았어야 했어. 그 녀석은 단지 자기 일을 하고 있었을 뿐인데……"

"쏘면 어때요? 그럴 수도 있죠, 뭐."

"짐, 다른 이의 불행을 절대로 비웃지 마라."

"네, 알았어요."

"남의 불행을 비웃으면 어떤 좋은 일도 찾아오지 않아. 하나님은 너를 세상에 태어나게 했어. 네가 하나님의 은총을 다른 사람들을 깔보는 데 쓴다면 그것은 하나님을 욕하는 것과 마찬가지야. 하나님의 이름을 욕되게 하는 거라고. 이해하겠니?"

"네, 삼촌."

알 삼촌은 모자를 벗고 소매로 얼굴을 닦았다. "먼 여행이었어. 그렇지, 짐?"

"네."

"집에 가면 곧바로 푹 쉬어야겠다. 그런데 그 전에 바닷물에 잠깐 들어가보지 않을래?"

"아뇨."

"들어가야 할 것 같은데."

"저는 싫어요."

"잠깐이면 돼. 깊은 곳에 빠지지 않게 내가 꼭 붙잡아줄게. 집에 돌아가서 제노 형과 코란에게 대서양에 들어갔었다고 자랑 좀 하자."

알 삼촌은 신발과 양말을 벗어 모래 위에 놓았다. 그러고는 작업복 바지를 말아올리고 짐을 끌고 바닷물 쪽으로 다가갔다. 한 파도가 지나가면 또다른 파도가 둘의 발목 위로 밀려들었다. 물은 짐이 상상했던 것보다 따뜻했다. 생각보다 크지 않은 물고기가 짐의 발치에서 헤엄쳤다. 짐이 발가락을 움직이자 물고기가 빛처럼 빠르게 사라졌다. 짐은 물속에서 외삼촌들의 밭들 사이로 흘러가는 강물을 느낄 수 있었다. 아마도 제노 삼촌이나 코란 삼촌은 그날 아침에 강을 바라보았을 것이다. 어쩌면 둘은 손수건을 강물에 적셔 얼굴에 흐르는 땀을 닦았을지도 모른다. 짐은 알 삼촌의 손을 붙잡고 눈을 지그시 감았다. 벨기에를 느껴보고 싶었기 때문이다. 짐은 현기증이 나고 바닷물이 발에 낯선 글자를 쓰는 걸 느낄 때까지 계속 그러고 있었다. 하지만 눈을 떴을 때 보인 것은 바다와 으르렁거리며 솟구치는 세찬 파도뿐이었다.

"돌아갈 때 시간이 오래 걸리지 않았으면 좋겠다." 알 삼촌이 말했다.

"그러게요." 짐이 말했다.

제3부

읍내 소년들과 산골 소년들

개학

　그날 아침엔 학교 냄새가 났다.

　전날 아침에는 그저 여름 냄새, 이슬과 풀잎과 밭에 자라는 곡식 냄새가 났을 뿐이었다. 하지만 그날 아침 공기에서는 마침내 길고 지루한 날들이 끝났음을 알리는, 책과 연필과 칠판지우개 냄새가 느껴졌다. 아침을 먹는 내내 달콤하고 신선한 공기가 짐의 코를 간질였다. 이제는 주변의 모든 것이 빠르게 움직이고 있는 듯했다. 짐은 몇 모금 안 남은 우유를 쭉 들이켜고는 식탁에서 일어나며 최대한 무덤덤한 말투로 말했다.

　"음, 이제 학교 갈 시간이 된 것 같아요."

　그러자 엄마와 외삼촌들도 동시에 의자를 뒤로 빼면서 일어섰다.

"난 모자를 쓰고 가야지." 알 삼촌이 말했다.

"설거지는 다녀와서 해야겠는걸." 엄마가 말했다.

"가게 문 좀 늦게 연다고 무슨 큰일이야 나겠어?" 코란 삼촌도 한마디 보탰다.

마지막으로 제노 삼촌이 외쳤다. "좋아, 그럼 다들 출발하자고!"

"저기, 잠깐만요. 다들 어디 가세요?"

짐의 물음에 제노 삼촌이 의아한 표정을 지었다. "어디 가냐니? 너하고 같이 학교에 가려고 그러지."

"저랑요?" 당황한 짐의 눈이 휘둥그레졌다. "학교엔 왜 가시는데요?"

"선생님을 만나뵈어야지." 알 삼촌이 말했다. 엄마와 코란 삼촌도 한마디씩 거들었다.

"교실 구경도 하고."

"네 친구들도 만나보고 말이야."

짐은 당황한 눈빛으로 엄마와 외삼촌들을 쳐다보았다. 1학년 꼬마들도 온 가족이 학교까지 동행하는 경우는 없었다. 머릿속에 엄마와 외삼촌들이 아무리 으름장을 놓아도 집에 돌아갈 생각을 안 하는 강아지들처럼 뒤를 졸졸 따라 학교 운동장으로 들어가는 광경이 그려졌다. 수백 명이나 되는 새 학교의 아이들이

낄낄대고 비웃는 소리가 귀에 들리는 듯했다. 짐은 상상만으로도 얼굴이 붉어졌다.

제노 삼촌이 섭섭한 표정으로 물었다.

"왜 그러니, 짐? 우리랑 같이 학교에 가는 게 싫어?"

짐은 멍하니 입을 벌린 채 엄마와 외삼촌들의 얼굴을 차례로 쳐다보았다. 가족들의 마음을 상하게 하고 싶지는 않았지만 그렇다고 함께 학교에 갈 수도 없는 노릇이었다. 어쨌든 이제 4학년이 되지 않았는가.

짐이 뭔가 대꾸할 말을 찾으려 애를 쓰는데 엄마가 "큭" 하고 짧게 웃음을 터뜨렸다. 그러자 이번에는 코란 삼촌이 내내 숨을 참고 있었던 듯 돼지처럼 콧김을 내뿜었다. 제노 삼촌과 알 삼촌까지 몸을 들썩거리기 시작했다. 그제야 짐은 그들이 처음부터 학교까지 따라올 생각이 없었다는 것을 깨달았다. 갑자기 외삼촌들이 식탁 주위로 우르르 몰려들더니 짐을 현관문 쪽으로 떼밀었다. 외삼촌들이 시끌벅적 웃고 떠드는 소리는 도저히 알아들을 수 없는 소음처럼 느껴졌다. 엄마가 외삼촌들에게 떼밀려 현관 계단을 내려가는 짐에게 공책과 야구 글러브를 건네주었다.

짐은 간선도로 앞에서 뒤를 돌아보았다. 엄마와 외삼촌들이 현관 앞에서 손을 흔들고 있었다.

"말썽 피우면 안 된다!" 제노 삼촌이 소리쳤다. 엄마와 쌍둥이 외삼촌도 차례로 한마디씩 보탰다.

"공부 열심히 해!"

"수업 시간에 집중해라!"

"물장난 치지 마!"

짐도 손을 흔들며 큰 소리로 외쳤다. "학교 다녀오겠습니다!"

짐은 다시 몸을 돌려 학교로 향하는 언덕길을 올려다보았다. 문득 더이상 발걸음을 옮기지 않았으면 좋겠다는, 떠나지 않고 계속 여기에 있었으면 좋겠다는 생각이 머리를 스쳤다.

짐은 한 장소에 그처럼 많은 아이가 모인 광경을 태어나서 한번도 본 적이 없었다. 운동장에는 다섯 개의 작은 다른 학교에서 새 학교로 전학 온 1학년부터 고등학교 졸업반 학생들까지 모두 모여 있었다. 짐은 아는 얼굴을 단 한 사람도 찾을 수 없었다. 하지만 그때 짐과 같은 학교에 다녔던 버스터 버넷이 수많은 아이 틈에서 짐을 찾아냈다. 둘은 함께 아는 아이들을 찾아다니기 시작했다. 곧 그들은 같은 학교 출신인 크로퍼드 윌슨, 버스터 버넷의 사촌이자 짐의 교회 친구인 래리 로터, 래리와 서니뷰에서 학교를 같이 다녔던 친구 데니스 딘을 찾아냈다. 그렇게 다섯 명의 소년이 모이니 다른 덩치 큰 아이들에게 주눅 들지 않고 운동장에 서 있어도 될 만큼 꽤 큰 무리가 되었다.

짐은 친구들에게 둘러싸여 있어 기분이 좋았다. 지난여름 동안 또래 친구들을 만난 날은 손가락에 꼽을 정도였기 때문이다. 게다가 친구들은 짐에게 무엇을 해야 할지, 어디로 가야 할지 묻기 시작했다. 마치 짐이 오기 전에 자기들끼리 모여서 그를 리더로 뽑기라도 한 것 같았다.

짐은 자신이 버스터나 크로퍼드보다 야구를 잘한다는 것을 알고 있었다. 달리기 역시 그들보다 확실히 잘했다. 반면에 래리 로터는 너무 뚱뚱해서 그다지 몸이 날쌜 것 같지 않았고, 데니스 딘도 키가 작아서 달리기를 썩 잘할 것 같지 않았다. 짐은 자신이 다른 아이들보다 키가 크다는 사실도 깨달았다. 물론 키가 크다고 해서 그것을 친구들을 괴롭히는 데 이용할 생각은 없었다. 짐은 다른 친구들이 우러러보는 소년이었고, 그래서 자신에게 주어진 임무를 진지하게 받아들였다. 짐은 친구들에게 쉬는 시간에 야구 시합을 하자고 제안했다. 아이들은 짐의 야구 글러브를 보고 감탄을 금치 못했다. 한 사람씩 차례로 글러브를 끼고 남은 주먹으로 팡팡 두드려보기도 하고, 집게발처럼 상상의 야구공을 덥석 잡아채기도 했다.

여덟시 정각이 되자 새로 부임한 던랩 교장 선생님이 학교 중앙 현관에서 걸어나왔다. 그가 모세처럼 팔을 들어올리자 계단 주변에 떼 지어 몰려 있던 수많은 학생이 순식간에 조용해졌다. 교장 선생님은 1학년을 맡은 예쁘장한 라단 선생님을 시작으로 교사들을 한 명씩 소개하고, 뒤이어 그 반이 될 아이들의 명단을 불렀다. 이름을 불린 아이들은 줄을 맞춰 선생님을 따라 건물 안으로 들어갔다.

4학년을 맡은 선생님은 오동통한 몸집에 나이가 지긋한 내니라는 이름의 여자 선생님이었다. 그녀는 배가 불룩했고, 곱슬거리는 머리는 완전히 회색도 아니고 그렇다고 아주 다른 색도 아닌 애매한 색이었다. 내니 선생님은 던랩 교장 선생님이 4학년 명단을 다 부르기도 전에 손가락을 '딱' 하고 튕기더니 대열 속에서 킥킥대던 짐과 친구들을 지적했다. 짐과 친구들은 그럴수록 더욱 장난을 치고 싶어졌다. 잠시 후, 학교 건물을 향해 행진하던 짐 일행은 자신들을 엄한 표정으로 바라보는 교장 선생님과 눈이 마주쳤다.

버스터가 짐의 귀에 대고 장난스럽게 속삭였다. "야, 올해는 최고로 끝내주는 한 해가 될 것 같은데?"

내니 선생님의 교실은 아직 공사가 끝나지 않은 교내 다른 곳들과 마찬가지로 천장도 없이 휑한 헛간 같은 분위기였다. 하지만 벽은 새로 회반죽을 바르고 다시 흰색 페인트를 칠한 상태였다. 벽에는 북부연합 지도와 남부연합 지도, 예수가 활동하던 당시의 성지 지도 등 크고 다양한 지도가 붙어 있었다. 마룻바닥은 향긋한 아마인유를 칠해서 반질반질 빛났고, 칠판은 분필을 한 번도 안 댄 새것이었다. 그런가 하면 한쪽 벽에는 천장부터 바닥까지 닿는 커다란 유리창이 있었다. 덕분에 아직 마을에 전기가 들어오지 않아 전등을 켜지 못했는데도 교실 안은 제법 환했다. 짐은 새 교실이 마음에 들었다.

내니 선생님은 교실에 도착하자마자 우선 짐과 친구들을 가능한 한 서로 멀찌감치 떼놓았다. 수업 중에 모여서 장난을 치지 못하게 하기 위한 조치였다. 짐은 맨 앞줄에 앉게 되었는데, 마음에 무척 들었다. 짐은 언제나 학교를 좋아했고, 교실 앞쪽 자리를 좋아했다. 짐은 선생님에게 자신이 얼마나 똑똑한지 증명하고 싶은 마음에 벌써부터 과제가 기다려졌다.

내니 선생님이 자리 배정을 모두 마치고 나서 말했다. "여러분도 보다시피 지금 이 교실에는 빈 책상이 많이 있어요."

처음부터 학교 통합에 찬성하지 않았던 내니 선생님은 하이솔에 있는 작은 학교를 떠나 억지로 이곳으로 온 터였다.

"린스 마운틴에서 버스를 타고 오는 학생들이 아직 도착하지 못해서예요. 요즘처럼 건조한 9월에도 때맞춰 못 온다면, 겨울에는 어떨지 안 봐도 뻔하죠. 어쨌든 사정이 이러니 출석은 나중에 부르겠어요."

짐은 고개를 돌려 교실 뒤쪽의 빈 책상들을 바라보았다. 선생님이 말하기 전까지는 자신의 반에 린스 마운틴에서 온 아이들이 한 명도 없다는 사실조차 알아차리지 못했다. 린스 마운틴은 앨리스빌에서 그리 멀지 않았지만 산마루까지 가는 길은 좁고 구불구불해서 시간이 꽤 오래 걸렸다. 짐은 산골 아이들이 아빠처럼 친절하고 온화할지, 아니면 할아버지처럼 심술궂을지 궁금했다. 또한 새로 만나게 될 그 아이들이 짐 글래스라는 이름을 알아보지는 않을지, 짐이 한 번도 만난 적 없는 고약한 노인과 한 핏줄이라는 이유로 아이들과 운동장에서 주먹다짐을 해야 할 일이 생기지는 않을지도 궁금했다.

열시 정각에 쉬는 시간이 되자 짐은 내니 선생님이 창고에서 꺼내온 배트와 공을 들고 아이들과 함께 운동장으로 뛰어나갔다. 운동장 한구석에는 철망으로 된 새 백네트가 있었다. 짐과 친구들은 여자아이들에게 함께 야구를 하자고 청하는 것은 말도 안 되는 소리라는 데 만장일치로 합의했다. 여학생들은 건물 가까운 곳에서 줄넘기를 하고 있었다. 남자아이들 수가 다섯뿐이어서 짐은 정식 야구 시합 대신 수비 연습을 하자고 제안했다.

연습을 시작하기 전, 크로퍼드 월슨이 내니 선생님이 남학생 다섯 명과 여학생 네 명을 데리고 건물 옆을 돌아서 오는 모습을 발견했다. 운동장 끝에 멈춰선 내니 선생님은 손가락으로 줄넘기를 하는 여자아이들을 가리키더니 다시 운동장을 가로질러 남자아이들이 있는 백네트 쪽을 가리켰다.

"쟤들 누구지?" 버스터 버넷이 자신들 쪽으로 걸어오는 새로운 얼굴들을 바라보며 물었다.

"린스 마운틴에서 온 애들일 거야." 짐이 대답했다.

"촌닭들." 데니스 딘의 말에 소년들은 서로 눈치를 보며 킥킥거렸다. 하지만 그들 중 누구도 새로 온 아이들이 자신들과 똑같은 작업복 차림이라는 사실에 대해선 말하지 않았다.

새로 온 아이들 가운데 대장처럼 보이는 한 소년이 있었다. 큰 키에 갈색 눈동자, 잉크처럼 새카만 머리카락을 가진 제법 잘생긴 소년이었다. 그가 짐을 마주하고 서자 나머지 아이들이 주위를 에워쌌다. 잘생긴 소년의 키는 짐과 같거나 머리카락 한 올만큼 더 컸다. 짐은 왠지 잘난 척하고 으스대는 것 같은 소년이 못마땅했다.

"내 이름은 펜 카슨이야." 잘생긴 소년이 약간 이상한 억양으로 말했다.

"나는 짐 글래스야. 이쪽은 내 친구들이고."

펜 카슨은 짐이 소개하는 아이들의 얼굴을 하나하나 찬찬히 뜯어보면서 고개를 끄덕였다. 뒤이어 그가 자기 친구들을 가리키며 말했다.

"이 친구는 오티스 셰한. 그리고 순서대로 매키 맥도웰, 윌리 맥비 그리고 호러스 젠틴이야."

소년들은 우물우물하며 서로 어색하게 인사를 나누었다.

"내 생각에 너랑 나랑은 먼 친척인 것 같다." 호러스 젠틴이 짐에게 말했다.

"난 친척 없는데." 짐은 그렇게 잘라 말했지만 사실은 자신도 확실히 알지 못했다.

그때 오티스 셰한이 말했다. "난 네 할아버지가 누군지 알아."

짐은 오티스를 유심히 바라보았다. 짐보다 키가 훨씬 작았지만 심술궂은 인상이었다.

"내 할아버지가 누구든 나하고는 상관없는 얘기야." 짐이 단호하게 말했다.

"네 이름이 펜이라고?" 버스터 버넷이 새로 온 잘생긴 소년에게 물었다.

"내 이름은 윌리엄 펜의 이름을 따서 붙인 거야. 펜실베이니아 주를 세운 인물이지. 우리 엄마는 필라델피아 출신인데 퀘이커교 선교사셔. 우리 학교가 문을 닫기 전까지 거기 선생님으로 계셨고."

짐은 학교 선생님 같은 펜 카슨의 말투가 조금 불편하게 느껴졌다.

"퀘이커교가 뭐야?" 크로퍼드 윌슨이 물었다.

"설명하자면 좀 복잡한데⋯⋯" 윌리 맥비가 말끝을 흐리자 펜이 재빨리 나서서 말했다.

"퀘이커교는 기독교의 한 종류야."

"침례교는 아니야." 래리 로터가 말했다.

"감리교도 아니고." 버스터 버닛이 말했다.

"그건 양키*들이 믿는 종교잖아." 데니스 딘이 말했지만 아무도 웃지 않았다.

"펜은 양키가 아니야. 그리고 한마디 더하겠는데 펜은 싸움을 하지 않아. 자기 종교를 거스르는 일이니까." 오티스가 말했다.

펜이 그만하라는 듯 손을 내밀며 말했다.

"난 노스캐롤라이나에서 태어났어. 너희처럼 말이야."

호러스 젠틴이 화제를 바꾸었다. "내니 선생님이 우리더러 너희랑 같이 야구를 하라고 하시던데, 야구를 할까, 아니면 얘기를 더 할까?"

그 말에 짐이 제안했다. "우리랑 한판 붙어보는 게 어때? 읍내 소년들 대 산골 소년들 이렇게." 두 팀은 서로를 신중하게 바라

─────────

* 미국 북부 사람을 낮춰 부르는 말.

보았다. 누구도 선뜻 말을 꺼내지 않았다.

마침내 펜이 고개를 끄덕이며 말했다. "좋아."

읍내 소년들이 먼저 공격을 해서 12점을 얻었다. 짐은 타석에
들어선 세 차례 모두 출루했다. 반면 래리 로터는 달리기가 그다
지 빠르지 않은 데다 타격도 좋지 않아 세 번 모두 아웃되었다.
산골 소년들의 공격이 시작되고 얼마 지나지 않아 읍내 소년들
은 위기에 몰렸다. 오티스 셰한과 매키 맥도월과 호러스 젠틴이
만루를 만들었고, 뒤이어 타석에 들어선 펜이 센터 쪽으로 장타
를 날렸다. 공은 버스터 버넷이 미처 쫓아갈 새도 없이 운동장을
가로질러 휙 날아갔다. 다음 타석에서 펜은 주자를 두 명 둔 상
황에서 우익수 쪽으로 홈런을 날렸다. 자연히 투수를 맡은 짐의
눈길은 자꾸 내니 선생님에게 쏠렸다. 산골 소년들이 동점을 만
들기 전에 자신들을 불러들여주기를 바라는 마음에서였다. 하지
만 내니 선생님은 교실로 돌아가려는 기색이 전혀 없이 건물 그
늘 아래 한가롭게 서 있었다.

이윽고 펜이 투아웃 만루 상황에서 세번째 타석에 들어섰다.
산골 아이들은 이미 석 점 차까지 따라온 상태였다. 짐은 불안한
눈빛으로 내니 선생님을 쳐다보았다. 하지만 여전히 다시 수업
을 시작할 기미는 보이지 않았다. 펜은 제1구를 받아쳐 좌익수

방면으로 길게 라인 드라이브를 날렸다. 깊숙한 위치에서 수비하던 크로퍼드가 서둘러 공을 쫓아갔다. 전달되는 공을 받기 위해 짐은 유격수 쪽으로, 데니스는 홈베이스 쪽으로 각각 달렸다.

짐이 크로퍼드의 송구를 받아 재빨리 몸을 돌린 순간, 막 3루를 도는 펜의 모습이 눈에 들어왔다. 자신의 송구보다 펜이 먼저 홈에 도착할지도 모른다고 생각한 짐은 있는 힘을 다해 공을 던졌다. 공은 펜의 양쪽 어깨뼈 사이에 명중하면서 마침 홈베이스에 발을 내디디던 펜을 거꾸러뜨렸다. 짐은 자신의 행동이 고의였는지 스스로도 알 수 없었다.

펜은 벌떡 몸을 일으켜 짐을 향해 돌아섰다. 얼굴은 분노로 벌겋게 달아올랐고, 금방이라도 싸울 듯 두 주먹을 불끈 쥐고 있었다. 짐도 글러브를 내던지고 맞설 태세를 갖추었다.

읍내 소년들과 산골 소년들은 일제히 짐을 향해 미심쩍은 눈초리를 보냈다. 다들 꼼짝도 하지 않은 채 앞으로 벌어질 사태를 지켜보자는 분위기였다. 짐은 지금껏 그 순간의 펜보다 화가 난 사람의 얼굴을 한 번도 본 적이 없었다. 하지만 펜은 짐을 향해 달려들지는 않았다. 그때 운동장 저편에서 내니 선생님이 쉬는 시간이 끝났다는 표시로 팔을 번쩍 치켜들었다.

"좀 전의 그 행동은 비열했어." 오티스 셰한이 말했다.

"너 일부러 그런 거니?" 펜이 짐에게 물었다.

"아니야. 그건 사고였어. 진짜로."

펜은 아무 말 없이 불끈 쥔 주먹을 펴고 옷에 묻은 흙을 털어냈다.

"산골 소년들 13점, 읍내 소년들 12점." 짐은 애써 미소를 지으며 그렇게 말한 다음 덧붙였다. "이제 그만 들어가자."

짐은 글러브를 챙겨들고 학교 건물 쪽으로 돌아섰다. 운동장을 가로질러 걸어가는 내내 짐은 혼자였다. 읍내 소년들조차 그에게 무슨 말을 건네야 할지 몰랐다.

축제일

짐은 축제일 전날 밤잠을 설쳤다. 새 학교가 온 마을 사람에게 개방된다는 것 때문은 아니었다. 짐이 잠을 못 이룰 만큼 마음이 들뜬 이유는 그날 운동장에서 열릴 작은 축제 때문이었다. 토요일인데도 짐은 아침 일찍 일어나 옷을 입고 일곱시에 아침식사까지 마쳤다. 그러고는 현관과 주방 사이를 오락가락하면서 안절부절못했다. 짐은 펜이 자신보다 먼저 학교에 도착할까봐, 그래서 제일 먼저 놀이 기구를 타게 될까봐 불안했다.

새 학기가 시작된 지도 어느덧 삼 주가 지났다. 그동안 짐과 펜은 학교 운동장을 그들만의 사설 결투장으로 바꿔놓았다. 쉬는 시간이 시작되면 두 소년은 어김없이 운동장으로 나와 이쪽 끝에서 저쪽 끝까지 달리기 시합을 했다. 쉬는 시간이 끝나고 교실로 돌아올 때도 마찬가지였다. 펜이 칠판을 닦는 일을 자청하면 짐은 칠판지우개를 털겠다고 나섰다. 펜은 짐보다 많은 성경 구절을 외웠지만 받아쓰기에서는 짐에게 뒤졌다. 내니 선생님이 축제일을 맞아 교실 벽에 걸기 위해 반 아이들에게 성경 속에 나오는 장면을 그림으로 그리라는 과제를 냈을 때, 짐과 펜은 똑같이 다윗과 골리앗의 그림을 그렸다. 그러고는 내니 선생님에게 누구 그림이 더 나은지 판정해달라고 졸랐다.

짐은 현관에 서서 저 멀리 언덕 위에 설치된 회전목마와 대관람차를 바라보았다. 그 모습을 본 제노 삼촌이 주방에서 소리쳤다. "안 돼! 아직 학교에 가기엔 시간이 너무 일러." 짐은 삼촌의 말을 듣는 둥 마는 둥 현관에 서서 운동장에 세워진 커다란 통나무를 바라보았다. 껍질을 벗긴 통나무는 미끄러운 기둥 오르기 대회에 쓰일 예정이었다. 주방에서 엄마의 목소리가 들려왔다. "짐, 네가 그렇게 안달복달하니 보는 내가 다 불안해 죽겠구나."

축제는 던랩 교장 선생님이 교문의 빗장을 푸는 오전 열시에 시작될 예정이었다. 그러나 학교 진입로에는 벌써부터 승용차와 트럭 들이 줄지어 서 있었다. 사람들은 가족들과 함께 새 건물을 구경하고 놀이 기구를 타기 위해 먼 곳에서부터 트럭이나 짐마차를 타고, 아니면 걸어서 부지런히 학교로 향했다. 하지만 엄마는 그런 것에 전혀 관심이 없는 듯했다. 먼저 도착한 사람들이 점심 먹기에 좋은 그늘진 장소를 전부 차지해버릴지도 모르는데, 게다가 펜 카슨이 짐보다 먼저 대관람차 줄을 설지도 모르는데도 엄마는 조금도 신경이 쓰이지 않는 듯했다.

여덟시가 되자 짐은 남은 두 시간을 어떻게 기다릴지 막막해졌다.

여덟시 반이 되었을 때 제노 삼촌이 더이상 버티지 못하고 자리에서 일어섰다. 그는 읽으려던 잡지를 둘둘 말아서 짐의 다리를 찰싹 때리며 말했다.

"짐, 같이 산책이나 가자."

"전 가고 싶지 않아요."

"잔말 말고 따라와."

제노 삼촌은 마치 멀지 않은 곳으로 중요한 볼일을 보러 가는 사람처럼 목초지와 밭을 가로질러 성큼성큼 걸어갔다. 짐은 불만을 표시하기에는 충분하지만 그렇다고 혼이 날 정도는 아닌 거리를 두고 뒤따라갔다. 등 뒤로 밝고 따스한 아침 햇살이 느껴졌다. 하지만 짐은 그 기분 좋은 느낌을 즐기고 싶지 않았다. 얼굴에 와닿는 신선한 공기도 애써 모른 척했다.

두 사람은 개울에 놓인 징검다리를 건넌 다음 호두나무 숲을 지나 드넓은 옥수수밭에 들어섰다. 6월만 해도 외삼촌들과 일꾼들의 무릎 높이에 불과했던 옥수수들이 지금은 이 미터가 훨씬 넘게 자라 있었다. 아직 전체적으로는 초록빛이었지만 먹구렁이 무늬 같은 가느다란 밤색 줄무늬가 길쭉한 잎사귀의 가장자리를 거무스름하게 물들이고 있었다. 줄기엔 술이 달린 정교한 머리 장식이 달려 있었다. 그것은 묵직한 옥수수에 자라는 비단처럼 고운 수염 같았다. 옥수수 잎들이 밭을 가로질러 지나는 짐과 제 노 삼촌의 귀에 대고 가을이 왔음을 속삭였다.

이윽고 옥수수밭을 벗어난 두 사람은 강을 따라 이어진 울창 한 숲길로 들어섰다. 옻나무들을 헤치며 좁다란 오솔길을 따라 조심스럽게 한 걸음씩 내디딜 때마다 강물 냄새가 점점 더 짙어 졌다. 매끈하고 평평한 바위들 틈으로 흘러가는 물소리도 점점 크게 들려왔다. 오솔길은 평소 외삼촌들이 낚시를 즐기는 널찍 하고 평평한 바위에서 끝이 났다. 강물은 그 바위 너머에서 영원 히 고향으로 돌아오지 않을 것처럼 사우스캐롤라이나 쪽으로 휘 어 흘러갔다. 짐에게는 그곳이 고향 땅의 경계로 여겨졌다. 강 건너편에는 완전히 다른 세상이 펼쳐져 있을 터였다.

제노 삼촌은 강둑에서 껑충 뛰어 바위 위로 올라섰다. 짐도 삼 촌을 따라서 물가에 자리를 잡고 앉았다. 바위는 햇볕을 받아 따 뜻했지만 물가의 찬 공기 때문에 팔에 소름이 돋았다. 짐은 초록 빛 강물을 물끄러미 바라보다 벌렁 드러누워 푸른 하늘을 올려다보았다. '지금쯤 읍내에서는 무슨 일이 벌어지고 있을까?' 짐은 펜뿐 아니라 자기보다 먼저 학교에 도착할 모든 아이에게 질투가 났다.

"너 오늘 왜 그렇게 안절부절못하는 거냐?" 제노 삼촌이 물었다.

짐은 아무 대답도 하지 않았다. '만약 지금 내가 축제장에 있다면 대관람차 맨 앞에 줄을 섰을 텐데……'

"너무 걱정 마라." 제노 삼촌이 말했다. "축제는 오늘 하루 종일 하니까."

"삼촌 생각엔 사람들이 몇 명이나 축제에 올 것 같으세요?"

"글쎄, 잘 모르겠는데? 이렇게 날씨가 좋으니 아마 몇 백 명은 오겠지."

"오늘이 역사상 가장 많은 사람이 앨리스빌에 모이는 날이 될까요?"

"흠, 그건 생각 안 해봤는데…… 어쩌면 그럴 수도 있겠지."

"앨리스가 왔을 때보다 더 많아요?" 짐이 사는 마을의 명칭은 앨리스라는 어린 소녀의 이름을 따서 붙인 것이었다.

"모르겠다. 그날도 읍내에 수많은 사람이 모였지. 그때도 큰 축제가 열렸어."

"엘리스가 왔을 때 삼촌은 몇 살이었어요?"

"다섯 살이었지. 너 그 이야기를 또 듣고 싶은 게냐?"

짐은 고개를 끄덕거렸다. 그날 날이 밝은 뒤로 짐이 축제가 아닌 일에 관심을 가진 것은 그때가 처음이었다.

"이 이야기는 아주 오래전, 지난 세기에 있었던 일이지." 제노 삼촌이 장난스럽게 짐을 흘낏 쳐다보며 말했다.

'지난 세기에 있었던 일이지'라는 말은 삼촌이 일곱 살이 되기 전에 있었던 일을 이야기할 때마다 항상 하는 일종의 머리말이었다.

"코란과 알은 아직 태어나지도 않았을 때 이야기야. 네 엄마도 마찬가지였고. 나 역시 놀기를 좋아하는 꼬마일 뿐이었지. 그 시절 내 할아버지, 다시 말해 네 외증조할아버지와 내 아버지, 그러니까 1918년에 독감으로 돌아가신 네 외할아버지는 꽤 부자셨단다. 대규모로 농사를 짓고, 조면소와 가게와 제분소도 가지고 계셨는데 사업이 무척 잘되는 편이었어. 그때는 이 마을에 모피 공장이 하나 있었는데 직원들이 아주 많았지. 아, 그리고 제재소도 있었어. 에이브러햄과 그의 가족은 언덕 위에 살았고. 그처럼 마을이 잘 돌아가니 사람들은 자신들이 읍 단위에서 살고 있는 것처럼 느꼈어. 하지만 사실 이곳은 정식 읍은 아니었단다. 이 마을엔 기차가 서지 않았거든. 깃발 신호로 기차를 세울 수는 있었지만 신호가 없으면 속력을 줄이지 않고 그대로 지나쳐버렸지. 할아버지는 그걸 못마땅하게 여기셨어. 철도가 지나는데도 기차가 서지 않는다면 정식 읍이 될 수 없다는 것쯤은 누구나 아는 사실이니까.

그래서 어느 날, 할아버지는 짐을 꾸려서 수신호로 기차를 잡아타고는 햄릿으로 가셨단다. 철도 회사의 최고 책임자를 만나 기차가 마을에 정차하게 해달라고 부탁하기 위해서였지. 하지만 책임자는 이렇게 대답했어. '우리 열차는 읍 단위에만 정차합니다. 당신네도 다른 시골 사람들처럼 깃발 신호로 기차를 세우면 되잖소.'

자존심이 상한 할아버지는 집에 돌아오자마자 큰 쇠말뚝을 차에 싣고 마을 한복판으로 가셨단다. 그러고는 말뚝을 그곳에 박고 그것을 중심으로 사방 일 킬로미터까지 측량한 다음 그 범위 내의 땅 주인을 모두 찾아가 청원서에 서명을 받아냈어. 그런 다음 측량 자료와 청원서를 가지고 노스캐롤라이나 주 주도인 롤리까지 가서 읍 승격을 위한 서류를 제출하셨지. 뒤이어 할아버지는 다시 햄릿으로 가서 책임자에게 말했어. '자, 보시오. 우리도 이제 엄연한 읍이오. 측량도 마쳤고 서류까지 제출했소.' 하지만 이번에도 책임자는 이렇게 말했지. '당신네 서류에는 관심 없습니다. 어차피 그 마을에는 기차가 정차할 역도 없잖소.'

할아버지는 책임자의 말에 약이 바짝 오를 대로 올랐어. 그래서 집으로 돌아오자마자 사재를 털어 마을 한복판에 역을 지으셨지. 철도 선로 옆, 앞서 말한 쇠말뚝 바로 위쪽에 말이야. 그런 다음 다시 한번 그 책임자를 찾아가서 말씀하셨어. '당신이 원하는 대로 정식 읍도 되었고, 역도 지었소. 그러니 우리 마을에 기차를 서게 해주시오. 그러면 역사를 철도 회사에 기부하겠소.'

그런데 너도 알다시피 당시에 이 마을은 앨리스빌이 아니라 '모래 기슭'이라는 이름으로 불렸단다. 그냥 예전부터 죽 그렇게 불렸어. 할아버지 때문에 짜증이 난 책임자는 이렇게 응수했어. '당신이 역을 기부하든 말든 내 알 바 아니오. 우리 기차는 모래 기슭 같은 우스꽝스러운 이름으로 불리는 곳에는 절대로 정차하지 않을 거요.'

할아버지는 집에 돌아와서 곰곰이 생각한 끝에 이번만큼은 그 책임자의 말에도 일리가 있다는 결론을 내리셨지. 모래 기슭은 읍에 어울리는 이름이 아니었어. 할아버지는 적당한 이름을 지으려고 주변 사람들과 상의했단다. 하지만 아무도 기차를 서게 할 만한 멋진 읍 이름을 생각해내지 못했지.

당시 열차의 기관사는 빌 매키니라는 사람이었어. 매키니 씨의 고향은 강 건너에서 조금만 내려가면 되는, 여기서 그리 멀지 않은 곳이었지. 그의 친척들은 이 마을 근처에 살고 있었고, 큰 덩치에 길고 뻣뻣한 콧수염을 기른 잘생긴 노인이었던 매키니 씨는 자기 직업에 대한 자부심이 대단했단다. 그가 기차보다 소중하게 여기는 것은 오직 어린 딸인 앨리스뿐이었지. 그것은 누구나 다 아는 사실이었어.

그러던 어느 일요일, 교회에서 예배를 보시던 내 할머니(너한테는 외증조할머니가 되겠지)께서 문득 한 가지 사실을 깨달으셨어. 그때까지 할아버지가 공연히 엉뚱한 사람을 상대로 힘만 빼셨다는 거지. 전체적인 열차 운행을 관리하긴 하지만 항상 햄릿에서만 지내는 철도 회사 책임자 대신 기차를 직접 운행하며 매일 이곳을 지나는 사람을 상대로 일을 진척시켜야 한다는 것이 할머니의 생각이었어. 그래, 앨리스빌이라는 이름을 생각해 낸 장본인은 바로 할머니시란다.

당신이 생각해낸 건 아니었지만 할아버지도 할머니의 아이디어에 고개를 끄덕이며 흡족해하셨지. 뒤이어 주변 사람들에게도 알리자 다들 앨리스빌이 읍에 아주 잘 어울리는 이름이라며 지지하고 나섰어. 마을 사람들은 모두 빌 매키니 씨를 좋아했거든. 게다가 누가 들어도 모래 기슭보다는 앨리스빌이 훨씬 나은 이름이잖니. 아무튼 그렇게 해서 할아버지는 커다란 판자에 페인트로 '앨리스빌'이라고 쓴 다음 사다리를 타고 올라가 역사 벽에 못으로 고정시켰지. 그것이 오늘날 기차역에 걸려 있는 바로 그 표지판이란다.

한편 친척들에게 이런 상황을 전해들은 빌 매키니 씨는 자신의 귀를 의심하지 않을 수 없었어. 매키니 씨는 할아버지가 표지판을 걸고 난 뒤, 기차가 처음 앨리스빌 역을 지나갈 때 표지판을 직접 확인하려고 기차를 세우고는 기관사실에서 내렸지. 그리고 앨리스빌이라는 이름을 본 순간, 그는 커다란 덩치에 어울리지 않게 그 자리에서 울음을 터뜨렸단다. 그만큼 자신의 딸 앨리스를 사랑한다는 증거였지. 매키니 씨는 할아버지에게 자신이 기관사 일을 그만두지 않는 한 앨리스빌 사람들이 깃발 신호를 하지 않아도 되게 하겠다고 약속했단다. 책임자가 뭐라고 하든 날마다 앨리스빌 역에 기차를 세우겠다고 말이야.

매키니 씨는 자신의 약속을 충실히 지켰어. 기차는 예정에 없을 때도 매일 두 번씩 앨리스빌 역에 정차했지. 그후 상황은 술술 풀려서 곧 철도 회사의 책임자도 마음을 바꾸고 앨리스빌을 정식 노선에 포함시키기로 결정했어. 마을 사람들에겐 더없이 기쁜 소식이었지. 그래서 주민들은 모두 모여서 축하 행사를 하기로 했어. 앨리스빌이 이제 셸비나 뉴카펜터, 샬럿, 뉴욕 같은 번듯한 도시가 된 셈이었으니까. 사람들은 매키니 씨에게 앨리스를 데려올 수 있는지 물어보았어.

축하 행사는 일요일에 치르기로 정해졌고 기차는 특별 운행을 하기로 했어. 마침내 그날이 되자 앨리스빌에 사는 모든 사람이 점심 도시락을 싸들고 읍내로 몰려들었지. 읍내에서는 노새 경주, 경보, 자루 입고 달리기, 이인삼각 경기, 돼지 잡기 등이 신나게 벌어졌단다. 미끄러운 기둥 오르기 대회도 열렸는데, 나는 그때 너무 어려서 실력이 형편없었어. 그러다 오후 세시쯤 어딘가에서 기적 소리가 들려왔어. 그와 동시에 멀리서 연기가 뿜어져나오는 것이 보였지. 사람들은 너나 할 것 없이 기차역으로 우르르 달려갔어. 역으로 들어와 멈춰선 기차는 조명을 환하게 밝히고 곳곳에 깃발과 현수막 장식을 내걸어 무척 근사해 보였단다. 마을의 이름이 된 주인공인 앨리스는 부모와 함께 기관사실에 타고 있었어. 그 당시 앨리스는 나보다 나이가 약간 많은, 아마 예닐곱 살 정도였을 거야.

믿어지지 않겠지만 아직도 그 소녀의 모습이 눈에 선하구나. 그날 앨리스는 하얀 드레스에 작은 왕관을 쓰고 있었지. 나는 그 애를 본 순간 세상에서 가장 예쁜 소녀라는 생각이 들었단다. 앨리스는 기관사실에 서서 사람들을 향해 손을 흔들어주었어. 우리는 환호하고 또 환호했지. 할아버지는 앞서 기차역 벽에 걸린 앨리스빌이라는 표지판에 천을 덮어두었다가 앨리스가 부모와 함께 기관사실에서 내리는 순간 줄을 잡아당겨 천을 벗겨냈어. 모든 사람이 다시 떠나갈 듯 환호했지. 나는 그때 고작 다섯 살이었지만 그날을 내 생애 최고의 순간이라고 생각했단다. 내 눈에는 앨리스 매키니가 그림책에서 방금 튀어나온 왕비나 공주처럼 보였거든. 그처럼 아름다운 소녀를 바로 눈앞에서 바라보고 있다는 사실이 믿어지지 않았어. 물론 나뿐만 아니라 그날 그 자리에 있던 사람들 모두 무척 행복해했단다. 내가 살던 마을이 이전까지와는 완전히 다른 곳처럼 느껴졌으니까. 심지어 현실이 아닌 상상 속의 마을로 생각될 정도였단다.

그런데 그로부터 얼마 지나지 않은 어느 날이었어. 기차가 들어왔는데 놀랍게도 기관실에는 매키니 씨가 아닌 보조 기관사가 있었어. 우리는 그에게서 앨리스가 앓아누웠다는 소식을 전해들었단다. 확실하진 않지만 아마 백일해나 디프테리아에 걸렸던 것 같아. 앨리스가 병을 앓는 동안 마을 사람들은 기적 소리만 기다리다가 기차가 도착하면 모두 일손을 놓고 역으로 달려가 앨리스의 안부를 물었지. 보조 기관사는 앨리스의 병세가 매일 점점 나빠지고, 갈수록 기력이 떨어지고 있다는 소식을 전해주었어. 아주머니들은 앨리스를 위해 닭을 튀기고 파이와 케이크를 구워서 보조 기관사 편에 들려보내기도 했어.

그러던 어느 날, 기차가 건널목에서 한참 떨어진 마을 외곽에서부터 기적을 울리기 시작했어. 기적 소리는 잠시도 멈추지 않고 점점 크게 울려퍼졌지. 무슨 일이 생겼다는 것을 직감한 마을 사람들은 모두 철로 쪽으로 급히 달려갔어. 나도 엄마 손을 잡고 거리를 내달렸던 게 기억나는구나. 그런데 그날 기차는 앨리스빌 역에 멈춰서지 않았단다. 역을 지나는 기차의 속도가 어찌나 빠른지, 또 기적 소리는 얼마나 큰지 땅이 흔들릴 정도였지. 기차가 쏜살같이 지나가는 순간, 우리는 기관사실에 탄 빌 매키니 씨의 모습을 얼핏 볼 수 있었단다. 미동조차 없이 앞만 똑바로 응시하고 있는 매키니 씨의 표정은 매우 비참해 보였어. 그것을 본 순간 우리는 앨리스가 죽었다는 사실을 깨달았지.

그날 이후 우리는 이 지역에서 매키니 씨를 볼 수 없었단다. 기차역에 걸린 표지판을 보는 것이 너무나 고통스러웠던 매키니 씨는 뉴카펜터 역에 도착했을 때 기관사실에서 내려와 다시는 기차를 몰지 않겠다고 선언했어. 어쩔 수 없이 철도 회사에서는 기차를 다시 햄릿으로 몰고 올 사람을 보내야 했지. 사람들 말로는 그날 매키니 씨가 집까지 그 먼 길을 내내 걸어서 갔다더구나. 게다가 앨리스빌을 지나가지 않으려고 강을 건너지 않고 멀리 돌아가기까지 했대. 매키니 씨는 곧 아내와 함께 짐을 싸서 다른 지역으로 떠나버렸어. 그의 친척들이 전해준 소식에 따르면, 오클라호마 주 어딘가에서 다시 기관사 자리를 구했다더구나. 그후 매키니 씨가 다시 이 지역으로 돌아온 적이 있는지는 나도 들은 바가 없어.

앨리스빌 사람들은 모두 참담한 심정이었어. 무엇을 어떻게 해야 할지 아무도 알지 못했지. 사람들은 모래 기슭이란 이름을 다시 쓰거나 아예 다른 이름으로 바꾸는 문제를 두고 논의를 벌였어. 하지만 그렇게 하는 것은 바람직한 일이 아니라는 데 의견이 모아졌어. 마을 이름을 바꾸었을 경우 빌 매키니 씨의 심정이 어떨지 염려스러웠거든. 사람들은 그것이 앨리스의 명예를 더럽히는 일이 될 수도 있다고 생각했단다. 그건 아무도 바라지 않는 일이었지. 그러나 한편으로는 이름을 바꾸지 않는 것 역시 만만치 않은 대가를 치러야 하는 일이었어. 기차역의 표지판을 볼 때마다 모두들 아픈 기억을 떠올리게 될 테니까 말이야. 결국 어떤 확실한 결론도 내지 못한 채 표지판은 기차역에 그대로 남게 되었단다. 그리고 얼마 후 그 문제는 사람들의 머릿속에서 자연스럽게 지워졌어. 뭐, 삶이라는 게 다 그런 거지.

하지만 짐, 너에게 이 말을 꼭 하고 싶구나. 매일 그런 것도, 매주 그런 것도 아니지만 요즘도 난 가끔씩 기차의 기적 소리를 들으면 그날 앨리스를 보면서 느꼈던 감정이 떠오르곤 한단다. 매키니 씨의 그 참담했던 표정도 기억나고. 지금 내 나이가 마흔셋이니까 벌써 삼십칠팔 년이나 지난 옛날 일이지만 여전히 가끔 그날의 일이 눈에 선하게 그려지는구나."

짐은 바위 위에 누운 채로 눈이 부신 척 팔로 얼굴을 가렸다. 그러자 제노 삼촌이 짐의 다리를 툭툭 치면서 말했다. "이런, 애야, 이건 다 지난 옛날 얘기야."

짐이 손등으로 눈을 문질렀다.

"앨리스가 그때 세상을 떠나지 않았다면 지금쯤 몇 살일까요?"

"글쎄다. 마흔넷? 마흔다섯? 나보다 약간 위였으니까."

"살아 있었다면 삼촌과 결혼했을까요?"

제노 삼촌이 깜짝 놀란 표정을 지었다. "무슨! 세상에 그런 질문이 어디 있나?"

"음, 그냥, 앨리스가 살아 있었다면 삼촌이 그녀와 결혼했을까 궁금해서요."

"내가 앨리스와 사귄 것도 아닌데, 어떻게 그런 생각을 하게 됐지?"

짐은 어깨를 으쓱했다. "삼촌이 그 얘기를 할 때마다 두 분이 결혼할 수 있었다면 좋았을 텐데 하는 생각이 들었어요."

제노 삼촌은 먼 곳을 쳐다보며 빙그레 미소를 지었다.

"이런 녀석하곤. 너한테만 고백하자면, 사실 나도 그랬으면 하고 바란 적이 있단다."

"삼촌이랑 코란 삼촌, 알 삼촌 모두 왜 결혼을 안 하세요?"

"글쎄다. 너무 바빠서 결혼할 때를 놓친 것일 수도 있고, 남자보다 여자의 수가 적어서 그렇기도 하고. 자기도 모르는 새에 자기 일에 푹 빠져서 계속 그렇게 살아가게 되는 거지. 아무튼 그런 문제는 깊이 생각하지 않는 게 좋아. 우리 이제 그만 돌아갈까?"

뜻밖의 손님

제노 삼촌과 함께 뒷문을 열고 집 안으로 들어선 순간 짐은 분위기가 심상치 않다는 것을 느꼈다. 처음에는 너무 오래 집을 비워서 그런가 하고 생각했다. 하지만 엄마가 제노 삼촌에게 살짝 눈살을 찌푸리면서 고개로 알 삼촌의 집 쪽을 가리키는 것을 보고 짐은 자신과 상관없는 문제라는 것을 눈치챘다.

짐은 제노 삼촌을 따라 현관으로 나갔다. 코란 삼촌이 계단에 앉아 칼로 손톱을 손질하고 있었다. 코란 삼촌은 공중에서 떨어지는 폭탄처럼 점점 낮아지는 음조로 휘파람을 불면서 턱으로 알 삼촌의 집 쪽을 가리켰다. 알 삼촌이 화이티 화이트사이드와 함께 자기 집 현관 앞에 앉아 있었다. 두 사람은 짐이 있는 쪽을 건너다보고 손을 흔들었다.

"무슨 일이에요?"

짐이 어리둥절한 표정으로 물었다. 그는 모든 사람이 재밌다고 웃어대는 농담을 자기만 이해하지 못한 듯한 소외감을 느꼈다.

"아마도 화이티 화이트사이드가 우리와 같이 축제에 가려는 것 같구나. 그래도 괜찮겠지, 짐?"

제노 삼촌의 물음에 짐은 어떻게 대답해야 할지 몰랐다. 그래서 그저 어깨만 한 번 으쓱하고는 멀리 언덕 꼭대기에서 돌아가고 있는 대관람차로 눈길을 돌렸다. 딱히 이유는 말할 수 없었지만 짐은 이제 대관람차를 타고 싶은 마음이 그리 간절하지 않았다.

제노 삼촌이 모두를 향해 말했다. "자, 그럼 이제 슬슬 출발해볼까?"

짐은 점심으로 먹을 음식이 담긴 바구니를 들고 학교로 이어진 언덕길을 앞장서서 올라갔다. 걸음을 옮길 때마다 북을 치듯 바구니가 다리를 쿵쿵 때렸다. 그 뒤에서 엄마가 코란 삼촌과 제노 삼촌의 팔짱을 낀 채 걸어왔다. 알 삼촌과 화이티 화이트사이드는 그들에게서 십 미터쯤 떨어져서 따라왔다. 알 삼촌은 차가 담긴 커다란 주전자를 아기처럼 소중하게 품에 안고 있었다.

"내가 알고 싶은 건 이게 대체 누구의 생각이냐는 거예요." 엄마가 낮은 목소리로 말했다.

"난 네가 무슨 소리를 하는 건지 통 못 알아듣겠다." 코란 삼촌이 대답했다.

"내가 무슨 얘기를 하는지 잘 아실 텐데요, 코란 맥브라이드 씨."

"쉿! 조용히들 해." 제노 삼촌이 속삭였다.

짐은 고개를 돌려 엄마를 바라보았다. 엄마의 표정은 좀처럼 읽기가 힘들었다. 단단히 화가 난 것 같지도 않았고, 그렇다고 전혀 화가 나지 않은 것 같지도 않았다.

"왜? 무슨 문제라도 있냐, 짐?" 제노 삼촌이 물었다.

"아, 아니에요." 짐은 다시 언덕 쪽으로 고개를 돌렸다. 저 멀리 우뚝 솟은 붉은색 학교 건물이 눈에 들어왔다. 교문은 활짝 열려 있었고 운동장은 사람들로 북적거렸다.

"난 웃음거리가 되기 싫어요. 따돌림을 당하지도 않을 거고, 사람들 앞에서 망신을 당할 생각도 없어요." 엄마가 말했다.

"오, 시시. 그런 게 아니야." 코란 삼촌이 부드러운 목소리로 말했다.

"그럼 어떤 건데요? 어서 말해봐요, 코란 오빠."

짐은 뒤로 돌아서서 뒷걸음질로 언덕길을 오르기 시작했다. 그러자 외삼촌들이 못마땅한 표정을 지었다. 반면에 화이티 화이트사이드는 깜짝 놀란 얼굴이었다. 엄마도 놀란 듯 눈을 깜박거렸다. 순간 짐의 머릿속에 엄마의 심기가 불편한 이유가 화이티와 함께 축제에 가고 있기 때문이라는 생각이 스쳤다. 일단 '화이티 아저씨랑 같이 가는 게 왜 불편한가?' 라는 궁금증이 들자 또다른 의문이 역으로 진입하는 기차처럼 줄줄이 이어졌다. 다만 그 의문들은 모두 구체적인 말의 형태를 갖추지 못했기 때문에 해답이 있어야 할 자리에 빈 공간이 꼬리에 꼬리를 문 형태로 이어졌다. 수많은 의문은 눈에 보이지만 손으로 잡을 순 없는 안개처럼 스르르 몰려왔다 사라졌다. 그러다 마침내 한 가지 거대한 의문이 짐의 가슴속에서 형태를 갖추고 점점 부풀어오르기 시작했다. 짐은 무언가를 말하려고 입을 열었지만 무슨 말을 해야 할지 몰라 다시 닫아버렸다.

짐이 다시 말을 꺼내려 할 때 제노 삼촌이 가늘게 뜬 눈으로 짐을 쳐다보면서 언덕 위를 가리켰다.

"이제 그만 돌아서서 똑바로 걸어라."

그러고는 엄마와 코란 삼촌에게도 한마디 던졌다. "너희 둘은 그만 조용히 해. 옥수수에도 귀가 달렸어."

"짐과 저는 이미 이곳을 둘러본 적이 있습니다. 안 그러냐, 짐?"

일행이 학교 운동장에 도착했을 때 화이티 화이트사이드가 말했다.

"정말이에요?"

엄마가 화이트사이드의 얼굴을 똑바로 쳐다보지도 않은 채
물었다.

"네, 짐의 생일에요. 그렇지, 짐?"

짐은 대답을 하기 위해 뒤를 돌아보았다. 하지만 그의 대답에
는 아무도 관심이 없는 것 같았다. 화이트사이드는 어색한 듯 침
을 꿀꺽 삼켰고, 제노 삼촌은 점심 바구니를 짐의 손에서 뺏어
들었다. 짐은 앞장서서 씩씩하게 학교 건물 안으로 들어갔다. 아
직 개교한 지 한 달도 지나지 않았는데 어느새 건물에서는 분필
냄새와 책 냄새가 느껴졌다. 그 냄새는 앞으로도 영원히 사라지
지 않을 것이었다. 복도는 사람들로 북적댔다. 교실에는 아직도
천장이 없어서 사람들은 대부분 이층을 받치고 있는 굵은 들보
를 올려다보고 있었다. 겉으로 훤히 드러난 들보는 벌판에 버려
진 유골처럼 낯설고 꺼림칙해 보였다. 들보 사이로는 굵은 난방
용 증기 파이프가 일직선으로 뻗어나가다 직각으로 급격히 꺾였
다. 자기 절연체에 감긴 검은 전선들은 전기가 들어올 날만을 기
다리며 파이프들 틈에 몸을 사리고 있었다. 전선 끝에는 조명 장
치가 빛을 잃은 달처럼 걸려 있었다. 들보와 파이프와 전선 들
위로 이층을 돌아보는 사람들의 흐릿한 그림자가 일렁였다. 그

런가 하면 들보에 제대로 박히지 못한 바닥용 못들이 기다란 널빤지 틈으로 여기저기 무섭게 튀어나와 있었다. 엄마와 외삼촌들과 함께 위쪽을 올려다보던 짐은 천장이 없다는 사실에 새삼스레 놀랐다. 이전에는 그 문제에 대해 깊이 생각해보지 않았기 때문에 당연히 놀랄 일도 없었다.

"어머나! 공사가 빨리 마무리되어야 할 텐데 큰일이구나." 엄마가 말했다.

"내가 보기엔 괜찮은 것 같은데 뭐." 코란 삼촌이 중얼거리고는 마룻바닥을 쓱 둘러보았다.

짐이 기름칠 된 복도를 가리키며 말했다. "우리 교실은 이쪽이에요."

내니 선생님은 평소처럼 책상 앞에 꼿꼿하게 앉아 있었다. 그런 선생님을 보면서 짐은 그녀가 퇴근을 하기는 하는 건지 궁금해졌다.

"어서 오너라, 짐 글래스." 내니 선생님이 마치 둘만의 비밀이라도 있다는 듯 안경 너머로 짐을 바라보며 무뚝뚝한 목소리로 말했다.

"안녕하세요, 내니 선생님." 짐이 고개를 푹 숙이고 수줍게 인사했다.

뒤이어 엄마와 외삼촌들이 내니 선생님에게 자기소개를 하고 서로 악수를 나누었다.

"그런데 저분은 누구세요?" 내니 선생님이 알 삼촌 뒤에 서 있는 화이티 화이트사이드를 넘겨다보며 물었다.

알 삼촌이 대답했다. "아, 이쪽은 화이티 화이트사이드 씨입니다. 저희 가족과 친한 친구죠."

엄마가 끼어들었다. "제 오라버니들과 친한 친구 분이세요."

"네, 그러시군요." 내니 선생님이 대답했다.

"저는 거버너 사료 회사에서 영업 사원으로 일하고 있습니다." 화이티가 큰 소리로 말했다.

코란 삼촌이 한 손으로 짐의 머리카락을 마구 헝클어뜨리며 말했다. "선생님, 이 얼뜨기 녀석이 학교생활은 잘하고 있나요?"

코란 삼촌은 그제껏 한 번도 짐의 머리를 헝클어뜨린 적이 없었다. 짐은 얼굴을 찡그렸다.

"음, 짐 글래스는……" 내니 선생님은 극적인 효과를 노리려는 듯 잠시 뜸을 들였다가 말을 이었다. "매우 착한 아이예요. 하지만 가끔은 귀를 잡아당기고 싶어질 때도 있답니다."

"그럴 때는 주저하지 마시고 귀뺨을 후려치셔도 됩니다." 제노 삼촌이 말했다. 다른 외삼촌들도 한마디씩 거들고 나섰다.

"양쪽 모두 때리셔도 돼요."

"그것도 아주 세게 때리셔야 합니다."

내니 선생님이 조금 당황한 목소리로 말했다. "그래도 짐 글래스는 전반적으로 모범적인 학생이에요."

"모범적인 학생이라니 다행입니다." 그 말을 한 사람은 다름 아닌 화이티 화이트사이드였다. 그는 자신의 말에 스스로 놀랐는지 얼굴을 붉히며 인사를 한 다음 서둘러 교실 밖으로 나갔다.

"실례지만 저분이 누구시라고 했죠?" 내니 선생님이 다시 물었다.

"저희 친구입니다." 알 삼촌이 대답했다.

엄마가 또다시 끼어들었다. "여기저기 돌아다니며 영업하는 외판원이에요."

제노 삼촌이 나섰다. "아무튼 이렇게 만나뵙게 되어 반가웠습니다, 내니 선생님."

내니 선생님은 외삼촌들과 엄마의 얼굴을 차례로 유심히 살폈다. 마치 자신이 놓쳤을지도 모르는 중요한 사실을 알아내려는 듯한 눈빛이었다. 그러고는 살찐 새처럼 양팔을 흔들며 호들갑스럽게 말했다.

"아, 저도 마찬가지예요. 저도 물론 반가웠습니다."

산골 소식

점심식사를 마치고 나자 짐은 대관람차를 타는 데도 싫증이 났다. 외삼촌들이 다른 아저씨들과 정치며 날씨, 농작물, 사냥개 등에 대해 나누는 이야기도 질릴 지경이었다. 하급생들을 쫓아 다니는 것도, 상급생들을 피해 다니는 것도 지겨웠다. 여자애들이 자신을 지켜보고 있다는 걸 뻔히 알면서도 아무렇지 않은 척 해야 하는 것도 짜증스러웠다.

짐은 옆 계단을 통해 학교 건물 안으로 들어갔다. 건물 안은 아무도 없는 듯 서늘하고 조용했다. 축제 행사로 들뜨고 떠들썩 한 바깥과는 전혀 다른 느낌이었다. 짐의 등 뒤에서 낮게 드리워 진 햇살이 기름을 칠해 반질거리는 복도를 비추었다. 햇살이 만 들어낸 짐의 그림자는 거의 복도 끝까지 길게 뻗어 있었다. 무심코 자기 반 교실 안에 발을 들여놓은 짐은 갑작스레 밀려오는 쓸 쓸함에 무척 놀랐다. 내니 선생님은 거기 없었다. 짐은 열려 있 는 커다란 창문 쪽으로 다가갔다. 언덕 아래 있는 외삼촌들의 집 과 기차역, 가게, 술집이 한눈에 내려다보였다. 화이티 화이트사 이드가 묵는 호텔도 보였다. 짐은 배가 불러서인지 졸음이 쏟아 졌다. 어쩐지 조금 슬픈 느낌도 들었지만 기분이 나쁜 것은 아니 었다. 아직까지 햇살이 따사로워 바람은 부드럽고 상쾌하게 느 껴졌고 하늘은 푸르렀다. 짐은 멍하니 창가에 서서 언덕 아래를 내려다보고 있는 것이 꽤 만족스러웠다.

갑자기 문 쪽에서 발소리가 났다. 뒤를 돌아본 짐은 펜 카슨과 그의 아버지와 눈이 마주쳤다. 펜의 아버지 래드퍼드 카슨은 외 삼촌들에 비해 키는 훨씬 작았지만 몸집은 더 다부져 보였다. 반 짝거리는 대머리에 텁수룩한 검은 수염을 가슴 중간까지 기른 그는 빳빳한 흰색 셔츠에 새빨간 넥타이를 매고 멋진 펠트 모자 를 손에 들고 있었다. 수염만 빼면 전혀 산골 사람 같지 않았고, 오히려 선교사이자 학교 교사인 펜의 어머니와 결혼에 성공할 만큼 세련된 모습이었다.

"아빠, 얘가 짐 글래스예요." 펜이 자기 아버지에게 말했다. 아마도 두 사람은 짐에 대해 이야기한 적이 있는 것 같았다.

카슨 씨가 짐을 향해 성큼성큼 다가왔다. 그의 걸음걸이는 자신감이 넘치다 못해 거의 뽐내는 것처럼 보였다. 짐은 자신을 내려다보는 그의 검은 눈동자가 왠지 두렵게 느껴졌다. 거친 수염 사이에 숨겨진 은근한 미소는 아직 알아채지 못했다.

"네가 짐 글래스구나. 난 네 아빠를 잘 안단다."

짐의 심장이 두근두근 방망이질하기 시작했다. "제 아빠를 아세요?"

"우리는 친구였어. 어릴 때부터 함께 자랐지. 같이 사냥도 하고, 물고기도 잡고, 수영도 하고, 숲 속을 뛰어다니며 짓궂은 장난도 많이 쳤단다."

짐은 자기도 모르게 카슨 씨에게 바짝 다가섰다. 그동안 아버지에 대한 이야기는 외삼촌들과 엄마에게 수없이 들어왔기 때문에 아버지는 여전히 짐의 가슴속에 생생히 살아 있었다. 아버지에 관한 이야기 하나하나는 아끼는 셔츠 같았다. 오랜 세월 동안 입고 빨고 햇볕에 말려 옷감은 부드럽고 반질반질 편안하게 변했지만 색깔은 본래의 빛이 거의 남아 있지 않은 바랜 셔츠. 하지만 카슨 씨의 이야기는 한 번도 들어보지 못한 것이라 짐은 아버지가 새롭게 다가온 것처럼 느껴졌다. 마치 아버지가 방금 전 떠난 방에 들어와 있는 듯한 기분이었다.

"네 할아버지에 대해서도 잘 알고 있지." 카슨 씨가 말을 이었다. "그런데 내가 들은 이야기가 사실이라면 머지않아 돌아가실 것 같더구나."

"왜요? 몸이 편찮으신가요?"

"편찮으신 지는 몇 년 됐다. 연세도 워낙 많으시고. 백 살까지
는 안 되더라도 아흔 살은 훨씬 넘으셨거든."

"아……" 짐은 더이상 무슨 말을 해야 할지 몰라 그렇게 대답
했다.

엄마가 들려준 이야기 속의 할아버지 애머스 글래스는 언제
나 나쁜 사람이었다. 하지만 무슨 이유에선지 몰라도 짐은 문득
할아버지가 죽지 않았으면 좋겠다는 생각이 들었다.

"애머스 글래스 씨는 고집 세고 심술궂은 분이었어. 네 아버
지에게도 늘 엄하게 대했고. 특히 감옥에서 나와 다시 산으로 올
라갔을 때는 더 심했지. 부인인 네 할머니에게도 못되게 굴었단
다. 오죽하면 네 할머니께서 글래스 씨와 함께 살기 싫어서 저승
으로 떠나신 거라는 소문까지 있었겠니. 내 생각에도 그 소문이
아예 터무니없는 것 같지는 않더구나."

짐은 래드퍼드 카슨 씨의 말에 고개를 끄덕였다. 그 말을 듣고
나니 병든 몸으로 산속에 혼자 사는 할아버지에 대한 걱정이 조
금 가시면서 아버지와 할머니가 다시금 가엾게 느껴졌다. 그 두
사람에 대해 짐이 알고 있는 것은 엄마가 해준 이야기가 전부였
다. 어린 시절 아버지는 착하고 신앙심 깊은 소년으로 아름답지

만 몸이 약한 어머니 어맨다 젠틴 글래스와 산속에서 조용히 살았다. 하지만 연방 교도소에서 풀려난 애머스 글래스가 폭풍처럼 두 모자 앞에 나타나 모든 것을 휘저어놓았다.

카슨 씨가 짐의 얼굴을 찬찬히 들여다보면서 말했다. "짐 글래스, 넌 네 아빠를 쏙 빼닮았구나."

"제 아빠는 어떤 분이셨어요?"

"아주 멋진 사람이었지. 자기가 말한 것은 무슨 일이 있어도 꼭 이루고야 마는 친구였어. 인내심도 강했고. 한마디로 네 아버지는 믿을 수 있는 사람이었단다."

"야구도 잘하셨나요?"

"실력이 꽤 괜찮았지. 하지만 야구를 할 시간이 별로 없었어. 애머스 글래스 씨가 감옥에 가 있는 동안 네 아빠가 아픈 네 할머니 대신 돈을 벌어 먹고살아야 했거든. 그후 감옥에서 나온 글래스 씨는 아들을 개처럼 부려먹었지."

"아빠가 낚시도 하셨나요?"

"그래, 네 아빠는 낚시를 잘했어. 사냥도 무척 잘했고. 끼니를 해결하기 위해 물고기를 잡거나 사냥을 하지 않으면 안 되었을 때가 종종 있었거든. 네 아빠는 내가 만나본 최고의 사냥꾼이었단다."

그때 펜이 끼어들며 말했다. "아빠, 짐에게 두 분이 다람쥐 사냥을 갔던 이야기를 들려줘요."

짐을 믿을 수 없다는 표정으로 펜을 바라보았다. 자신도 몰랐던 아버지 이야기를 펜은 이미 알고 있었던 것이다.

카슨 씨는 들고 있던 모자를 의자 등받이에 걸어놓은 뒤 창틀에 비스듬히 몸을 기댔다. 그러고는 서랍을 열어 안에 든 생각을 꺼내기라도 하듯 자신의 수염을 홱 잡아당긴 다음 이야기를 시작했다.

"애머스 씨가 감옥에서 나와 산으로 돌아간 지 얼마 안 되었을 때였지. 어느 날, 네 아빠와 나는 다람쥐를 잡으러 숲 속에 갔다가 우연히 애머스 씨가 만든 불법 양조장을 발견했어. 그 양반이 애틀랜타에서 돌아온 뒤 맨 처음 한 일이 바로 몰래 술을 만드는 거였거든. 위스키의 원료인 엿기름 냄새를 맡고서야 어디에 온 건지 깨달은 나와 네 아빠는 월계수 덤불을 조심스럽게 헤치고 그 뒤에서 벌어지고 있는 장면을 확인했단다. 애머스 씨가 뭘 하고 있는지 두 눈으로 똑똑히 보았지. 그는 작은 시내 옆의 움푹 들어간 자리에 양조 시설을 차려놓고 위스키를 만들고 있었어. 우리는 한동안 말없이 그의 행동을 지켜보았어. 그런데 갑자기 네 아빠가 '여기 봐!' 하고 말하더니 소총을 들어 양조 시설이 있는 곳을 겨누었어. 그 순간 난 네 아빠가 애머스 씨를 쏘려는 거라고 생각했지만 적극적으로 말리지는 않았다. 하지만 네 아빠가 겨눈 것은 애머스 씨가 아니라 엿기름이 끓고 있는 솥이었어. 술이라곤 입에 대본 적도 없던 네 아빠는 술을 악의 근원이라고 생각했지. 네 아빠는 신중하게 총을 겨누고 단번에 방아쇠를 당겼어. 당연히 총알은 솥에 명중했고, 엿기름이 줄줄 새어나오기 시작했어. 화가 난 애머스 씨는 다짜고짜 그의 소총을 집어들고 우리가 숨어 있는 월계수 덤불을 향해 마구 쏘아댔지. 애머스 씨의 소총은 우리 것보다 훨씬 좋은 것이었단다. 그때 나와 네 아빠가 어떻게 했을 것 같니? 우리는 무조건 도망쳤어. 애머스 씨에게 잡힐 거라는 걱정은 하지 않았지. 당시 애머스 씨의 나이는 이미 일흔다섯 아니면 여든 살쯤 되었으니까 말이야. 하지만 그 자리에 가만히 있다간 총에 맞아 죽었을 거다.

"애머스 씨에게 붙잡히거나 들킬 가능성이 없는 곳까지 도망친 우리는 잠시 한숨을 돌렸지. 그때 네 아빠가 말했어. '래드, 네 총알 한 개만 줘. 아버지가 내 총알 개수를 세어보실 거야.' 그 말에 나는 이렇게 대답했지. '짐, 너 미쳤구나. 총알 개수를 세어보다니, 그럴 리 없어.' 그러자 네 아빠는 고개를 설레설레 저으며 말했어. '아니, 내 예감이 맞아. 아버지는 분명 내 총알이 몇 개 남았는지 일일이 세어볼 거야. 그리고 한 개가 모자란다는 걸 알면 날 죽일 거야.' 결국 나는 네 아빠에게 총알 한 개를 빌려주었고, 각자 집으로 돌아갔단다. 그런데 그날 밤 무슨 일이 일어났는지 아니? 애머스 씨가 램프를 들고 짐이 자고 있는 다락방에 올라왔어. 그러고는 짐의 턱 밑에 권총을 들이대고 말했지. '네 총알을 내놔봐라.' 짐의 예상이 정확히 들어맞은 거야. 애머스 씨는 짐이 총알 한 상자를 새로 구입했다는 걸 알고 있었어. 쉰 개들이 상자였지. 그날 짐이 집으로 가져온 다람쥐는 모두 네 마리였고, 사냥에 능숙한 녀석이 총알을 허비할 리 없다는 걸 아는 애머스 씨는 상자에 든 총알을 침대 위에 쏟은 다음 하나하나 개수를 세었지. 그러는 동안에도 권총을 줄곧 네 아빠의 턱 밑에 들이대고 있었다더구나. 이윽고 총알 개수가 딱 마흔여섯 개라는 것을 확인한 애머스 씨는 곧장 램프와 권총을 들고 다시 아래층으로 내려갔단다. 그리고 그 문제에 대해선 한마디도 하지 않았다더라."

찜찜한 승리

집은 4학년 동급생들과 함께 일렬로 줄지어 서 있었다. 거기서도 나무 기둥 꼭대기에 붙어 있는 빳빳한 일 달러짜리 지폐가 한눈에 들어왔다. 누구든 기둥을 타고 올라가서 지폐를 떼어내기만 하면 그것을 상금으로 가질 수 있었다. 하지만 나무 기둥에 미끈미끈한 미루나무 수액을 발라놓았기 때문에 그것을 타고 오르기는 쉽지 않았다. 소년들이 한 명씩 나와 상금을 차지하기 위해 애쓸 때마다 나무 기둥을 에워싼 수많은 관중은 열렬한 환호를 보냈다. 하지만 열띤 응원이 무색할 정도로 1, 2학년 소년들은 모두 땅에서 채 일 미터도 올라가지 못했다.

집도 상금이 탐났다. 하지만 그것을 꼭 따내야겠다는 생각이 이전만큼 간절하지는 않았다. 그의 머릿속에는 카슨 씨에게 들은 이야기가 여전히 생생하게 맴돌았다. 사람들의 머리 위로 저 멀리 우뚝 솟은 린스 마운틴이 보였다. 그 산에 할아버지가 아직 살고 있다…… 이 단순한 사실 때문에 카슨 씨의 이야기는 잠시 현실 속으로 들어온 이상한 꿈처럼 느껴졌다. 짐은 생각했다. '우리 아빠는 겁을 내지 않았어. 아빠는 애머스 글래스보다 훨씬 지혜로웠어.' 할아버지가 바로 눈앞에 보이는 산속에서 여전히 살고 있다고 생각하니 짐은 그곳 어딘가에 살고 있는 아버지의 모습이 쉽게 머릿속에 그려졌다. 어쩌면 아버지는 다람쥐 사냥용 소총을 들고 숲 속을 누비거나 맑은 시냇가에서 낚시를 하고 있을지도 모른다. 그런 상상을 하니 문득 다리 뒤쪽이 간질간질하면서 아빠가 너무 보고 싶어졌다. 짐은 혹시 아빠가 산기슭에 서서 앨리스빌을 내려다보고 있진 않을까 생각했다. 언덕 위에 자리잡은 붉은색 학교 건물과 운동장에 모인 수많은 사람, 미끄러운 나무 기둥에 올라가려고 줄지어 기다리는 아이들, 그리고 아버지에 대한 그리움으로 멍하니 산을 올려다보고 있는 한 소년까지……

그때 짐 앞에 서 있던 펜이 뒤를 돌아보며 말했다.

"내 생각엔 우리 중에서 상금을 차지하는 사람이 나올 것 같아. 고학년은 우리가 처음이잖아."

"응, 그런데 혹시 너 우리 할아버지 본 적 있어?" 짐이 물었다.

펜은 고개를 끄덕였다. "응. 편찮으시기 전에는 종종 현관 앞에 나와 앉아 계시곤 했어."

"어떻게 생기셨어?"

펜은 어깨를 으쓱거렸다. "무진장 늙으셨지, 뭐."

"자주 봤어?"

"아니, 그냥 몇 번. 그 할아버지 집이 우리 집이랑 가깝거든."

"그럼 할아버지 집도 봤겠네?"

"당연하지."

그때까지 짐에게 할아버지의 집은 포트 섬터나 게티스버그 같은 역사 속의 장소처럼 멀게 느껴졌다.

짐이 혼잣말처럼 중얼거렸다. "바로 그 집에서 우리 아빠가 자라셨어. 이곳 마을로 내려오기 전까지 그곳에 사셨대."

"나도 알아."

펜은 그렇게 말하고는 고개를 돌려 나무 기둥을 올려다보았다. 이제 거의 그가 나설 차례였다. 출발하기 전, 펜이 다시 뒤를 돌아보며 말했다.

"행운을 빌게, 짐."

"너도 잘해."

자기 차례가 되자 펜은 힘차게 도움닫기를 해서 기둥에 뛰어올랐다. 처음부터 높은 위치에서 시작하기 위한 펜의 전략으로 지금껏 그런 생각을 해낸 소년은 아무도 없었다. 하지만 올라간 것까지는 좋았는데 곧 미끄러져내리는 것은 어쩔 수 없었다. 펜은 두 팔로 기둥을 꽉 끌어안고 신발의 딱딱한 굽 끝으로 기둥을 벅벅 긁으면서 미끄러지지 않으려 버텼다. 하지만 여전히 몸은 조금씩 아래로 내려갔다. 펜은 이를 악문 채 몸을 팔 쪽으로 끌어당기는 동시에 두 다리를 밀어올리는 동작을 빠르게 반복했다. 그렇게 계속하다보니 마침내 더이상 아래쪽으로 미끄러지지 않고 몇 초 동안이었지만 조금씩 위로 올라가는 것처럼 보이기도 했다. 지켜보던 사람들이 환호성을 질렀다.

짐은 사람들의 시끌벅적한 외침 가운데 카슨 씨의 목소리를 들었다. "힘내라, 펜! 힘내라, 펜!"

펜은 처음 높이까지 다시 올라가는 데 성공했다. 그는 계속해서 기둥을 손과 발로 붙잡고 몸을 올리며 위로 조금 더 올라갔다. 하지만 일 초도 버티지 못하고 다시 아래로 미끄러져버렸다. 펜은 얼굴이 서서히 벌겋게 변하면서 거의 싸울 듯한 표정으로 바뀌었다. 짐은 그런 친구의 얼굴에서 일 달러를 차지하기 전까지는 절대로 땅바닥에 발을 딛지 않겠다는 결연한 각오를 엿볼 수 있었다.

하지만 얼마 뒤, 펜은 힘이 빠지기 시작하면서 팔다리의 움직

임도 급격히 느려졌다. 급기야 맨 처음 올라갔던 높이에서 조금 아래로 떨어졌고, 두 배로 힘을 써서 다시 겨우 그 높이로 돌아갔지만 곧 더 많이 미끄러지고 말았다. 점점 더 기둥 아래쪽으로 미끄러지는 펜의 얼굴엔 분노가 가득했다. 짐은 그 표정에서 펜이 결코 포기하지 않으리라는 것을 알 수 있었다. 그러나 펜은 무릎을 거의 가슴까지 끌어올리고서도 결국 두 발이 땅바닥에서 겨우 몇 센티미터 떨어진 곳까지 내려갔다. 펜은 마지막 남은 힘을 다해 미끈미끈한 나무 기둥에 악착같이 매달렸다. 어느 순간 짐은 자기가 경쟁자인 펜을 응원하고 있음을 깨달았다.

마침내 두 발이 땅바닥에 닿자 펜은 뒤로 벌렁 자빠져서 눈을 감은 채 한동안 누워 있었다. 머리는 땀으로 흠뻑 젖어 있었고 숨소리는 거칠었다. 양 팔뚝 안쪽 피부는 벌겋게 벗겨져 있었고 작업복 앞쪽은 나무 기둥에서 묻은 끈끈한 수액으로 번들거렸다. 관중 틈에서 카슨 씨가 달려나와 펜을 일으켜세웠다. 사람들은 아버지의 부축을 받아 걸어가는 펜을 향해 격려의 박수를 보냈다.

"잘했어, 펜." 짐이 펜에게 말했다.

펜은 고개를 끄덕였지만 끝내 고개를 들지는 않았다.

사람들 사이에 잠시 침묵이 흐르는가 싶더니 누군가가 큰 소리로 외쳤다. "짐, 이제 네 차례다!" 코란 삼촌이었다. 그러자 모든 사람이 함께 짐의 이름을 외치기 시작했다.

짐은 나무 기둥을 올려다보았다. 갑자기 기둥이 『잭과 콩나무』의 나무줄기처럼 어마어마하게 크고 무섭게 느껴졌다. 짐은 심장이 차갑게 식어 펄떡거리는 것을 느꼈다. 빨랫줄에 걸린 채 꽁꽁 얼어붙은 셔츠 사이로 겨울 바람이 새어 들어오는 듯한 느낌이었다. 짐은 문득 자신이 나무 기둥에 오를 수 없을 거라는 생각이 들었다. 하지만 포기하고 그 자리에서 도망칠 수도 없었다. 운동장 가득 울려퍼지는 사람들의 함성 속에서 제노 삼촌의 목소리가 유독 또렷하게 들려왔다. "힘내라, 짐! 넌 할 수 있어!" 짐은 몸에서 힘이 쭉 빠지면서 어지럽기까지 했다. 하지만 그런 뜻과는 상관없이 두 발이 어느새 나무 기둥을 향해 조금씩 다가가고 있었다. 마침내 짐은 커다란 바위에서 강물로 뛰어내릴 때처럼 힘차게 앞으로 달려나갔다.

짐은 펜이 했던 것처럼 힘껏 뛰어올라 나무 기둥을 덥석 끌어안았다. 순간 배 속에서 헉 하고 공기가 새어나왔고 양쪽 정강이는 멍이 든 것처럼 아팠다. 그러곤 채 일 초도 지나지 않아 몸이 점점 미끄러져내리는 것이 느껴졌다. 짐은 죽을힘을 다해 기둥을 꽉 끌어안고 발버둥을 치면서 신발 뒤축에 힘을 모았다. 그러자 더이상 몸이 미끄러지지 않았다. 짐은 두 발에 무게중심을 두고 몸을 힘껏 위로 밀어올렸다. 그러자 놀랍게도 거의 똑바로 선

자세로 기둥에 매달릴 수 있었다. 얼마 못 가 발이 다시 미끄러지자 짐은 기둥을 더욱 꽉 껴안고 두 다리를 가슴 쪽으로 끌어올렸다. 그러고는 다리를 아래로 내뻗는 동시에 다시금 몸을 힘껏 밀어올렸다. 기둥은 여전히 미끄러웠고, 그것을 타고 오르기는 결코 쉽지 않았다. 하지만 이제 짐은 한번 해볼 만하다는 생각이 들기 시작했다.

짐은 펜이 올랐던 높이를 지나 계속 위로 올라갔다. 위로 올라갈수록 기둥은 더 미끄러웠다. 하지만 기둥의 굵기 또한 점점 더 가늘어져서 두 다리로 단단히 감쌀 수 있었다. 덕분에 더이상 미끄러지지는 않았다. 기둥이 미끄러워서 다리를 한 번 내뻗을 때마다 올라갈 수 있는 높이는 겨우 십여 센티미터에 불과했다. 그러나 짐은 쉬지 않고 같은 동작을 반복해서 조금씩 위로 올라갔다. 위를 올려다보니 일 달러 지폐가 가까이 보였다. 아래를 내려다보니 땅바닥이 까마득히 멀리 보였다. 짐은 심장이 쿵쿵 뛰기 시작했다. 자신이 상금을 차지하게 될 거라는 직감이 들었기 때문이다.

마침내 짐은 나무 기둥 꼭대기에 붙어 있는 지폐를 가볍게 떼어내 작업복 주머니 안에 쑤셔넣었다. 그러고는 기둥 꼭대기에 한쪽 팔을 걸치고 아래쪽에 있는 수많은 사람을 내려다보았다. 엄마나 외삼촌들이 어디 있는지 찾고 싶었지만 짐의 이름을 부르는 목소리만 들릴 뿐 아무리 둘러봐도 아는 얼굴은 눈에 띄지 않았다. 만약 제노 삼촌이 옆에 있었다면 나무 기둥 위에서 웃는 짐의 모습이 마치 주머니쥐 같았다고 놀렸을 게 분명하다. 짐 또한 먼 훗날 나무 꼭대기에 매달려 마을 전체 주민의 절반이 외치는 함성을 듣는 기분이 어땠느냐는 질문을 받으면, 정말 주머니쥐가 된 것 같은 심정이었다고 대답할 생각이었다.

짐이 기둥 꼭대기에서 내려다본 사람들 가운데 아는 얼굴은 펜 한 명뿐이었다. 놀랍게도 펜은 자신이 아닌 짐이 상금을 차지했는데도 기쁜 듯 웃으면서 박수를 치며 그를 향해 손을 흔들기까지 했다. 그 모습을 보자 짐은 잠시나마 상금을 차지하게 된 것에 죄책감을 느꼈다. 상금을 주머니에 넣은 채 기둥에서 내려온 짐은 자신을 기다리던 외삼촌들과 엄마를 만났다. 외삼촌들은 웃으면서 짐의 등을 아플 정도로 세게 두드렸다.

"오, 짐! 네 아빠가 오늘 네 모습을 봤다면 무척 자랑스러워하셨을 거야." 엄마는 울먹이는 목소리로 말했다.

알 삼촌이 짐을 번쩍 안아서 목말을 태웠다. 주위의 모든 사람이 짐을 향해 웃으면서 박수를 보내고 있었다. 짐은 마치 세상의 왕이 된 듯한 기분이었다. 그는 주머니를 간져 상금이 여전히 그 안에 들어 있는지 확인했다.

언덕을 내려가는 동안 짐은 엄마와 외삼촌들이 잘 볼 수 있도록 지폐를 두 손으로 번쩍 치켜들고 걸었다.

코란 삼촌이 짐에게 물었다. "스스로 무척 자랑스럽지?"

짐은 대답 대신 노래를 흥얼거렸다. "돈 벌었네, 돈 벌었어."

제노 삼촌이 훈계하듯 말했다. "이제 그만해라, 짐." 외삼촌들은 원래 잘난 척하는 것을 좋아하지 않았다.

하지만 짐은 제노 삼촌의 말에 아랑곳하지 않고 계속 흥얼거렸다. "내가 펜 카슨을 이겼다네, 내가 펜 카슨을 이겼어."

보다 못한 엄마도 한마디 거들었다. "짐, 그만……"

"내가 이겼네. 내가 그 머저리를 이겼어."

마침내 엄마가 버럭 소리를 질렀다. "짐!"

엄마와 외삼촌들은 걸음을 멈추고 슬픈 표정으로 짐을 바라보았다. 제노 삼촌이 한쪽 무릎을 꿇고 말했다. "이리 와라, 짐."

그제야 짐은 하늘 높이 치켜들고 있던 지폐를 주머니에 집어넣고 제노 삼촌을 향해 천천히 걸어갔다. 삼촌은 소년의 양어깨를 꽉 움켜잡고는 눈을 뚫어지게 들여다보며 말했다.

"그래, 네 말이 맞다. 네가 펜 카슨을 이겼지. 하지만 네가 이긴 이유가 뭔지 아니?"

짐은 고개를 설레설레 저었다.

"네가 펜을 이긴 건 그애가 나무 기둥에 묻은 미루나무 수액을 자기 옷으로 많이 닦아냈기 때문이야. 덕분에 네가 나무를 오를 때는 앞서만큼 미끄럽지 않았지. 결국 펜이 너를 도와줬기 때문에 네가 이길 수 있었던 거야."

"이 세상에 자기 혼자 잘나서 살 수 있는 사람은 없단다." 알 삼촌이 말했다.

코란 삼촌도 한마디 거들었다. "그게 세상 진리지."

엄마가 말했다. "외삼촌들이 안 계셨다면 너와 이 엄마가 어떻게 됐을지 상상해보렴. 우리는 이 넓은 세상에 홀로 남겨진 외톨이 신세였을 거야."

"짐, 이제 좀 이해가 가니?" 제노 삼촌이 물었다.

짐은 말없이 고개를 끄덕였다.

제노 삼촌은 짐을 뒤돌게 한 다음 엉덩이를 가볍게 토닥거리며 말했다.

"그럼 이제 집에 가자."

짐은 다시 언덕을 내려가면서 여러 가지 생각을 했다. 상금을 차지했다고 잘난 척했던 자신이 너무나 부끄러웠다. 펜에게 공연히 화를 냈던 것도 민망하기 짝이 없었다. 이제 와서 생각해보니 녀석이 부러워서 그랬던 것 같았다. 하지만 펜을 이겼던 순간의 기억도 생생하게 떠올랐다. 기둥 꼭대기에서 자신의 이름을 외치는 수많은 사람을 내려다보던 순간을 생각하면, 승리의 기뺨에 피가 새롭게 흐르는 듯한 기분이었다. 짐은 언덕을 내려가는 내내 마음속에서 두 가지 상반된 감정을 느꼈다. 외삼촌들에게 인정받는 소년이 되어야겠다는 생각이 들다가도 어느새 입에서는 "돈 벌었네, 돈 벌었어!" 하는 노래가 나지막이 흘러나왔다.

킹

짐과 제노 삼촌은 덜컹거리는 트럭을 타고 뉴카펜터로 향하는 간선도로를 달렸다. 도중에 에이브러햄의 고물 트럭 옆을 지나쳤는데, 그는 짐과 제노 삼촌을 보고 차창 밖으로 손을 흔들었다. 뒤이어 이들은 도로에서 죄수 두 명 옆을 스쳐 지나갔다. 바싹 마른 두 백인 남자는 머리에 셔츠를 터번처럼 두르고 기다란 삽으로 도로변에 기둥을 박기 위해 구덩이를 파고 있었다. 피부는 따가운 햇볕 아래 그을려 거무스름했고 발목에는 족쇄가 채워져 있었다. 하지만 짐이 처음부터 남자의 발목에 족쇄가 채워져 있는 것을 알아챈 것은 아니었다. 트럭이 지나가자 갑자기 고개를 쳐든 죄수 한 명과 눈이 마주쳤을 때 비로소 짐의 눈에 족쇄가 들어왔다. 죄수는 한참 동안 짐을 뚫어지게 바라보았다. 짐은 백미러를 통해 두 죄수와 졸린 얼굴로 그들을 감독하고 있는 간수를 바라보았다. 점점 더 멀어져가는 그들을 보고 있자니 기분 좋은 공포감이 밀려들었다. 그러다 문득 구덩이를 하나하나 파면서 앨리스빌에 점점 가까이 다가오는 그 죄수들이 두 사람끼리만 족쇄로 채워져 있고 다른 것에는 묶여 있지 않을까봐 걱정이 되었다.

죄수들을 지나치자 이번에는 규칙적인 간격으로 드문드문 쌓인 흙더미가 보였다. 그것은 죄수들이 앞서 파놓은 구덩이에서 나온 흙이었다. 각 구덩이에는 곧 커다란 검은 기둥이 박힐 예정이었다. 그 기둥에 전깃줄을 연결해서 앨리스빌까지 전기를 공급하는 것이 공사의 최종 목표였다. 제노 삼촌이 각각 코란과 알이라는 별명을 붙여준 두 죄수가 지난여름 내내 구덩이를 팠지만 아직까지 기둥은 단 하나도 박히지 않았다.

초가을 토요일 날씨는 눈부시게 화창하고 더웠다. 짐은 잔디밭에 드러누워 고양이처럼 한가롭게 뒹굴고 싶은 마음이 굴뚝같았다. 하지만 현실의 그는 제노 삼촌이 운전하는 차에 탄 채 창문을 열고 뉴카펜터로 향하고 있었다. 저 멀리 들판 가장자리의 나무들은 어느새 황금색, 노란색, 주황색으로 옷을 갈아입었다. 눈을 가늘게 뜨고 바라보면 평원에 불이라도 난 것처럼 보였다. 늘 그렇듯 이번에도 제노 삼촌은 잠깐 볼일이 있어 가는 거라고 말했다. 짐은 더이상 자세히 따져 묻지 않았다.

뉴카펜터를 오 킬로미터쯤 앞두고 야트막한 언덕길이 나왔다. 언덕 꼭대기에 오르자 비로소 한 줄로 길게 늘어선 시커먼 전봇대들이 보였다. 전봇대들의 양옆에는 전선을 걸치기 위한 막대가 붙어 있어서 마치 거인이 짧은 두 팔을 양쪽으로 뻗고 있는 것처럼 보였다.

"음, 이제 거의 다 온 것 같군." 제노 삼촌은 그렇게 중얼거리고는 천천히 트럭의 속력을 줄였다. 그리고 전봇대가 세워지지 않은 마지막 빈 구덩이에서 나온 흙더미 옆에 차를 세웠다. 짐은 삼촌과 함께 차에서 내려 주변을 둘러보았다. 높고 가느다란 전봇대 기둥은 마치 살아 있는 것처럼 섬뜩한 느낌이었다. 가만히 보고 있으면 꼼짝 않고 서 있는 것처럼 보이지만 고개를 조금만 옆으로 움직이면 맨 앞쪽 전봇대 뒤로 나머지 녀석들이 자취를 감추었다. 또 몸을 한쪽으로 많이 기울였다가 재빨리 반대쪽으로 기울이면 일렬로 선 전봇대들이 마구 꼬리를 치는 것처럼 보였다. 짐이 그렇게 혼자 놀고 있을 때, 에이브러햄의 트럭이 다가오는 소리가 들렸다. 짐은 급히 장난을 멈추었다. 에이브러햄에게 어린애처럼 노는 모습을 들키고 싶지 않았기 때문이다. 에이브러햄이 잠시 제노 삼촌 옆에 트럭을 세우고 요란한 엔진 소리 너머로 크게 외쳤다.

"맥브라이드 씨! 차가 고장 났습니까? 제가 도와드려요?"

"고맙지만 그럴 필요 없어요, 에이브러햄." 제노 삼촌이 전봇대를 가리키며 한마디 덧붙였다. "그냥 구경 좀 하는 겁니다."

에이브러햄은 고개를 끄덕이고 손을 흔들고는 가던 길을 갔다. 그의 트럭 뒤쪽에 사과 두 상자가 실려 있었다. 짐은 자신과 제노 삼촌이 뉴카펜터에 있는 동안 에이브러햄도 그곳에 있을 거라고 생각하니 조금 짜증이 났다. 지난 생일날 에이브러햄에게 좋은 괭이를 빼앗긴 것이 여전히 앙금으로 남아 있었기 때문이다.

"아마 다음 주쯤엔 이 구덩이에 전봇대가 세워질 거다." 제노 삼촌이 구덩이 위에 덮인 판자를 발끝으로 슬쩍 건드리며 말했다. "죄수들이 일을 제대로 했는지 어디 한번 볼까?"

제노 삼촌은 허리를 굽혀 구덩이 위의 판자를 들추었다. 구덩이 안은 몹시 깊고 컴컴했다. 짐은 어둠에 눈이 익숙해진 뒤에야 겨우 바닥을 볼 수 있었다.

"음, 이만하면 꽤 잘 판 구덩이라고 할 수 있겠구나. 바닥과 윗부분의 폭이 똑같잖아. 성의 없이 파면 윗부분만 넓고 바닥으로 갈수록 폭이 좁아지거든. 그런 구덩이에는 전봇대를 세울 수가 없어."

짐은 제노 삼촌의 말을 염두에 두고 구덩이 안을 좀더 자세히 살펴보았다. 그는 세 외삼촌이 일과 관련해서 한 이야기를 모두 기억하려고 노력했다.

"깊이는 이 미터 오십 센티미터에서 삼 미터쯤 되겠군." 제노 삼촌이 그렇게 중얼거리고는 짐을 넘겨다보며 물었다. "깊이가 얼마나 되는지 확인해보지 않을래?"

짐은 고개를 끄덕인 다음 주변을 둘러보았다. 구덩이 안에 집 어넣어 깊이를 가늠해볼 만한 막대가 없는지 찾기 위해서였다. 그러다 문득 짐은 구덩이 폭이 자신의 어깨가 통과할 만큼 넓다 는 것을 알아차렸다. 제노 삼촌이 무슨 뜻으로 그런 말을 했는지 알 것 같았다. 곧 제노 삼촌은 한쪽 무릎을 굽히고 앉아 짐의 손 목을 잡았고, 짐은 천천히 구덩이 안으로 발을 내디뎠다.

"절대로 손을 놓으면 안 돼요!" 짐이 어두컴컴한 구덩이 안에 서 제노 삼촌을 올려다보며 말했다.

"꽉 붙잡아라."

바깥과 달리 구덩이 안은 11월 날씨처럼 무척 서늘했다. 흙에 서는 오래전에 잊혀진 무언가를 떠올리게 하는 냄새가 났다. 짐 은 첫 서리가 내리기 전 저녁 늦게 울어대는 귀뚜라미를 떠올렸 다. 제노 삼촌은 짐을 구덩이 깊은 곳까지 내려보내기 위해 땅바 닥에 납작 엎드렸다. 하지만 짐은 여전히 구덩이 바닥이 어디인 지 가늠할 수 없었다. 단단한 부분을 찾으려고 두 발을 버둥거려보았지만 아무 데도 닿지 않았다. 위를 올려다보니 구덩이 입구가 제노 삼촌의 몸에 가려 햇빛이 거의 들어오지 않았다. 짐은 외삼촌의 손목을 더 꽉 움켜잡으면서 말했다.

"아직도 바닥에 닿지 않았어요. 이제 그만 올려주세요."

그러자 제노 삼촌이 긴장한 목소리로 말했다. "으으, 이거 점점 손이 미끄러지는데?"

"절대로 손을 놓으시면 안 돼요!"

"더이상 못 버티겠어!"

"안 돼요! 제발 놓지 마세요!" 짐은 소리쳤다. 그러고는 구덩이 벽을 두 발로 마구 차면서 위로 기어오르려고 애썼다.

짐은 제노 삼촌의 손을 놓친 순간, 자신이 한참 아래로 추락할 거라고 생각했다. 하지만 바닥은 고작 십여 센티미터 아래에 있었다. 짐은 쿵쾅대는 가슴을 안고 구덩이 바닥에 웅크린 채 자기도 모르게 두 팔을 머리 위로 치켜들고 비명을 지르려 했다. 하지만 곧 실제 떨어진 높이를 깨닫고는 스스로 바보같이 느껴져 부끄러웠다. 짐은 슬며시 팔을 내리고 곰곰이 생각에 잠겼다. 사실 짐이 겁을 먹을 이유는 전혀 없었다. 구덩이 안은 생각했던 것보다 훨씬 넓었다. 짐은 제자리에서 한 바퀴 빙 돌았다 다시 반대 방향으로 돌았다.

"거기서 뭐 하니, 짐?" 제노 삼촌이 위쪽에서 큰 소리로 물었다. 그 순간, 짐은 삼촌이 자신을 일부러 떨어뜨렸다는 걸 알아차렸다.

"아무것도 안 해요." 짐은 그렇게 말하면서 위를 올려다보았다. 제노 삼촌의 얼굴은 어두웠지만 머리 주위에 푸르스름한 빛이 후광처럼 빛나고 있었다.

"네 엄마한테는 뭐라고 하지?"

"뭐라고 하긴요, 저를 구덩이에 빠뜨렸다고 말씀하세요."

짐의 대답에 제노 삼촌은 아무 말도 하지 않았다. 잠시 후 삼촌이 조용히 말했다. "그 말은 하지 않는 게 좋겠구나."

제노 삼촌의 나지막한 목소리를 들은 순간, 짐의 머릿속에 지금의 자신처럼 어느 구덩이 바닥에 쭈그리고 앉아 있는 아버지의 모습이 떠올랐다. 아버지는 기쁘지도 슬프지도 않다. 그저 거기 앉아서 무언가를 기다리고 있을 뿐이다. 구덩이 속에 앉아 있는 사람의 기분이 반드시 나쁠 필요는 없었다. 실제로 짐이 구덩이 속에 있어보니 그저 조금 외로울 뿐 딱히 불쾌한 느낌이 들지는 않았다. 바로 눈앞에 구덩이의 흙벽 밖으로 비죽 튀어나온 돌멩이가 보였다. 짐은 손가락으로 그 돌멩이를 찔러보며 생각했다. '이 돌멩이를 본 사람은 이 세상에 나 혼자야. 앞으로도 이 돌멩이를 보게 될 사람은 나 혼자일 거고.'

그때 제노 삼촌이 구덩이 안으로 팔을 뻗으며 말했다. "이제 그만 나오는 게 좋겠다."

짐은 머리 위에서 흔들리는 제노 삼촌의 커다란 손을 잠시 바라보다 펄쩍 뛰어올랐다. 삼촌은 뛰어오른 짐의 손목을 움켜잡고는 환한 바깥세상으로 휙 끌어올려 구덩이 옆에 세웠다. 천천히 주위를 둘러본 짐은 어쩐지 낯선 느낌이 들었다. 주변 세상은 예전보다 환하고 아름다워 보였다. 짐은 그처럼 멋진 세상에 다시 돌아와서 기뻤다.

제노 삼촌은 짐의 옷에 묻은 흙먼지를 허둥지둥 털어냈다.

짐은 자신이 삼촌의 마음을 불편하게 만든 것 같아 미안한 생각이 들었다. 그래서 삼촌에게 이렇게 말했다. "삼촌 덕분에 무척 재미있는 경험을 했어요."

"그러냐? 하지만 내가 너를 구덩이에 빠뜨렸다는 걸 네 엄마가 알면 아마도 화를 낼 거다. 네 생각은 어떠냐?"

"맞아요. 엄마는 아마 안 좋아하실 거예요."

짐과 제노 삼촌은 다시 길을 나선 뒤 얼마 지나지 않아 뉴카펜터의 경계를 표시하는 표지판을 지났다. 시골길을 벗어나 구불구불한 길을 따라서 자그마한 언덕 하나를 넘자 곧장 읍내의 메인 가로 이어졌다. 짐은 시시각각 변하는 주변 풍경에 싫증을 느낄 새가 없었다. 눈앞에 펼쳐진 토요일의 읍내 풍경은 갑자기 드넓은 바다와 마주한 것 같은 기분을 안겨주었다. 짐은 처음에는 가슴이 두근거렸지만 곧 익숙해졌다. 메인 가 양쪽에는 벽돌 건물이 줄줄이 늘어서 있었다. 상점들은 사람들로 북적거렸고 거리는 자동차들로 복잡했다. 한편 트레이드 가에는 군 전역에서 온 농부들의 트럭 행렬이 네 블록쯤 줄줄이 이어져 있었다. 농부들은 목소리를 높여 트럭에 싣고 온 채소며 사과, 수박, 군옥수수 등을 팔았다. 트럭 주위에는 수상한 사람들도 어슬렁거렸는데, 순진한 농부들에게 총이나 칼, 볼품없는 개를 팔아넘기려는 야바위꾼들이었다. 읍내의 끝에는 도시적인 메인 가와 시골 느낌의 트레이드 가가 만나는 교차로가 있었다. 교통이 혼잡하고 경적 소리가 요란한 교차로에 있으니 혼이 쏙 빠질 지경이었다. 교차로 너머에 위엄 있게 서 있는 커다란 흰색 건물은 법원이었다. 법원 앞에 펼쳐진 드넓은 초록색 잔디밭에서는 우락부락하게 생긴 젊은 제분공들이 오후 휴식 시간을 즐기고 있었다. 작업복 차림의 그들은 웃고 떠들면서 지나가는 사람들을 구경하기도 하고 때때로 자기들끼리 싸우기도 했다. 교차로 주변에서 일어나는 상황을 줄곧 주시하는 사람도 있었는데, 헤이그라는 이름의 늙고 무뚝뚝한 경찰관이었다. 헤이그는 가죽 곤봉을 허리춤에 차고 어린아이들이 무단 횡단을 할 때마다 호루라기를 불며 고래고래 소리를 질렀다. 짐은 뉴카펜터를 구경하고 나자 앨리스빌이 얼마나 조용한 마을인지 새삼 깨달았다. 뉴카펜터에 비하면 앨리스빌은 거의 교회만큼 조용했다. 짐의 바람과 달리 외삼촌들은 그를 뉴카펜터에 자주 데려오지 않았다.

제노 삼촌은 트레이드 가에 트럭을 세우고 짐에게 말했다. "너도 이제 다 컸으니까 저 법원 앞의 시계를 잘 보고 있다가 정확히 한시까지 여기로 돌아와라. 할 수 있겠지?"

짐은 재빨리 고개를 끄덕였다. 외삼촌들이 짐 혼자 뉴카펜터 읍내를 자유롭게 돌아다니도록 허락해준 것은 그때가 처음이었다.

"좋아. 그럼……" 제노 삼촌은 작업복 가슴에 달린 주머니에서 십 센트짜리 동전 한 닢을 꺼내 짐에게 건네주며 말했다. "절대로 말썽을 일으키면 안 된다. 그리고 내가 너를 혼자 돌아다니게 했다는 건 네 엄마한텐 비밀이야. 알았지?"

"네, 삼촌!"

하지만 뉴카펜터 읍내를 혼자 돌아다니게 된 데 대한 흥분과 기대감은 메인 가에 들어선 순간 갑자기 식어버렸다. 짐의 관심을 끄는 곳들은 어디나 아이들로 넘쳐났다. 그들은 모두 뉴카펜터에 사는, 따라서 그곳 사정을 훤히 꿰고 있는 아이들이었다. 짐은 아이스크림을 사먹기 위해 드러그스토어로 들어갔다. 하지만 계산대 앞에는 이미 아이들이 파리 떼처럼 바글바글했다. 철

물점 진열장 앞에도 사납게 보이는 소년 네 명이 쭈그리고 앉아 칼을 구경하고 있었다. 짐이 싸구려 잡화점에 들어서려고 하자 어디선가 여자애들이 우르르 나타나 깔깔거리며 가게 안으로 들어갔다. 짐은 뉴카펜터의 모든 아이가 자신을 지켜보고 있다는 생각이 들기 시작했다. 게다가 그들은 친구도 없이 혼자 돌아다니는 자신을 불쌍하게 여기고 있는 것 같았다. 짐은 괜히 뉴카펜터에 사는 모든 아이에게 화가 났다. 그리고 그들에게 먼저 다가가 인사를 건넬 용기가 없는 자신에게도 화가 났다.

짐이 법원 쪽으로 어슬렁어슬렁 걸어가고 있을 때였다. 길 건너에서 누군가 그의 이름을 부르는 소리가 들렸다. 펜 카슨이었다. 드디어 아는 사람을 만나 무척이나 반가웠던 짐은 기차를 향해 신호를 보내는 역무원처럼 팔을 번쩍 들어 흔들었다. 그러고는 바로 길을 건너려고 좌우를 살폈는데, 메인 가의 교통이 너무 혼잡해 건널 틈이 나지 않았다.

펜 카슨은 길을 건너지 못해 어쩔 줄 몰라 하는 짐을 향해 법원 쪽을 가리켜 보였다. 두 사람은 메인 가를 사이에 두고 교차로로 향했다. 교차로에서 펜은 신호등이 바뀌기를 기다렸다가 길을 건너 짐에게 달려왔다.

"짐, 잘 있었어? 여긴 웬일이야?" 펜은 마치 가장 오래된 친구를 대하듯 다정하게 인사를 건넸다. "우리 함께 읍내 구경이

나 할까?"

그 말을 듣자 짐은 뉴카펜터에 대한 호기심이 다시 솟아올랐다. "좋아!"

짐은 펜을 따라서 트레이드 가를 건너갔다. 그런 다음 계단을 통해 법원 잔디밭으로 들어섰다. 제분공들이 넓은 잔디밭을 가로지르는 인도에 서서 담배를 피우고 있었다. 짐은 언젠가 엄마가 그들에 대해서 했던 말이 떠올랐다. 제분소에서 일하는 사람들은 항상 작은 나이프를 품속에 넣고 다니면서 술에 취하면 사람을 마구 찌른다고 했다. 짐은 겁이 나서 그들의 얼굴을 똑바로 볼 수 없었다.

법원 건물로 올라가는 계단 앞에 이르렀을 때였다. 펜이 갑자기 걸음을 멈추고 마치 누군가 자신을 미행하는지 확인하려는 듯 조심스럽게 주변을 둘러보았다. "짐, 내가 아는 비밀 통로가 있어. 그러니 날 따라와." 펜은 계단 오른쪽으로 걸어가서 짐에게 따라오라는 신호를 보냈다. 그러고는 법원 주변을 에워싸고 있는 무성한 회양목 숲 뒤에 몸을 웅크렸다. 법원 건물과 회양목 사이에는 소년들이 한 줄로 서서 지나갈 수 있을 정도의 빈 공간이 있었다. 펜과 짐은 무성한 덤불 뒤에 몸을 숨긴 채 건물을 따라 재빨리 걸어갔다. 모퉁이를 돌았을 때, 펜이 짐을 붙잡아 세우고는 땅바닥에 찍힌 어떤 남자의 발자국을 가리켰다. 부드러운 땅에 신발 뒤축 부분이 깊고 선명하게 찍혀 있었다.

"죄수들이야!" 짐이 숨죽여서 말했다. "외삼촌과 여기 오는 길에 죄수들을 봤어. 그들 중 한 명이 탈출한 게 틀림없어!"

"내 생각도 그래."

"하지만 이 발자국만 갖고는 어디로 갔는지 알기 어려울 것 같은데."

"아마 저 아래로 내려간 것 같아." 펜이 법원 지하로 통하는 계단을 가리켰다.

"그럴 수도 있겠다. 너 저기 내려가본 적 있어?"

"아니. 하지만 너만 좋다면 한번 가볼 생각도 있어."

"위험하지 않을까?"

"그러지 않길 바라야지."

두 소년은 난간에 몸을 바싹 붙이고 살금살금 계단을 내려가 지하실 문 앞에 다다랐다. 그들은 행여 남의 눈에 띨세라 몸을 완전히 일으키지 않았다.

"문이 잠겼는지 확인해봐."

펜의 말에 짐은 지하실 문을 잡아당겼다. 문이 열리자 암모니아 냄새가 코를 찌르는 서늘한 공기가 짐의 얼굴에 확 불어왔다. 열린 문 너머로 길게 뻗은 컴컴한 복도가 보였다. 창살 사이로 새어들어온 가느다란 햇빛이 복도를 둘로 가르고 있었다.

"저기 좀 봐! 죄수를 가두는 감방이야!" 짐이 나지막이 속삭였다.

펜이 고개를 갸우뚱거리며 말했다. "글쎄, 난 잘 모르겠는데? 안으로 들어가서 확인해볼까?"

"네가 간다면 나도 따라갈게."

두 소년은 조심스럽게 복도를 따라 걸어 들어갔다. 바닥의 햇빛에 몸이 노출되지 않도록 등을 최대한 벽에 바짝 붙인 채. 하지만 짐은 겁이 나서 점점 발길이 무거워졌다. 창살의 그림자와 바닥의 먼지를 물끄러미 내려다보던 짐은 급기야 펜에게 그만 돌아가자고 말하기로 결심했다. 하지만 어렵게 입을 열려는 순간 갑자기 펜이 그를 햇빛 쪽으로 떼밀었다. 짐은 감방 문에 난 구멍을 통해 한 제분공이 쇠창살이 달린 창문 아래 의자에 앉아 있는 모습을 보았다. 제분공은 고개를 들어 슬픈 눈으로 짐을 바라보았다. 그의 얼굴은 여기저기 시커멓게 멍들어 있었고, 한쪽 눈은 퉁퉁 부어올라 거의 감겨 있었다. 게다가 아랫입술은 찢어졌고 흰 셔츠엔 피가 묻어 있었다. 짐은 그 자리에서 도망칠 수도, 남자에게서 눈을 뗄 수도 없었다. 그저 난데없이 나타나 길을 막고 있는 낯설고 사나운 개를 대하듯 두려운 눈으로 남자를 바라볼 뿐이었다. 그때 남자가 한쪽 입가를 움찔거리면서 묘한 미소를 지어 보였다.

남자가 갑자기 문 쪽으로 달려오면서 외쳤다. "어흥!"

짐은 기겁하며 뒷걸음치다 그만 중심을 잃고 비틀거렸다. 그 순간 펜이 다가와 그의 팔을 붙잡으며 소리쳤다.

"짐, 도망쳐! 으악!"

두 소년은 복도를 내달려 지하실 문과 계단을 지났다. 그리고 제분공들이 모여 있는 잔디밭을 단숨에 통과한 뒤 교통 신호를 무시하고 트레이드 가를 건넜다. 그렇게 쉬지 않고 정신없이 달음박질치던 짐과 펜은 메인 가의 중간 지점에 이르렀을 때에야 비로소 조금씩 속도를 늦추었다. 숨이 턱까지 차오른 그들은 두 손을 허리에 짚고 숨을 고르며 천천히 걷다가 마침내 이발소 앞 벤치에 털썩 주저앉았다. 짐은 손이 부들부들 떨렸다. 하지만 두려움은 이미 사라진 지 오래였다. 그저 흥분감에 가슴이 두근거릴 뿐이었다. 이상하게 큰 소리로 웃고 싶어졌다.

"적어도 난 누구처럼 비명을 지르진 않았어." 짐이 펜을 바라보고 장난스럽게 말했다. 두 소년은 누가 먼저랄 것도 없이 깔깔거리며 웃기 시작했다. 한참을 웃고 난 그들은 벤치에 비스듬히 기댄 채 몇 분 동안 말없이 앉아 있었다. 짐은 고개를 들어 태양을 올려다보았다. 더이상 바랄 것 없이 행복한 기분이었다.

펜이 입을 열었다. "얼마나 다행인지 몰라. 산골에 사는 녀석들이……"

짐이 불쑥 끼어들었다. "읍내에 사는 녀석들은 왜 빼먹어?"

"그래. 그 녀석들이 여기 없어서 천만다행이야."

펜의 말에 짐도 고개를 끄덕였다. "맞아. 그 녀석들이 있었다면 문제가 커졌을 거야."

이번에는 짐이 모험 장소를 선택할 차례였다. 짐은 여성용품 가게와 변호사 사무실 사이의 좁은 골목길로 펜을 데리고 갔다. 골목길은 메인 가와 나란히 놓인 어느 이름 모를 거리로 이어졌다. 골목 안으로 몇 걸음 걸어 들어갔을 때 짐이 갑자기 걸음을 멈추고 벽돌 벽을 가리켰다. 벽에는 해골과 X자 형태의 뼈다귀 그림이 그려져 있었다. 그림 아래에는 '킹(King)'이라고 적혀 있었다.

"킹이 누굴까?" 펜이 나지막한 목소리로 물었다.

"음, 적어도 해적일 리는 없어. 여기서 바다까지 가려면 백만 년은 걸릴 테니까." 짐이 심각한 표정으로 중얼거렸다.

"그런데 왜 해골과 뼈다귀 그림을 그려놓았을까?"

"어쩌면 살인범일지도 모르지."

두 소년은 골목 끝의 햇빛이 비치는 쪽으로 천천히 걸어갔다. 걸음을 옮길 때마다 새로운 경고 문구가 나타났고, 그 내용은 가면 갈수록 먼저 것보다 더 험악해졌다. '침범하지 마라. 킹' '경고

한다. 킹' '만약 여기를 너머가면 넌 죽는다. 킹'. 짐은 오래전부터 이 골목길에 들어와보는 것이 소원이었다. 하지만 섬뜩한 낙서를 보고 난 지금은 어떻게 해야 할지 망설여졌다. 두 발은 얼어붙은 듯 쉽게 떨어지지 않았다. 골목길은 안으로 들어갈수록 점점 더 어둡고 서늘해졌다. 마치 커다란 절벽 사이 협곡을 걷는 듯한 기분이었다. 짐은 당장이라도 뒤돌아서 메인 가로 달려나가고 싶은 마음이 굴뚝같았다. 하지만 펜에게 겁먹은 모습을 들키고 싶지 않았다.

펜이 땅바닥에서 작고 하얀 돌멩이를 주워 '너머가면'이라는 단어 둘레에 동그라미를 쳤다. 그러고는 혼잣말처럼 나지막이 중얼거렸다. "킹이 누군지는 모르겠지만, 적어도 맞춤법에 약한 녀석인 건 분명해."

그 말을 들은 순간 짐은 터져나오는 웃음을 참으려고 손으로 입을 막았다.

짐과 펜은 발끝으로 살금살금 걸어 조그만 안마당으로 들어섰다. 좁다란 진흙길과 연결된 안마당에는 담배꽁초와 깨진 병들이 여기저기 지저분하게 나뒹굴고 있었다. 진흙길 건너로는 허름한 창고의 뒷문이 보였다. 그 문은 페인트칠도 안 된 데다 블랙베리 덩굴로 절반이 넘게 뒤덮여 있었다. 창고 벽에는 거대한 어릿광대가 그려져 있었고, 그 아래 '넌 죽었다. 킹'이라고 적혀 있었다.

펜이 걱정스러운 표정으로 말했다. "짐, 킹이란 사람이 정말 살인범이면 어쩌지? 장난으로 써놓은 게 아니면 어떡해?"

짐은 킹이 진짜 살인범일 가능성에 대해 잠시 생각해본 다음 말했다. "빨리 여기서 나가자."

펜과 짐이 왔던 길로 되돌아가려고 다시 골목길로 들어섰을 때였다. 맞은편에서 그들보다 몇 살 더 많아 보이는 소년 두 명 이 골목길을 달려오는 것이 보였다. 뒤를 돌아보니 또다른 소년 둘이 좁은 진흙길에서 안마당으로 뛰어오고 있었다. 펜과 짐은 순식간에 낯선 소년들에게 포위되고 말았다. 소년들은 짐과 달 리 작업복이 아닌 무명 바지를 입고 있었다. 그들은 점점 더 가 까이 펜과 짐에게 다가왔다. 그들에게서 머릿기름 냄새가 났다. 추측컨대 뉴카펜터에 사는 7학년이나 8학년 아이들인 것 같았 다. 지금으로서는 그들에게서 도망칠 방법이 없었다. 짐은 펜에 게 맞서 싸우지 않으면 그 자리에서 죽을지도 모른다고 말하고 싶었다.

펜이 짐의 마음속을 들여다보기라도 한 것처럼 그의 귀에 대 고 조그맣게 속삭였다. "네가 하자는 대로 할게, 짐."

짐은 기분이 조금 나아졌지만 그렇다고 불안감이 완전히 사 라진 건 아니었다. 짐은 마음속으로 그나마 덜 험악해 보이는 두 명을 선택했다. 하지만 자신보다 큰 아이들과 맞서 싸울 생각을 하니 속이 울렁거리기 시작했다.

네 소년 가운데 확실히 우두머리로 보이는 한 명이 있었다. 그는 뚱뚱해 보이는 땅딸막한 몸집에 팔은 거의 어른처럼 굵었다. 왕관 모양의 펠트 모자를 쓴 그 소년이 짐과 펜의 코앞에 바짝 다가섰다. 소년의 작고 검은 눈동자는 크고 둥그런 얼굴과 묘한 대조를 이루었다.

"내가 바로 킹이다." 소년이 골목길을 가리키며 말했다. "글도 못 읽냐, 이 촌닭들아?"

짐이 받아쳤다. "그래도 너보다 맞춤법은 잘 알아."

킹이 짐을 벽 쪽으로 거칠게 떠밀었다. "이 촌닭 녀석이 감히 누구 앞에서 입을 함부로 놀리는 거야?"

펜이 킹을 밀면서 소리쳤다. "내 친구한테 손대지 마!"

"어쭈, 이것들 봐. 너희 방금 엄청난 실수를 저지른 거야." 킹이 소매를 걷어올리며 으름장을 놓았다.

그때였다. 짐은 킹의 어깨 너머로 에이브러햄이 골목길 안으로 걸어 들어오는 것을 보았다. 하지만 에이브러햄은 짐을 보지 못했다.

"이봐, 영감! 검둥이는 여기 들어오면 안 돼!" 킹이 말했다.

에이브러햄의 눈썹이 살짝 치켜 올라갔다. 그는 슬그머니 작업복 주머니 속에 손을 집어넣었다. 뒤이어 찰칵 하는 소리가 들리는가 싶더니 갑자기 에이브러햄이 칼을 꺼내들었다.

킹이 진흙길 쪽으로 물러서며 말했다. "이, 이봐……"

에이브러햄은 무표정한 얼굴로 점점 더 가까이 킹에게 다가섰다.

나머지 세 소년도 조금씩 뒷걸음치기 시작했다.

"이, 이봐……" 킹이 떨리는 목소리로 다시 말했다.

에이브러햄이 받아쳤다. "자꾸 뭘 보란 거냐?"

소년들은 뒤돌아 진흙길 쪽으로 달려갔다. 그들이 발을 내디딜 때마다 철벅철벅 진흙이 튀는 소리가 짐의 귓가에 울려퍼졌다.

에이브러햄은 여전히 짐에게 눈길을 주지 않은 채 도망치는 소년들의 뒷모습만 지켜보았다. 이윽고 그들이 시야에서 완전히 사라지자 노인은 또다른 주머니에 손을 넣어 사과 한 알을 꺼냈다.

"에이브러햄 할아버지!" 짐이 조심스럽게 입을 열었다.

"앉으세요, 짐 도련님. 저기 저 벽에 기대세요."

짐은 잠시 머뭇거리다가 벽에 기대어 앉았다.

에이브러햄이 칼로 펜을 가리키며 물었다. "저 아이는 누구죠?"

"제 친구 펜 카슨이에요."

"카슨 도련님도 옆에 앉으세요."

펜 역시 순순히 짐의 옆에 자리를 잡고 앉았다.

"서로 좀 떨어져 앉으세요." 에이브러햄이 칼을 쥔 손을 양옆으로 가볍게 흔들면서 말했다. 그러곤 벽 쪽으로 성큼 걸어오더니 뒤돌아서 두 소년 사이에 털썩 주저앉았다. 짐과 펜은 에이브러햄의 손에 들린 칼에서 눈을 떼지 못했다. 에이브러햄은 칼로 정성 들여 사과 껍질을 깎기 시작했다. 짐은 그의 손이 살짝 떨리는 것을 알아차렸다.

"에이브러햄 할아버지?"

"그 녀석들은 도련님이 처음 읍내 구경에 나섰을 때부터 줄곧 도련님을 뒤쫓아다녔어요. 그걸 알고 제가 녀석들을 따라온 거죠. 그 녀석들은 아주 못됐거든요."

"네, 그런 것 같아요." 짐이 고개를 끄덕이며 말했다.

"그런데 이 골목길 안에는 왜 들어왔죠?"

"그냥 놀러왔어요."

"그럼 이제 그만 노세요."

에이브러햄은 계속해서 사과를 깎았다. 짐은 뱀처럼 구불구불한 모양의 사과 껍질이 땅 위로 떨어지는 모습을 유심히 지켜보았다. 에이브러햄은 손을 조금 떨긴 했지만 사과 껍질을 중간에 끊지 않고 한 번에 벗겨내려고 애쓰는 것 같았다.

에이브러햄이 나지막한 목소리로 중얼거렸다. "제가 죽을 날이 얼마 남지 않은 늙은이이긴 하지만 나쁜 놈들을 그냥 두고 볼 만큼 약하진 않답니다."

그 순간 짐은 갑자기 엉엉 소리 내서 울고 싶은 기분이 들었다. "할아버지가 없었다면 우리는 어떻게 됐을까요?"

짐의 물음에 에이브러햄은 대답 대신 손가락을 입으로 가져 갔다. "쉿! 조용히!"

짐은 골목길을 따라 걸어오는 사람들의 발소리를 들었다.

"지금부터 제 말 잘 들으세요. 제가 '가!' 하면 무조건 가세요. 펜 도련님은 경찰관을 찾아가고, 짐 도련님은 외삼촌을 찾아가 세요."

짐과 펜은 에이브러햄이 시키는 대로 자리에서 벌떡 일어섰다.

에이브러햄이 그들을 붙잡았다. "좀더 있다가요. 일단 사과부 터 먹어요."

이윽고 경찰관 헤이그가 그들 앞에 모습을 드러냈다. 허리춤 에 곤봉을 찬 헤이그의 등 뒤에는 킹이 서 있었다. 에이브러햄이 일어서서 모자를 벗고 정중하게 인사를 했다.

"저 사람이에요!" 킹이 경찰관 뒤에서 고개만 쏙 내밀고 소리 쳤다. "저 검둥이가 저를 칼로 찌르려 했어요!"

에이브러햄은 그 말에 아랑곳하지 않고 칼로 사과 한 쪽을 잘라 짐에게 건넸다. 짐은 사과를 받아서 맛있게 먹었다. 에이브러햄은 다시 사과를 한 쪽 잘라 펜에게 건넸다.

헤이그는 그들의 모습을 말없이 한참 지켜보았다.

에이브러햄이 갑자기 나지막이 성경 구절을 읊조렸다. "주의 지팡이와 막대기가 나를 안위하시나이다……"

마침내 헤이그가 뒤돌아서서 킹에게 말했다. "여기엔 너를 칼로 찌르려 한 사람이 없는 것 같다."

킹이 발을 구르며 징징거리기 시작했다. "아니에요, 저 사람이 그랬다니까요! 저 사람이 저를 칼로 찌르려 했다고요!"

"너 미쳤구나? 어이가 없어서 말이 안 나온다. 할아버지는 그냥 사과 껍질을 벗기려 했을 뿐이야." 짐이 말했다.

킹이 위협하듯 짐을 노려보았다.

펜이 나서서 한마디 거들었다.

"너 참 상상력도 풍부하다!"

"내가 여호와의 집에 영원히 거하리로다." 에이브러햄이 속삭였다.

헤이그가 길 건너를 가리키며 말했다.

"이 녀석, 네가 벽에 저런 쓰레기 같은 낙서를 해놨지?"

당황한 킹은 두 눈이 휘둥그레지고 입을 다물지 못했다. "네?

그, 그게……"

"당장 여기서 꺼져라!" 헤이그가 말했다.

"하지만……"

헤이그는 끝까지 버티는 킹의 종아리를 곤봉으로 가볍게 탁 탁 때렸다. 킹은 곤봉이 뜨겁기라도 한 듯 한 대 맞을 때마다 펄 쩍펄쩍 뛰었다.

"내가 당장 꺼지라고 했지?" 헤이그가 다시 한번 명령했다.

킹이 짐을 가리키며 으르렁거렸다. "네 녀석 얼굴을 기억해두 겠어. 두고 봐!"

짐은 조금도 겁먹지 않고 대담하게 받아쳤다. "쳇, 하나도 안 무섭다!"

에이브러햄이 짐에게 사과 한 쪽을 더 건넸다. 짐은 킹에게서 눈길을 떼지 않은 채 천천히 사과를 먹었다.

"이 녀석아, 어른이 한번 말을 했으면 들어야지!" 헤이그가 곤봉으로 킹의 종아리를 또다시 때리면서 소리쳤다.

킹은 사나운 눈길로 주변을 둘러본 다음 뒤돌아 골목길로 달 려갔다. 경찰관은 킹의 발소리가 들리지 않을 때까지 계속 골목 길을 바라보았다.

이윽고 헤이그가 뒤돌아서서 곤봉으로 에이브러햄을 가리키며 말했다. "다시는 이런 짓을 하지 마시오. 무슨 말인지 알겠소?"

에이브러햄은 고개를 숙이며 알겠다고 대답했다.

헤이그는 곤봉으로 짐과 펜도 차례로 가리키며 말했다.

"그리고 너희는 어서 아빠한테 가봐라."

"네, 아저씨." 펜이 곧장 대답했다.

짐은 경찰관에게 자신은 아빠가 없다고 말할까 잠시 생각하다가 그러지 않기로 마음먹었다.

헤이그가 짐 일행에게 말했다. "자, 지금부터 나는 트레이드 가로 갈 거요. 그러니 세 사람도 나를 따라오시오."

"알겠습니다, 경관님!" 짐이 씩씩하게 디답했다.

펜도 재빨리 따라서 외쳤다. "알겠습니다, 경관님!"

에이브러햄도 말했다. "고맙습니다, 경관님."

헤이그가 앞장서서 골목길을 걸어가자 짐과 펜이 그의 뒤를 바짝 뒤따랐다. 에이브러햄은 그들로부터 네다섯 걸음 뒤에서 따라왔다. 트레이드 가에 이르렀을 때, 짐은 멀찌감치 떨어져서 자신들을 지켜보고 있는 킹과 그의 친구들을 발견했다. 짐은 그들을 향해 혓바닥을 쏙 내밀었다. 하지만 그런 그도 앞으로는 뉴카펜터에 올 때마다 외삼촌들 곁에 바짝 붙어다녀야 한다는 것을 알고 있었다.

이윽고 짐 일행은 디포 가에 다다랐다. 짐은 카슨 아저씨가 제노 삼촌의 트럭 바로 옆에 차를 세워놓은 것을 보고 깜짝 놀랐다. 그 모습을 본 펜이 짐의 팔을 가볍게 쳤다. 짐도 웃으면서 친구의 팔을 툭 건드렸다. 두 소년 뒤에서 에이브러햄이 콧노래를 부르기 시작했다.

찌르레기

찌르레기는 북서쪽에서 요란한 소리와 함께 크게 무리를 지어 날아온다. 무리의 선두로 나선 녀석들이 갈고리 모양을 그리며 하강해서 들판 가장자리 호두나무 가지에 내려앉기 시작하면, 나머지 녀석들은 시커먼 산봉우리를 넘어야 할 때가 오직 그때뿐인 것처럼 우르르 따라서 착륙한다. 시시는 지금껏 한 번도 그런 광경을 본 적이 없다. 그래서 고개를 높이 들고 황혼 녘의 하늘을 하염없이 바라본다. 마지막 찌르레기가 머리 위로 지나갈 때까지.

찌르레기들은 호두나무를 한여름의 모습으로 탈바꿈시킨다. 단지 나뭇가지에 푸른 잎사귀 대신 회갈색 새들이 빽빽이 내려앉아 있다는 점이 다를 뿐이다. 시시는 자신이 어느새 여름날의 푸른 나무를 그리워하고 있었음을 깨닫는다. 가을도 겨울도 아닌 지금의 날씨는 춥지도 따뜻하지도 않다. 다시 말해 특별한 느낌이 없는 날씨다. 시시는 새들의 퍼덕이는 날갯짓 소리가 그날 하루 동안 들은 유일한 소리인 것처럼 느껴진다.

소년이 숨을 헐떡이며 달려와서 그녀 옆에 선다.

"엄마, 저기 있는 새들이 모두 몇 마리나 될까?"

"글쎄. 수백 마리? 수천 마리? 아마 굉장히 많겠지."

소년은 나무 위의 새들을 한 마리씩 세기 시작한다. 그러나 곧 지쳐서 포기하고 만다.

"그럼 제노 삼촌이 저 녀석들을 향해 엽총을 한 방 빵 쏘면 몇 마리나 죽일 수 있을까?"

시시는 뜻밖의 질문에 소년을 잠시 내려다보다 다시 나무를 바라본다. 저녁 어스름에 나뭇가지가 가볍게 흔들린다.

"짐, 왜 엄마한테 그런 질문을 하는 거니? 제노 삼촌이 저 새들을 총으로 쏘면 좋겠니?"

그러나 소년은 엉뚱한 대답을 할 뿐이다. "내 생각엔 백 마리는 죽일 수 있을 것 같아. 어쩌면 이백 마리도."

순간 시시의 두 눈에 눈물이 차오르기 시작한다. 아들이 자기 말을 듣기는 한 건지, 아니 그보다 앞서 자기가 아들에게 큰 소리로 말을 했는지조차 분명치 않다. 눈물 때문에 앞이 잘 보이지 않자 시시는 눈을 마구 깜박인다.

"엄마, 왜 그래?" 소년이 묻는다.

시시는 손을 내저어 소년을 다가오지 못하게 한다. 심지어 소년과 눈을 마주치지도 않는다. 그녀는 앞치마를 벗고 흐트러진 머리칼을 귀 뒤로 넘긴 다음 나무 쪽으로 천천히 몇 걸음 다가간다. 처음에는 망설이는 듯했던 그녀의 두 발이 곧 빠르게 움직인다. 시시는 더 빨리 달리기 위해 한 손으로 스커트 자락을 들어올린다. 들판을 내달리는 기분이 깜짝 놀랄 만큼 좋다.

소년이 휘둥그레진 눈으로 그녀를 뒤따라간다. 소년은 지금껏 한 번도 엄마가 이러는 모습을 본 적이 없다. 엄마가 달리는 모습을 본 건 태어나서 처음이다.

"엄마! 엄마! 어디 가?"

시시가 앞치마를 머리 위로 쳐들고 휘휘 흔들면서 외치기 시작한다.

"훠어어어어이! 날아가라! 어서 가!"

마침내 시시가 호두나무에서 삼십 미터쯤 떨어진 지점까지 다다르자 갑자기 새들이 하늘이 찢어지는 듯한 소리를 내며 한 몸인 양 공중으로 날아오른다. 그러고는 모두 한마음이 되어 곧장 들판을 가로질러 날아간다. 찌르레기 무리의 나는 모습은 꼭 낮은 곳으로 흐르는 물줄기 같다.

시시는 앞치마를 휘날리면서 얼마쯤 더 달리다 발을 멈춘다. 가슴속에서는 심장이 거세게 방망이질 치고, 목구멍에서는 뜨거운 숨결이 치솟는다. 시시는 휑한 호두나무 가지와 텅 빈 하늘을 바라본다. 강가의 어두운 숲에서 새들의 성난 외침이 들린다. 마치 잔뜩 화가 나서 그녀를 욕하는 것 같다. 다음 날 아침이면 그들은 모두 떠나고 없으리라. 시시가 고개를 돌려 소년을 바라본다. 소년은 움찔하며 뒤로 물러선다. 시시가 한 걸음 다가가자 소년은 또다시 뒷걸음친다. 시시가 손가락으로 나무를 가리키며 말한다.

"글래스 씨, 이젠 정말 겨울이 온 것 같아요."

Jim the Boy

제4부

추운 밤

화이트사이드 씨께

저는 얼마 전 오빠들에게 이런 말을 들었습니다. 제가 재혼을 거부하는 것은 곧 제 아들 짐한테서 또래의 소년에게 필요한 남자들만의 관계 형성 기회를 빼앗는 거라고요. 저는 그 말을 듣고 몹시 혼란스러웠습니다. 그래서 이 자리에서 화이트사이드 씨께 진지하게 묻겠습니다. 짐에게는 본받을 만한 삶을 살고 있는 외삼촌들이 세 명이나 있는데, 어떻게 남자들만의 관계 형성 기회와 사랑이 부족할 수가 있죠? 아버지 없는 소년에게 세 남자가 해줄 수 없는 일을 남자 한 명이 추가되면 해줄 수 있게 되나요? 제가 이곳을 떠나고 싶어하는 남자와 결혼해서 짐이 사랑하는 외삼촌들을 더이상 못 보게 되면 그애가 가슴 아파하지 않을까요? 짐의 주변에 남자

한 명이 더 생기는 게 그처럼 엄청난 도움이 된다면 세 남자를 잃는 것 역시 엄청난 고통이 되지 않을까요?

하지만 제가 아무리 거절해도 오빠들 말로는 화이트사이드 씨가 제게 정식으로 청혼하고 싶어한다더군요(저로서는 이런 당신의 태도에 놀라지 않을 수 없습니다. 화이트사이드 씨, 솔직히 말해서 우리가 서로 안다고 할 수 있을까요? 당신은 그저 제 오빠들과 사업상 관련된 분일 뿐 그 이상 제가 당신에 대해 아는 것은 전혀 없습니다. 저 또한 당신에게는 그저 젊은 과부에 불과할 거예요. 당신이 저를 본 것은 현관 앞에 앉아 있거나 오빠들과 함께 아들을 데리고 교회에 가는 모습이 전부일 테니까요). 화이트사이드 씨, 당신은 제 오빠들에게 좋은 평가를 받은 것에 기뻐해야 합니다. 그들은 착하고 정직한 데다 신앙심이 깊고 가족을 소중히 여기죠. 오빠들이 하는 말과 행동은 모두 저와 제 아들을 위한 것이에요. 진심으로 제가 잘되기를 바라고 그것을 위해 노력하죠. 그렇기 때문에 제가 지금 이렇게 화이트사이드 씨께 편지를 쓰는 겁니다. 오빠들은 저 자신을 위해서는 물론 제 아들 짐을 위해서라도 당신을 꼭 만나야 한다고 말하더군요. 제가 살아가는 유일한 이유가 짐이라는 것은 화이트사이드 씨도 잘 아실 겁니다. 십 년 전 세상을 떠난 남편의 뒤를 이어 제 보잘것없는 삶 속으로 들어온 짐은 제게 무엇보다 큰 기쁨을 안겨주었죠. 제가 사랑하고 존경하는 오빠들이 제가 당신을 만나지 않는다면 짐에게 상처가 될 거라고 말했기 때문에 저는 당신을 만나기로 결심했습니다. 만나서 당신이 제게 하고 싶다는 말을 듣겠습니다.

하지만 화이트사이드 씨, 미리 말씀드리지만 당신이 무슨 말을 한다고 해도 제 마음을 바꿀 수는 없을 거예요. 제 말을 당신이 이해할 거라고는 기대하지 않습니다만 저는 제가 이미 결혼한 몸이라는 생각으로 하루하루를 살아가고 있습니다(설마 이런 말을 한다고 해서 저를 미쳤다고 생각하지는 않으시겠죠). 짐 글래스라는 남자를 제 남편으로 받아들인 순간 저는 또다른 남자와 결혼할 수도 있다는 생각을 완전히 버렸어요. 화이트사이드 씨, 제 남편이 죽었다는 사실은 다른 누구보다 제가 더 잘 알고 있답니다. 그 사람은 짐이 태어나기 일주일 전, 한낮에 목화밭에서 일하다 홀로 숨을 거두었지요. 이 사실은 있는 그대로의 제 삶의 일부예요. 하지만 그렇기 때문에 남편이 세상을 떠난 지금도 저는 여전히 결혼한 사람이라고 생각하고 있어요. 그런데 제가 어떻게 또다른 남편을 받아들일 수 있겠어요?

오빠들은 저의 이런 생각을 알면서도 당신을 부추긴 겁니다. 하지만 전 그들이 지혜롭고 선량하다는 것을 알기 때문에, 그리고 그들이 주님의 뜻에 반하는 일은 하지 않을 거라고 생각하기 때문에 당신을 만나보기로 결심했어요(비록 주님께서는 아직 그것이 주님 자신을 위한 길이라고 밝혀주지 않으셨지만 저는 분명 그럴 거라고 마음속 깊이 쉬지 않고 기도하고 있어요). 당신을 만나서 당신의 이야기를 들어보겠습니다. 그렇지만 괜한 희망을 갖진 말아주세요. 제가 이렇게 결심한 것은 이것이 제가 세상에서 가장 사랑하는 짐을 위한 길이라고, 또한 제가 매일 감사드리는 하나님을 위한 길이기도 하다고 오빠들이 말했기 때문이에요. 그래요, 당신을 만나겠어요. 다음번 업무차 이곳에 오시게 되면 제 오빠들에게 알려주세요. 그럼 이번 일을 계획하고 책임지기로 한 오빠들이 알아서 약속을 정할 겁니다.

그럼 이만.

1934년 12월 12일
엘리자베스 맥브라이드 글래스 드림

크리스마스이브

깊은 밤, 짐은 누군가가 거친 손으로 자신의 입을 막는 것을 느끼고 화들짝 놀라 잠에서 깼다. 한 시커먼 형체가 그를 내려다 보며 나지막이 속삭였다. "짐, 겁낼 것 없다."

목소리의 주인공은 제노 삼촌이었다. 삼촌의 목소리를 들은 순간 짐은 가슴속에 꽃망울처럼 피어나던 두려움이 점점 오므라 드는 것을 느꼈다.

"조용히 하겠다고 약속할 수 있니?"

짐은 말없이 고개를 끄덕였다.

"밖에 나갈 때까지 한마디도 하지 않겠다고 약속해?"

짐은 다시 고개를 끄덕였다.

"좋아." 제노 삼촌은 짐의 입에서 손을 떼면서 덧붙였다. "어서 옷을 입어라. 함께 갈 데가 있어."

짐은 급히 이불을 젖히고 몸을 일으켰다. 난방을 하지 않은 방의 차가운 공기가 온몸에 느껴지면서 그나마 이불 속에서 유지되던 체온이 갑자기 뚝 떨어진 듯한 기분이 들었다. 짐은 허둥지둥 양말부터 신은 다음 셔츠와 작업복 바지를 입고 마지막으로 신발을 신었다.

짐은 자신이 지금 어디로 가는 것인지, 또 크리스마스이브 한밤중에 어딘가를 간다는 것이 얼마나 이상한 일인지에 대해 생각할 겨를이 없었다. 그저 가슴이 두근거릴 만큼 흥분될 뿐이었다. 제노 삼촌이 자신을 데리러 왔다는 사실이 기뻐서 어디로 가는 건지는 전혀 중요하지 않았다.

짐이 코트 단추를 모두 채우고 나자 제노 삼촌이 말없이 창문을 가리켰다. 그제야 짐은 창문이 활짝 열려 있다는 것을 깨달았다. 짐은 침대 모퉁이를 돌아 창가로 가서 밖을 내다보았다. 코란 삼촌과 알 삼촌이 마당에서 그를 올려다보고 있었다.

"저희는 짐 글래스라는 소년을 기다리고 있습니다!" 코란 삼촌이 목소리를 낮추어 말했다.

"제가 짐 글래스인데요."

"아, 그렇습니까? 그럼 창밖으로 뛰어내리시죠."

짐은 그 말을 듣자마자 창틀 위로 올라섰다. 그러고는 두 팔을 벌리고 기다리는 코란 삼촌의 품 안으로 뛰어내렸다. 코란 삼촌은 비틀거리며 뒷걸음질하다 짐을 안은 채 뒤로 넘어졌다. 짐은 놀란 표정으로 몸을 일으켰다. 알 삼촌이 손바닥으로 입을 막고 애써 웃음을 참으며 코란 삼촌을 가리켰다. 코란 삼촌 역시 땅바닥에 누워 몸을 들썩이며 숨죽여 웃고 있었다.

제노 삼촌이 창밖을 내다보며 속삭였다. "쉿! 조용히들 해! 그러다 시시가 깨면 어쩌려고 그래?"

제노 삼촌은 기다란 두 다리를 차례로 창밖으로 내놓았다. 그러고는 두 손으로 창틀을 꽉 붙잡은 채 몸을 뒤집은 다음 천천히 벽을 타고 내려왔다. 이따금 착지 지점을 확인하기 위해 고개를 돌려 아래를 내려다보기도 했다. 마침내 그는 두 손을 창틀에서 떼고 쿵 소리를 내며 바닥에 뛰어내렸다.

"와, 저 별 좀 봐!" 여전히 땅바닥에 누워 있는 코란 삼촌이 하늘을 가리키며 말했다.

짐은 하늘을 올려다보았다. 수천 개의 별이 긴 띠 모양으로 희부옇게 빛나는 은하수가 까만 하늘을 가로질러 흐르고 있었다. 짐은 수많은 별 가운데 코란 삼촌이 말하는 별이 어느 것인지 알 수 없었다.

"오 작은 별 베들레헴." 코란 삼촌이 나지막이 노래를 부르기 시작했다.

"별이 아니라 마을이겠지." 알 삼촌이 지적했다.

"오 작은 마을 베들레헴!"

제노 삼촌과 알 삼촌이 누워 있는 코란 삼촌의 두 손을 양쪽에서 잡아당겨 일으켜세웠다.

"이 상황에서 눈치 없이 노래를 부르다니, 우리를 다 죽일 셈이냐?" 제노 삼촌이 말했다.

외삼촌들은 어리둥절한 표정을 짓고 있는 짐을 향해 씩 웃어 보였다.

"무슨 일이 있는 거예요?"

짐의 물음에 코란 삼촌이 약간 언짢은 표정으로 대답했다. "크리스마스잖아."

"널 위해 깜짝 선물을 준비했단다." 제노 삼촌이 말했다.

알 삼촌도 한마디 거들었다. "그래. 정말 깜짝 놀랄 만한 선물이지."

외삼촌들은 짐을 데리고 집 모퉁이를 돌아 간선도로로 나갔다. 잠시 후 그들은 길 한가운데 멈춰 뒤를 돌아보았다. 옹기종기 모여 있는 외삼촌들의 집 세 채가 한눈에 들어왔다.

짐은 불안한 눈빛으로 도로 이쪽저쪽을 둘러보았다.

"이렇게 찻길 한가운데 서 있어도 되는 거예요?"

짐의 질문에 제노 삼촌이 대수롭지 않다는 투로 말했다. "괜찮

아. 한밤중에 지나다니는 차는 없으니까."

코란 삼촌이 또 노래를 흥얼거렸다. "그대가 깊고 편안한 잠에 빠져 있는 동안 별들도 소리 없이 흘러가리라!"

"넌 음치야." 알 삼촌이 코란 삼촌에게 말했다. 그는 평소에도 자신의 노래 실력을 자랑스럽게 생각하는 편이었다.

자존심이 상한 코란 삼촌이 받아쳤다. "내가 왜 음치야? 수준 낮은 네 귀에나 그렇게 들리는 거지."

짐이 더이상 참지 못하고 물었다. "삼촌들, 술 취하셨어요?"

"뭐라고? 아니, 전혀 안 취했어. 안 그러냐?"

제노 삼촌의 말에 다른 두 삼촌도 맞장구를 쳤다.

"그럼. 술이 취하다니, 무슨 엉뚱한 소리야?"

"절대 아니야."

"그런데 왜 이렇게 다들 이상하게 구시는 거예요?"

"우리가 이상하게 구는 게 아니라 네가 우리를 이상하게 봐서 그런 거겠지." 코란 삼촌이 말했다.

"그냥 뭐 좀 보려는 거야." 제노 삼촌이 말했다.

"한밤중에 찻길 한복판에서요?"

"찻길 한복판이 뭐가 어때서 그러냐?" 알 삼촌이 반문했다.

짐은 다시 한번 도로의 이쪽저쪽을 살펴보았다. 언덕 위의 학교도 올려다보았다. 그의 눈길은 외삼촌들의 불 꺼진 집들과 가게, 조면소, 정류소, 호텔 등에 차례로 머물렀다. 또렷하게 보이는 것은 아무것도 없었다. 희미한 별빛 아래 모든 것이 어둡고 평화로우면서도 차가워 보였다.

"제게 뭘 보여주고 싶으신 거예요?" 짐이 물었다.

제노 삼촌이 대답했다. "이제 곧 보게 될 거야. 그러니 조금만 더 기다려봐."

알 삼촌이 어두운 세상을 향해 두 팔을 뻗으며 외쳤다. "빛이 있으라!"

"조용히 해, 알!" 제노 삼촌이 나무라듯 말했다.

하지만 알 삼촌은 아랑곳하지 않고 또다시 두 팔을 펼치며 더 크게 외쳤다. "빛이 있으라!"

"불경스러운 짓 좀 그만해!" 제노 삼촌이 소리쳤다.

"이게 왜 불경스러운 짓이야?"

"'빛이 있으라!'는 말은 하나님이 하신 말씀이야. 게다가 오늘은 크리스마스이브잖아."

"오늘이 무슨 날인지는 나도 알아. 하지만 일 년에 하루쯤은 아무 방해도 받지 않고 내가 하고 싶은 말을 하고 싶다구."

코란 삼촌이 끼어들었다. "그런데 예수님이 태어나신 게 오늘 밤인가, 아니면 내일 밤인가?"

"오늘 밤." 제노 삼촌이 대답했다.

코란 삼촌이 머리를 긁적이며 혼잣말처럼 중얼거렸다. "그럼 크리스마스는 내일이 아니라 오늘이 되어야 하는 거 아냐?"

"그건 또 무슨 소리냐?"

"생각해봐. 만약 예수님이 오늘 밤 자정 전에 태어나셨다면, 오늘이 크리스마스고 크리스마스이브는 어제겠지. 하지만 자정 이후에 태어나셨다면, 크리스마스는 내일이고 오늘이 크리스마스이브가 되는 거야."

"난 네가 무슨 소리를 하는지 모르겠다. 오늘이 크리스마스이브인데 어떻게 어제가 크리스마스이브가 될 수 있어? 크리스마스이브가 언제인지는 세상 모든 사람이 다 아는데."

"젠장! 내 말을 제대로 듣지 않았군. 아마 짐은 내 말이 무슨 뜻인지 이해할 거야. 짐, 넌 내가 무슨 말을 하려는 건지 알지? 그렇지?"

"아뇨, 저도 모르겠어요."

"쳇, 너도 내 말을 귓등으로 들었구나."

짐은 코란 삼촌의 말에 은근히 화가 났다.

"아, 추워."

알 삼촌이 또다시 뜬금없이 외쳤다. "빛이 있으라!"

같은 시각, 멀리 뉴카펜터에서 한 남자가 손목시계로 시간을 확인하고는 스위치를 눌렀다. 전기가 전선을 통해 앨리스빌까지 전달되었다. 그와 동시에 외삼촌들의 집에 환한 빛이 들어왔다.

짐은 순간 외삼촌들 집에 불이 났다고 생각했다. 그래서 자기도 모르게 움찔하며 뒤로 물러섰다. 놀라서 벌어진 입은 다물어질 줄 몰랐다.

코란 삼촌이 나지막한 소리로 휘파람을 길게 불고 나서 말했다. "알, 다른 명령도 내려봐."

알 삼촌이 자신의 손을 들여다보았다.

"아니, 아무래도 안 하는 게 좋겠어."

겨우 정신을 차린 짐이 소리쳤다. "저것 보세요!"

"기적을 일으켜주셔서 감사합니다, 하나님!" 제노 삼촌이 작은 목소리로 중얼거렸다.

외삼촌들은 한동안 말없이 한곳을 바라보았다.

코란 삼촌이 다시 입을 열었다. "저렇게 커다란 집은 태어나서 처음 보는 것 같아. 우리가 저렇게 크고 멋진 집에 살고 있었다니."

실제로 외삼촌들의 집은 새삼스레 으리으리해 보였다. 집들을 바라보던 짐의 몸이 저절로 부르르 떨렸다. 창문으로 강렬한 노란색 빛이 뿜어져나오고 있었다. 하지만 엄마가 있는 방은 여전히 짙은 어둠에 휩싸여 있었다.

"엄마도 깨워야 하는 거 아니에요?" 짐이 물었다.

"아니, 엄마는 지금 쉬어야 해." 제노 삼촌이 대답했다. 알 삼촌도 한마디 거들었다. "게다가 네 엄마는 아무리 멋진 구경거리가 있다 해도 이렇게 추운 데 나와 있어야 한다면 싫어할 거야. 아마 우리한테까지 집 안으로 들어가라고 잔소리할걸?"

"그럴지도 모르겠네요." 짐이 고개를 끄덕였다.

"저기 좀 봐!" 코란 삼촌이 언덕 위를 가리키며 소리쳤다.

언덕 위의 새 학교는 창문 밖으로 밝은 빛을 내뿜고 있었다. 그 모습이 마치 멋진 성처럼 아름다웠다. 운동장까지도 환하게 빛났다. 짐은 외삼촌들과 함께 언덕 위로 걸어 올라갔다. 텅 빈 학교는 밝은 불빛 때문인지 낮에 보는 것보다 훨씬 더 거대하고 당당해 보였다. 짐은 자기도 모르게 제노 삼촌의 작업복 바짓가랑이에 달린 고리 장식을 움켜잡았다.

학교 운동장에 들어선 네 사람은 곧장 학교 건물로 향했다. 건물 앞에 다다르기 직전 제노 삼촌이 갑자기 주머니에서 시계를 꺼내들었다.

"야, 이것 좀 봐! 지금이 밤 열두시 십분인데, 시계가 훤히 보이네."

코란 삼촌과 알 삼촌, 짐은 동시에 제노 삼촌 쪽으로 몸을 기울이고 그의 시계를 들여다보았다.

"진짜 그렇네. 신기하다." 코란 삼촌이 웃으면서 말했다.

짐은 계단을 올라가서 앨리스빌을 죽 내려다보았다. 문득 자신이 왕자가 되어 왕국을 굽어보는 듯한 기분이 들었다. 하지만 얼마 안 있어 왕자가 느꼈을 만한 근심이 짐에게도 밀려들었다. 마을에서 겨우 몇 집만이 뿜어내는 전기 불빛이 오히려 주변의 어둠을 더욱 도드라지게 했기 때문이다. 작은 빛과 커다란 어둠의 경계에서는 어둠이 새삼스레 하나님만큼 대단하고 위력적으로 보였다. 짐은 그 전까지 어둠에 특별히 관심을 가져본 적이 없었다. 하지만 까맣고 거대한 어둠을 마주한 지금, 어쩐지 알고 싶지 않은 무언가를 알게 된 듯한 찜찜한 기분이 들었다. 짐은 급히 계단을 뛰어 내려가 외삼촌들에게 다가갔다.

제노 삼촌이 두툼한 손을 짐의 어깨에 올리며 말했다. "짐, 어떠냐? 매일 보던 집이 완전히 달라 보이지?"

짐은 일부러 눈을 크게 뜨고 웃어 보이려 애썼다. 외삼촌들을 실망시키고 싶지 않았기 때문이다.

"네, 삼촌. 확실히 달라 보여요."

집으로 돌아가는 길, 외삼촌들은 어쩐지 아까만큼 즐거워 보이지 않았다. 언덕을 올라갈 때와 달리 어느 누구도 입을 열지 않았다. 갑자기 밤공기도 훨씬 더 차갑게 느껴졌다. 짐은 자신이 그동안 알고 있던 곳과는 전혀 다른 몹시 낯선 마을을 향해 가는 듯한 기분이 들었다. 그 마을에는 자신과는 전혀 다른 소년, 자신보다 훨씬 똑똑하고 강인하고 용감한 소년이 살아야 어울릴 것 같았다. 짐은 그런 곳에서 자신이 어떻게 살아갈지 막막하기만 했다. 세상은 눈 깜짝할 사이에 다른 모습으로 변했는데 자신은 여전히 똑같았다. 짙은 어둠에 휩싸인 엄마의 방을 바라보자 다시 몸이 부르르 떨렸다. 고개를 들어 하늘을 보니 별빛도 이전만큼 밝게 빛나는 것 같지 않았다.

12월 26일

사랑하는 당신에게

지난 십 년 동안 나는 당신이 언제나 하늘에서 나를 내려다보고 있다고 믿었어요. 그런 믿음이 없었다면 매일 아침 눈을 떠 당신이 없는 이 세상을 살아갈 수 없었을 거예요. 만약 지금도 당신이 나를 내려다보고 있다면 나에 대해 어떻게 생각하나요? 그 높은 곳에서 나를 지켜보면서 내 생각과 내 마음을 고스란히 읽고 있다면 내가 다른 남자를 만나보기로 마음먹었다는 것도 이미 알고 있겠죠. 그 남자의 청혼을 진지하게 생각해보기로 한 것도요. 여보, 그것 때문에 마음 아파 내게 등을 돌릴 건가요? 아니면 오빠들에게 지겨울 만큼 자주 들었던 말처럼 당신은 정말 내가 재혼을 하기를 바라나요? 모두의 말대로 내가 '새 출발'을 하는 것이 당신을 기쁘게 하는 일인가요? 다른 남녀가 그러듯 내가 다른 남자와 이야기를 나누는 걸 하늘에서 내려다보더라도 당신은 괴로움을 느끼지 않을 수 있어요?

오빠들은 내가 재혼하지 않고 우리 아들 짐에게 새 아빠를 만들어주지 않는 것이 그애에게 상처를 주는 일이라고 말하더군요. 나는 당신이 괴로워하는 모습을 보고 싶지 않은 만큼 짐에게도 상처를 주기 싫어요. 그래서 어떻게 해야 할지 너무나 혼란스럽고 난감해요. 만약 내가 재혼을 하지 않으면 짐에게 상처를 주게 될 테고, 반대로 재혼을 하면 당신에게 상처가 될 테니까요. 오빠들은 결코 이해하지 못하지만 당신이 죽었을 때 나는 마음속으로 맹세했어요. 당신의 죽음과 상관없이 우리는 여전히 부부고, 그저 잠시 서로 떨어져 있는 것일 뿐이라고요. 당신은 보다 안락한 곳에 우리의 보금자리를 마련하기 위해 떠난 것이고, 준비가 되면 당신이 나를 데리러 올 거라고 믿었죠. 난 그 믿음을 바탕으로 남은 삶을 살면서 다시 만날 때까지 오직 당신의 아내로만 살아가기로 맹세했어요. 그건 저만의 비밀스러운 맹세였죠. 그런데 이제 난 그 맹세를 깨뜨리고 말았어요. 이제 나는 세상에서 가장 큰 죄를 지은 천박한 여자가 되는 걸까요? 주님께서는 죄악을 생각하는 것도 죄악 그 자체만큼이나 나쁘다고 말씀하셨죠. 이런 나를 당신은 용서할 수 있나요?

하나님께서 나를 이 세상에 남겨두신 이유는 우리 아들을 당신이 바라는 모습의 청년으로 키워내 당신의 죽음이 결코 헛되지 않음을 보여주라는 뜻에서였을 거예요. 하지만 오빠들이 말하는 하나님의 뜻이 내가 생각했던 것과 다르니 어쩌면 좋죠? 하나님께서 오빠들에게만 뜻을 전하고 저한테는 전하지 않으신 걸까요? 지금 내가 느끼는 것처럼 나는 정말 외로운 사람일까요? 오빠들이 자꾸만 내게 그 남자와 만나라고 강요하는 바람에 나도 모르게 무례한 행동을 하게 될 것 같아 걱정이에요. 오빠들 앞에서 난 이미 결혼한 여자라고 큰 소리로 외치고 싶어요. 오빠들은 왜 내가 결혼했다는 사실을 인정하지 않는 걸까요? 비록 당신이 이 세상에 없지만 그냥 당신의 아내로 살 수는 없는 걸까요? 그건 나만의 성스러운 권리 아닌가요?

난 정말 어떻게 해야 할지 모르……

오두막에서 생긴 일

저녁식사를 마친 뒤 엄마는 짐에게 사료 가게에 가서 외삼촌들과 놀다 와도 된다고 말했다. 짐은 그 말을 듣자마자 기뻐서 자리에서 벌떡 일어났다. 외삼촌들은 저녁때 자기들끼리 나눌 이야기가 있으면 가게로 갔는데 짐은 대부분 따라갈 수 없었다.

달빛이 새하얀 눈밭을 환히 비추고 있었다. 짐은 몸을 잔뜩 웅크리고 디포 가를 향해 걸어갔다. 걷는 내내 짐의 시선은 앞쪽에 가늘게 드리워진 자신의 그림자에 머물렀다. 눈은 얼어붙은 채 지난 일주일 내내 온 마을을 뒤덮고 있었다. 사람들이 오가거나 자동차가 지나간 곳의 눈은 지저분하고 질척거렸다. 하지만 달빛 아래에서 보니 언뜻 깨끗하고 산뜻해 보였다. 외삼촌들의 말에 따르면 눈이 며칠 이상 녹지 않고 쌓여 있는 것은 친구를 기다리기 때문이라고 했다. 짐은 빨리 눈이 다시 내리기를 바랐다. 가슴을 파고드는 차디찬 겨울 공기는 상쾌한 느낌이었다. 짐은 자신이 내쉰 뽀얀 입김에 얼굴을 갖다대며 조금이라도 온기를 느껴보려 했다.

코란 삼촌의 사료 가게 앞에 다다르자 짐은 몸을 웅크리고 살금살금 창문을 향해 다가갔다. 주변은 온통 컴컴했지만 불빛이 비추는 눈밭은 네모꼴로 새하얗게 빛나고 있었다. 짐은 천천히 몸을 일으켜 창문 안을 들여다보았다. 제노 삼촌과 코란 삼촌은 바닥에 쭈그리고 앉아 체커를 두는 중이었고, 알 삼촌은 그 둘 사이에 서서 찌푸린 얼굴로 체커판을 내려다보고 있었다. 세 사람 모두 입을 굳게 다물고 손가락 하나 까딱하지 않는 것으로 보아 분위기가 심상치 않은 것 같았다. 짐은 차마 안으로 들어갈 엄두가 나지 않았다.

짐은 곧장 호텔 쪽으로 발길을 옮겼다. 화이티가 묵는 방 창문에 뭉친 눈이라도 던져볼 생각이었다. 화이티는 아마도 정해진 일정에 따라 읍내를 돌아다니고 있을 터였다. 화이티 아저씨를 만나면 무슨 말을 하지? 짐은 곰곰이 생각해보았지만 마땅히 떠오르는 것이 없었다. 짐이 거의 호텔 가까이 다다랐을 때였다. 갑자기 호텔 정문이 벌컥 열리면서 화이티가 모습을 드러냈다. 짐은 놀라서 그 자리에 얼어붙었다. 화이티는 양복에 멋진 모자를 쓰고 있었다. 추운 날씨에도 코트를 걸치지 않은 것이 이상했다. 그는 호텔 입구 기둥에 비스듬히 기대 서서 잠시 하늘의 달을 올려다보았다. 그러고는 재킷 주머니에서 손목시계를 꺼내 빛 쪽으로 몸을 돌려 시간을 확인하더니 호텔 마당으로 내려와 들판 쪽으로 걸어갔다. 짐은 그를 따라가기 시작했다.

화이티는 읍내를 벗어나 눈에 잘 띄지 않는 샛길로 들어섰다. 숲으로 이어진 그 길을 따라가면 한때 짐의 부모가 농사를 지으며 살던 오두막이 나올 터였다. 짐은 화이티를 뒤쫓아 오십 미터쯤 가다가 숲 가장자리에서 걸음을 멈추었다. 화이티가 도대체 뭘 하려는 건지 이해가 되지 않았기 때문이다. 길 끝엔 오두막 외에 다른 집은 한 채도 없었다. 오두막 너머로는 넓은 들판이 있고, 그 끝에는 강이 흘렀다. 짐은 당연히 엄마에게서 오두막에 대한 이야기를 들은 적이 있었다. 엄마는 그 집이 마치 성지라도 되는 양 추어올렸지만 엄마 외에 다른 사람들은 관심조차 없었다. 그런데 화이티가 대체 무슨 볼일이 있어서 그곳에 간단 말인가?

짐은 길에서 벗어나려다 우연히 숲 쪽으로 이어진 또다른 발자국을 발견했다. 화이티의 커다란 발자국이 아닌 좀더 작은 발자국이었다. 짐은 갑자기 무서운 생각이 들기 시작했다. '이건 누구 발자국이지? 혹시 화이티 아저씨가 나쁜 짓을 하는 사람인 걸까? 만약 은행 강도면 어떡하지? 빈집에서 패거리를 만나기로 약속한 건 아닐까?' 짐은 오솔길에 발자국이 남지 않도록 신경 쓰며 조심스럽게 숲 속으로 들어섰다. 다른 사람이 자신의 발자국을 발견하는 게 싫었기 때문이다. 화이티는 눈에 보이지 않았지만 짐보다 훨씬 앞서가고 있을 터였다. 짐은 몇 걸음 뗄 때마다 멈춰서서 귀를 쫑긋 세우고 나무들 사이로 주위를 살폈다. 숲을 헤치고 걷는 동안 키 작은 나무 가지에 짐의 몸이 살짝살짝 긁혔다. 흰 눈 아래 묻혀 얼어붙은 나뭇잎들은 짐이 지나갈 때마다 바스락 소리를 냈다.

　짐이 오두막이 있는 개간지 끄트머리에 다다랐을 때였다. 마침 화이티는 오두막 현관문 쪽으로 올라가고 있었다. 오두막 주위에는 어린 삼나무들이 자라고 있었고 뒤쪽으로는 눈 덮인 새하얀 들판이 보였다. 새하얀 눈밭은 달빛 아래 평화로이 반짝이고 있었다. 순간 녹슨 경첩이 삐거덕거리는 소리와 함께 현관문이 열렸고, 짐은 본능적으로 오두막 안에 있는 사람이 엄마라는 것을 깨달았다. 눈밭에 찍힌 또다른 발자국의 주인공은 바로 엄마였던 것이다. 엄마가 오두막에서 화이티 아저씨를 기다리고 있다니……

　짐은 엄마와 화이티가 자신이 봐서는 안 되는 매우 중요하고 비밀스러운 거래를 하고 있다는 생각이 들었다. 언젠가 짐은 엄마의 방 열쇠 구멍을 통해 엄마가 목욕하는 모습을 몰래 들여다본 적이 있다. 당시 짐은 자신의 행동이 너무나 부끄러워서 며칠 동안 엄마와 눈도 마주치지 못했다. 지금 느끼는 기분도 그때와 똑같았다. 하지만 눈길을 딴 데로 돌릴 수 없다는 점이 그때와 달랐다. 짐은 숲 속에 가만히 쭈그리고 앉았다. 손끝 하나 까딱하지 않고 숨죽인 채 오두막 쪽을 지켜보는 소년의 모습은 사냥꾼이 지나가기만 기다리는 산토끼 같았다.

화이티가 현관문 쪽으로 한 걸음 다가섰다. 하지만 집 안으로 들어가지는 않았다. 그가 뭐라 웅얼거리는 소리가 들리긴 했지만 무슨 말인지 정확히 알아들을 수는 없었다. 뒤이어 화이티가 무언가에 당황하거나 간절히 호소하려는 듯 두 팔을 치켜들고는 질문처럼 들리는 말을 내뱉었다. 짐은 그 질문에 엄마가 뭐라고 대답했는지 알 수 없었다. 엄마의 대답을 들은 화이티는 뒤돌아서더니 계단 쪽으로 발을 옮겼다.

화이티는 현관문을 등진 채 한참 동안 엄마에게 이야기를 했다. 그는 말할 때 흥분한 듯 이런저런 손짓을 했고 때때로 가만히 엄마의 말을 듣기도 했다. 하늘을 올려다보며 고개를 절레절레 저을 때도 있었다. 급기야 화이티가 두 팔을 하늘 높이 치켜들었다. 조용히 하라는 뜻인 것 같았다. 화이티는 재킷 주머니에서 하얀 손수건을 꺼내 툭툭 털어 펼친 다음 현관 앞 바닥에 깔았다. 그러고는 그 위에 오른쪽 무릎을 꿇고 앉았다. 여전히 문 쪽은 바라보고 있지 않았다. 짐은 갑자기 숨이 막히는 듯한 느낌이 들었다. 조금 전만 해도 추위에 몸이 떨렸지만 이제는 온몸에서 식은땀이 흐르기 시작했다.

화이티 아저씨는 엄마에게 청혼을 하려는 것이었다!

집 안에서 엄마의 날카로운 목소리가 들렸다. 짐은 그런 엄마의 목소리를 들어본 적이 없었다. 화이티가 갑자기 그 자리에서 벌떡 일어섰다. 그리고 모자를 벗었다가 다시 쓰고는 재킷 주머니에서 자그마한 무언가를 꺼냈다. 화이티는 여전히 문 쪽은 쳐다보지 않은 채 팔을 앞으로 뻗으며 간절한 목소리로 엄마에게 그것을 받아달라고 말했다. 짐은 숨을 멈추고 엄마가 문 쪽으로 한 걸음 나오는지 눈을 크게 뜨고 지켜보았다.

엄마는 끝내 오두막 안에서 나오지 않았다.

화이티는 갑작스레 무거운 물건을 들게 된 사람처럼 앞으로 뻗었던 팔을 툭 떨어뜨렸다. 그러고는 한마디 말도 없이 계단을 내려와 개간지를 가로질러 다시 숲 쪽으로 걸어갔다.

화이티가 가버린 뒤에도 짐은 한참 동안 그 자리에 서서 엄마가 오두막에서 나오기를 기다렸다. 마침내 엄마가 모습을 드러내자 짐은 사슴이나 유령을 본 것처럼 가슴이 두근거렸다. 엄마는 조심스럽게 현관문을 닫고 뒤돌아섰다. 현관 앞에는 화이티가 두고 간 손수건이 그대로 깔려 있었다. 엄마는 손수건을 주워 잠시 코끝에 대본 다음 외투 주머니에 집어넣었다.

엄마는 천천히 개간지 쪽으로 걸음을 옮겼다. 하지만 채 몇 발짝도 못 가 다리에 힘이 빠진 듯 풀썩 주저앉았다. 엄마는 두 손으로 얼굴을 감쌌다. 그 모습을 지켜보는 짐의 두 뺨에도 뜨거운 눈물이 주르륵 흘러내렸다. 짐은 엄마를 향해 두 팔을 뻗어 주먹을 쥐었다 펴기를 반복했다. 엄마를 자기 쪽으로 끌어오고 싶어서였다. 하지만 한편으론 자신이 숨어서 모든 걸 지켜보았다는 사실을 엄마에게 들킬까봐 두려웠다.

엄마는 외투 소매로 눈물을 훔치고는 자리에서 일어섰다. 그러고는 외투 옷깃을 단단히 여미고 집을 향해 힘없이 걸음을 옮겼다. 숲의 끝자락에서 엄마는 고개를 돌려 오두막 쪽을 바라보았다. 짐은 자신의 이름을 부르는 엄마의 목소리를 들었지만 정말로 자신을 부르는 소리가 아니라는 것을 알고 있었다.

제5부

침묵의 시간

공 받기 대결

3월 마지막 주에는 차가운 가랑비가 줄기차게 내렸다. 운동장에 서면 빗물이 발목까지 올라올 정도였다. 비는 날이 갈수록 더 많이 내렸다. 짐은 점점 더 낮아지는 듯한 하늘이 완전히 대지로 내려오지 않는 것은 중간에 있는 나무와 집 들이 받쳐주는 덕분이라고 생각했다. 도로가 물에 잠긴 탓에 린스 마운틴에서 오는 버스가 앨리스빌까지 들어오지 못했다. 펜과 산골 소년들이 없으니 학교가 텅 빈 것 같았다. 야구를 할 철이었지만 짐은 학교에 갈 때 글러브를 챙겨가지 않았다.

4월 첫 주가 되어도 비는 그치지 않았다. 매일 아침 제노 삼촌은 뒷문 밖에 나가 하늘을 올려다보고는 고개를 절레절레 흔들었다. 강물은 점점 붉은빛을 띠며 불어났다. 폭우가 쏟아진 날에는 강물이 둑의 낮은 쪽으로 넘쳐흘러서 천천히 굽이치며 들판 위로 흘렀다. 그러다 비의 기세가 한풀 꺾이면 물이 쭉 빠지면서 들판 곳곳에 쓰레기와 넓고 얕은 웅덩이를 남겼다. 하지만 멀리서 보면 웅덩이는 매우 깊어 보였다.

엄마와 외삼촌들은 그런 날씨에 짜증을 내다 나중에는 서로에게 화를 냈다. 봄철 파종을 시작해야 하는 알 삼촌은 아예 들판에 나갈 수조차 없었다. 그래서 내내 집이나 가게에 틀어박혀 혼자 분을 삭였다. 어느 날은 너무 화가 난 나머지 집으로 돌아가 오후 내내 잠만 잤다. 긴 겨울 동안 먹고 쉬기만 해 살이 찐 노새들이 비에 흠뻑 젖은 채 꼼짝 않고 헛간 거름 더미에 서 있었다. 녀석들은 부끄럽다는 듯 귀를 축 늘어뜨리고 땅바닥만 바라보았다.

제노 삼촌은 제분소를 운영할 수 없었다. 수로를 열면 물이 넘쳐 제분소를 휩쓸어버릴 가능성이 있었기 때문이다. 뜻하지 않게 할 일이 없어진 제노 삼촌은 회전식 숫돌을 주방에 갖다놓고 칼이며 도끼의 날을 갈았다. 제노 삼촌이 간 도끼날은 팔뚝 털을 면도할 수 있을 만큼 예리했다. 엄마는 외삼촌들이 진흙 묻은 신발을 신고 집 안을 돌아다니며 바닥을 더럽힌다고 불평했다. 제노 삼촌의 날 가는 소리가 너무 시끄럽다고 투덜대기도 했다. 그 요란한 소리를 듣느니 차라리 무딘 칼을 쓰는 게 낫겠다고까지 말했다. 엄마는 또한 이런 우중충한 날씨에는 병에 걸리기 쉽다며 걸핏하면 짐의 이마에 손바닥을 대보았다. 방에 들어올 때마다 그러는 엄마 때문에 짐도 짜증이 났다.

줄기차게 쏟아지는 비를 싫어하지 않는 사람은 코란 삼촌뿐인 것 같았다. 궂은 날씨에 농부들은 들일을 하러 가지 못했고, 자연히 코란 삼촌의 사료 가게는 한가해진 농부들이 놀러와 북적거렸다. 비 내리는 날 저녁식사 시간이 지나면 오후 내내 빈둥거리던 농부들이 코란 삼촌의 가게로 모여들었다. 그들은 비구름이 걷히고 들판이 마르기를 기다리며 콜라를 마시거나 담배를 피웠다. 코란 삼촌이 가장 싫어하는 날은 오히려 사람들이 들로 일하러 나가는 날이었다. 그럴 때면 삼촌은 몇 시간이고 혼자 술집이나 가게에 있었다. 그러니 비 내리는 날이 잦아질수록 코란 삼촌은 다른 사람들과는 반대로 더 행복해했다.

4월 둘째 주 토요일, 마침내 구름이 조금 걷히면서 그 사이로 흐릿한 햇살이 모습을 드러냈다. 햇살은 오래된 거리처럼 유혹적인 빛깔을 띠었다. 그날 아침 코란 삼촌의 가게는 손님들로 붐볐다. 하지만 날이 개기 시작하자 사람들은 순식간에 가게를 빠져나갔다. 점심을 먹은 뒤 짐은 외삼촌들과 빈 가게에 모여 앉았다. 삼촌들은 루스벨트 대통령에 대해 이야기를 나누었다. 짐은 삼촌들의 이야기가 너무 지루해서 졸음이 밀려왔다. 짐은 사람들 틈에 공화당 지지자가 한 명 끼어 있을 때만 루스벨트 이야기가 흥미롭게 느껴졌다. 짐은 가게 밖으로 나가 정처 없이 걷기 시작했다. 진흙탕에 돌멩이를 던져봐도 그다지 재미가 없었다. 짐이 걸음을 뗄 때마다 진창에 발이 푹푹 빠졌다.

두시쯤 되자 짐은 캐롤라이나 문을 기다리기 시작했다. 캐롤라이나 문은 짐이 늘 꿈꾸는 아름다운 미래 세계에서 온 것처럼 느껴질 정도로 멋진 최신식 기차였다. 하지만 기차는 앨리스빌에 정차하지 않았다. 역을 지나칠 때 경고성 기적 소리만 한 번 울릴 뿐이었다. 짐은 그 소리를 들으려 귀를 기울였다. 하지만 들리는 거라곤 숲을 가로질러 유유히 흐르는 강물 소리뿐이었다. 한때 둑 위로 흘러넘쳤던 강물은 이제 다시 제자리를 찾았지만 수위는 여전히 높았다.

캐롤라이나 문이 오는 소리가 들렸다. 짐은 소리만 듣고도 기차가 읍내에 정차할 것을 알 수 있었다. 짐은 급히 코란 삼촌의 가게로 달려가 문을 열고 고개를 불쑥 들이밀었다. 놀란 삼촌들이 고개를 들었다. "캐롤라이나 문이 와요!" 짐이 말했다. 외삼촌들은 잠시 짐의 얼굴을 멀뚱멀뚱 바라보았다. 하지만 곧 찬송가를 부르자는 목사의 말에 신도들이 반응하듯 동시에 자리에서 벌떡 일어섰다.

짐이 역에 도착하니 때마침 눈부신 대형 증기기관차가 선로 위를 달려오고 있었다. 날씬한 유선형에 총알처럼 빨라 보이는 기차는 뽀얀 숨을 힘차게 토해내며 역 안으로 들어와 멈추었다. 가장 끝에 있는 은빛 객차까지 승강장에 완전히 정차하자 역장 피트가 걸어나왔다. 그는 기차 가까이에 서 있는 짐을 보고는 뒤로 물러서라고 손짓했다. 선로 앞쪽에서는 작업복을 입은 남자두 명이 기관사실에서 내려 기차 밑으로 기어들어갔다. 그들 중한 명은 손에 연장통을 들고 있었다.

외삼촌들이 다가와서 짐 옆에 섰다. 반들반들한 객차에 비쳐그들의 모습이 이상했다. 짐은 땅딸막한 몸집에 뾰족한 얼굴형의 외삼촌들이 동시에 얼굴을 찡그리는 모습을 보자 절로 웃음이 터져나왔다. 짐은 열차 안을 들여다보고 싶었지만 앨리스빌의 하늘이 창문에 반사돼 안이 잘 보이지 않았다. 들쭉날쭉한 모양의 구름들이 빈 좌석을 찾기라도 하듯 열차의 창문을 차례로스쳐 지나갔다.

"이보게, 피트! 열차에 무슨 문제라도 생겼나?" 제노 삼촌이역장에게 물었다.

"소를 치었어. 곧 출발할 거니까 이번 기회에 열차 구경이나제대로 하게."

코란 삼촌이 역장에게 물었다. "캐롤라이나 문의 속도가 시속백이십 킬로미터나 된다던데, 어떻게 그렇게 빠를 수가 있죠?"

"나도 잘 몰라. 아무튼 눈에 보이지 않을 만큼 빨리 움직인다는 것만은 분명하지."

"맞아요. 한 시간에 백이십 킬로미터를 달리다니 정말 놀라운 속도예요." 코란 삼촌이 혀를 내두르며 말했다.

그때였다. 열차 끝쪽 문이 드르륵 열리더니 검은 제복 차림의 차장이 난간을 움켜잡고 풀쩍 뛰어 바닥에 내려섰다. 그의 재킷 주머니 밖으로는 굵은 황금 시계줄이 늘어져 있었다. 차장은 피트와 짐, 외삼촌들에게 눈길도 주지 않은 채 곧장 열차 앞쪽으로 걸어갔다. 자갈이 깔린 경사진 선로를 따라 진창을 피해 걸어가는 그의 뒷모습은 무척 우스꽝스러웠다. 경사로가 끝나는 지점에는 불그스름한 물이 고여 있었다. 열차 앞쪽에 다다른 차장은 허리를 굽혀 두 바퀴 사이를 살펴보았다.

그 모습을 지켜보던 제노 삼촌이 중얼거렸다. "저 사람이 이 열차의 책임자인가 보군."

짐은 등 뒤에서 누군가가 살금살금 다가오는 소리를 듣고 재빨리 뒤를 돌아보았다. 눈앞에 서 있는 사람은 다름 아닌 펜이었다. 펜은 급히 달려온 듯 벌겋게 달아오른 얼굴로 눈을 반짝이고 있었다. 짐은 펜의 손을 덥석 잡고 힘차게 흔들었다. 일주일 넘게 학교에 나오지 않은 펜을 오랜만에 만나 반가웠기 때문이다.

"펜, 잘 있었어?" 짐은 의도했던 것보다 훨씬 더 큰 목소리로 말했다.

"안녕, 짐? 아저씨들도 안녕하세요?" 펜은 짐과 달리 예의를 갖추는 행동을 잊는 법이 없었다. 그의 인사에 알 삼촌과 코란 삼촌이 차례로 답했다.

"그래, 네가 펜이구나?"

"반갑다."

"카슨 군, 너 괜찮은 거냐?" 제노 삼촌은 허리춤까지 진흙으로 범벅이 된 펜의 다리를 내려다보며 걱정스러운 목소리로 물었다.

"네, 아저씨. 조금 피곤하긴 하지만 괜찮아요. 아버지와 함께 여기 오는 길에 깊은 진창에 빠졌거든요. 거기서 나오느라 애를 좀 먹었죠. 게다가 진흙 묻은 바지가 빳빳하게 굳어서 걷기가 힘들더라고요."

짐이 끼어들어 말했다. "펜, 내가 놀라운 소식 알려줄까? 캐롤라이나 문이 소를 치었대."

"그래? 소가 기차 위로 펄쩍 뛰어올랐으면 괜찮았을 텐데."

펜은 그 말과 함께 큰 소리로 웃으며 짐의 팔을 가볍게 쳤다. 짐도 그에게 똑같이 응수했다. 그러고는 서로 팔뚝을 문지르며 상대를 향해 씩 웃었다.

"그동안 비가 와서 야구를 할 수가 없었어. 하긴, 그게 아니라도 너희 모두 산속에 콕 박혀 있으니 인원이 부족해서 시합을 할 수 없었을 테지만."

짐의 말에 펜이 대답했다. "미안해. 아마 이번 주에는 땅이 마를 테니까 시합을 할 수 있을 거야."

그때 기차 맨 앞쪽에 있던 차장이 몸을 일으키고는 다시 승강장을 향해 걸어왔다. 그는 짐과 펜 옆을 지나쳐 가다가 갑자기 걸음을 멈추고는 소년들에게 가까이 오라고 손짓했다.

"너희에게 할 말이 있다."

갑작스런 차장의 말에 짐은 손가락으르 자기 가슴을 가리키며 되물었다.

"저희한테요?"

"그래."

어리둥절해진 짐과 펜은 잠시 서로 얼굴을 마주 본 뒤 천천히 차장을 향해 다가갔다. 경사로 끝에 있는 물웅덩이 앞에 이르자 두 소년은 펄쩍 뛰어서 건넜는데, 바지 때문에 제대로 뛰지 못한 펜이 웅덩이 가장자리를 밟는 바람에 물이 약간 튀었다. 짐과 펜은 머뭇거리며 차장 앞으로 주춤주춤 다가갔다. 캐롤라이나 문의 책임자인 차장은 짐이 그때까지 본 사람들 중에 가장 지체 높은 인물이었다. 백발에 깔끔하고 쾌활한 인상의 차장은 소년들에게 좀더 가까이 오라고 손짓했다. 그러고는 두 소년의 얼굴을 차례로 유심히 들여다보았다. 짐은 자신들이 무언가 잘못을 저지른 게 아닐까 생각해보았지만 딱히 잘못한 일은 없는 것 같았다.

차장이 입을 열었다. "내 바로 뒤에 있는 객차에 누가 타고 있는지 아니?"

"누군데요?" 짐과 펜이 동시에 물었다.

차장은 두 소년에게 바짝 다가가 작은 목소리로 속삭였다. "타이 코브*야."

짐은 입이 떡 벌어져 다물지 못했다. 펜은 자신이 방금 들은 말을 믿지 못하겠다는 듯 눈을 가늘게 뜨고 이마를 문질렀다. 차장이 약간 실망한 표정으로 다시 말했다.

"'조지아 주의 복숭아'로 불리는 야구 선수 타이 코브 말이야. 난 너희가 좋아할 줄 알았는데……"

펜이 손을 내밀며 소리쳤다. "좋아하고 말고요! 정말 고맙습니다, 아저씨!"

"고맙다는 말은 열차에 치인 암소에게 해야지." 차장은 그렇게 말하곤 둘에게 악수를 청했다.

잠시 후 차장은 재킷 주머니에서 탁상시계만큼이나 커다란

---

* 본명은 타이러스 레이먼드 코브. 미국 메이저리그의 전설적인 야구 선수.

금시계를 꺼내 들여다보았다. 그러고는 짐과 펜을 향해 윙크를 하면서 말했다. "늦었군, 늦었어!" 차장은 시계를 도로 주머니에 집어넣은 다음 높다란 계단 옆의 철 난간을 잡고 가볍게 뛰어 열차에 올라탔다. 그러고는 난간에 의지한 채 열차 밖으로 몸을 내밀고 열차 앞쪽을 살폈다.

짐은 웅덩이를 뛰어넘어 외삼촌들에게 달려갔다. 펜의 아버지인 카슨 씨가 외삼촌들과 함께 있었다. 펜은 웅덩이 앞에서 잠시 머뭇거리다 힘껏 뛰었지만 이번에도 역시 물을 튀기고 말았다.

"짐, 차장님이 무슨 말을 하던?" 알 삼촌이 물었다.

짐은 대답을 하려고 입을 열었지만 차마 말이 나오지 않았다. 그래서 눈을 감고 크게 숨을 들이마셨다. 머릿속에서 누군가가 "타이 코브! 타이 코브! 타이 코브!" 하고 외치는 소리가 들렸다.

보다 못한 펜이 짐을 툭 치면서 재촉했다. "짐, 어서 말씀드려."

"타이 코브요. 타이 코브가 기차에 타고 있대요!"

순간 보이지 않는 끈에 의해 잡아당겨진 것처럼 외삼촌들의 고개가 일제히 열차 쪽으로 돌아갔다. 타이 코브는 삼촌들이 가장 좋아하는 야구 선수들 가운데 한 명이었다. 그가 조지아 주 출신인 것도 이유 중의 하나였다.

"타이 코브?" 제노 삼촌이 믿을 수 없다는 표정으로 물었다.

"네. 바로 저 객차에 타고 있대요." 펜이 기차를 가리키며 대답했다.

알 삼촌이 휘파람을 불며 중얼거렸다. "와우!"

"타이 코브라고?" 코란 삼촌은 짐과 펜을 향해 윙크를 하고는 고개를 기울여 열차를 바라보았다. 그러더니 갑자기 큰 소리로 외쳤다. "타이 코브는 정말 최고의 야구 선수였어!"

승강장에 서 있던 피트가 부루퉁한 표정으로 받아쳤다.

"쳇, 과거엔 그랬을지 몰라도 현재는 베이브 루스가 최고야." 오하이오 주 출신인 피트는 뉴욕 양키스의 열렬한 팬이었다. 짐이 아는 한 앨리스빌에서 뉴욕 양키스를 응원하는 사람은 피트 한 명뿐이었다.

"알다시피 베이브 루스는 볼티모어 출신이에요." 코란 삼촌이 말했다.

피트가 못마땅하다는 듯이 물었다. "그래서? 그게 뭐 어떻다는 거야?"

"메릴랜드 주는 메이슨딕슨 선* 아래에 있잖아요."

코란 삼촌의 말에 알 삼촌이 한마디 거들고 나섰다.

"다시 말해, 메릴랜드 주는 노예제도를 찬성했던 주란 말이죠."

피트가 몹시 역겹다는 표정을 지었다. "지금 내게 베이브 루

---

* 메릴랜드 주와 펜실베이니아 주의 경계선. 미국 남부와 북부를 나누는 경계이자 과거 노예제도를 찬성한 주와 반대한 주의 경계이기도 하다.

스가 원래 남부 **사람**이라는 말을 하고 싶은 건가?"

"이크! 그건 그의 타격 자세만 봐도 알 수 있잖나?" 제노 삼촌이 말했다.

외삼촌들은 서로를 바라보며 씩 웃었다. 검은 수염에 가려 잘 보이지는 않았지만 카슨 씨 또한 웃고 있는 듯했다.

"좋아! 난 이 열차가 어디로 가는지 알아볼 수 있으니까, 직접 가서 내 눈으로 확인해보겠어." 피트가 말했다.

코란 삼촌은 재미있다는 듯 또다시 윙크를 했다.

"타이 코브라……" 제노 삼촌이 차장 쪽을 바라보더니 그에게 다가갔다. 그러고는 엉덩이 앞에서 멈추고는 말했다. "실례합니다, 차장님! 지금 저 기차에 타이 코브가 타고 있다면서요?"

"그렇소."

"그가 어디까지 가는지 아세요?"

"애틀랜타요. 그 이상은 알려줄 수 없소."

"여기 이 아이들에게 타이 코브가 어떤 사람인지 말씀해주실 수 있겠습니까?"

차장은 잠시 짐과 펜을 바라보았다. 그가 신중히 입을 열었다.

"코브 씨는…… 우리 열차의 유임 승객이지."

제노 삼촌은 뜻밖의 대답에 당황한 듯 모자를 벗고 머리를 긁적였다. "이거야 원…… 혹시 이 아이들을 잠깐만 기차에 올라가서 타이 코브와 만날 수 있게 해주실 수는 없습니까?"

"부탁드려요, 아저씨!" 짐이 말했다.

펜도 거들었다. "제발, 저희 소원이에요!"

그러나 차장은 소년들의 부탁을 단칼에 거절했다. "미안하지만 그건 허락할 수 없다."

"딱 일 분도 안 되나요?" 짐이 간절한 표정으로 물었다.

"이 열차를 타려면 반드시 운임을 지불해야 해."

차장의 단호한 태도에 제노 삼촌이 고개를 끄덕이며 말했다. "알겠습니다. 당연히 그렇겠죠. 그럼 혹시 차장님께서 아이들을 위해 타이 코브의 사인을 받아다주실 수는 없을까요?"

차장은 아랫입술을 깨물며 잠시 생각에 잠겼다. 하지만 끝내 또다시 고개를 가로저었다.

"알다시피 코브 씨는 다른 사람에게 방해받는 것을 유난히 싫어하는 까다로운 분이오. 아마 그런 부탁을 했다가는 내가 봉변을 당할 거요."

그때 승강장에 서 있던 피트가 끼어들었다. "별로 놀랄 일도 아니지, 뭐. 원래 타이 코브는 성질이 더러운 인간이거든."

차장이 진지한 목소리로 경고했다. "내가 당신이라면 그런 말을 그렇게 큰 소리로 하지 않을 거요."

짐은 캐롤라이나 문과 창문에 비치는 구름을 올려다보았다.

타이 코브가 바로 가까이에 있다는 사실이 믿기지 않았다. '내게서 겨우 십 미터 떨어진 곳에 전설적인 야구 영웅 타이 코브가 있다니……'

그런 생각을 하자 짐은 배 속이 울렁거리면서 심장이 두근거렸다. 짐은 떨리는 마음으로 기차 앞쪽을 바라보았다. 조금 전 기차 아래로 기어들어갔던 기관사들이 나오면 캐롤라이나 문은 곧장 타이 코브를 데리고 떠나버릴 터였다. 다시는 앨리스빌에 멈추는 일도 없을 것이었다. 짐은 캐롤라이나 문과 타이 코브가 떠나버리고 난 마을이 얼마나 허전하고 쓸쓸할지 벌써부터 느껴지는 것 같았다.

그때 제노 삼촌이 느닷없이 박수를 치며 말했다.

"좋은 생각이 났다! 짐, 어서 가서 네 야구 글러브와 공을 갖고 와라."

말이 떨어지기가 무섭게 짐은 집을 향해 냅다 달리기 시작했다. 젖 먹던 힘을 다해 정신없이 달렸다. 발을 내디딜 때마다 진흙이 튀어 바지가 더러워졌지만 그런 것쯤은 아무 상관 없었다. 디포 가를 숨도 안 쉬고 내달린 짐은 제노 삼촌의 뒤뜰과 현관을 지나 주방으로 뛰어들어갔다.

식탁 앞에 앉아 있던 엄마가 놀라서 소리쳤다. "짐! 신발이 엉망이잖니!"

짐은 들은 척도 않고 곧장 자기 방으로 달려가 침대 아래에 손을 집어넣었다. "죄송해요, 엄마!" 짐은 글러브 보관용 방수포를 벗겨내면서 외쳤다. 그러고는 야구공을 주머니 속에 잘 집어넣고 글러브는 낀 채 다시 주방으로 달려나왔다. "타이 코브가 지금 캐롤라이나 문에 타고 있어요!" 짐이 흥분한 목소리로 외쳤다.

"뭐라고?"

짐은 엄마의 말이 채 끝나기도 전에 문을 열고 후다닥 뒤뜰로 나가다 고개를 돌리고 소리쳤다. "제노 삼촌이 야구공과 글러브를 가져오라고 했어요!" 엄마가 현관 앞으로 나왔을 때 짐은 이미 디포 가를 내달리고 있었다.

역으로 돌아온 짐은 글러브와 공을 제노 삼촌 앞에 내밀었다. 그러자 제노 삼촌은 그것을 다시 짐에게 밀었다.

"아니, 이건 내가 쓰려는 게 아니야. 짐, 펜과 함께 기차 옆에서 공을 던지고 받는 시범을 보여줘라. 타이 코브에게 너희 실력이 얼마나 대단한지 보여주라구."

짐이 펜을 돌아보고 말했다. "가자, 펜."

짐은 웅덩이를 가볍게 뛰어넘었다. 하지만 펜은 이번에도 애를 먹었다. 두 소년은 웅덩이와 선로 노반 사이의 좁고 기다란 땅에 마주 보고 섰다. 짐이 기차 앞쪽으로 몇 발짝 뒷걸음치는 동안 펜은 반대 방향으로 물러섰다. 짐이 처음 던진 공은 펜의 머리 위로 날아갔지만 펜이 가까스로 팔을 뻗어 잡아냈다.

"침착하게 해라!" 제노 삼촌이 소리쳤다.

"서두르지 말고 천천히 하면 돼!" 코란 삼촌도 격려했다.

펜의 첫 공은 곧고 정확하게 짐의 글러브 안으로 빨려들어갔다.

"잘한다! 힘내라, 펜!" 카슨 씨가 큰 소리로 아들을 응원했다.

"짐, 이번에는 힘을 빼고 와인드업해봐! 부드럽고 가볍게!" 알 삼촌이 소리쳤다.

짐은 마치 월드시리즈에서 공을 던지고 있는 듯한 기분이었다. 짐이 펜을 향해 조심스럽게 공을 던진 순간 외삼촌들이 동시에 박수를 쳤다.

"잘했다, 짐!" 제노 삼촌이 환하게 웃으며 말했다.

펜의 두번째 송구는 처음과 마찬가지로 곧고 정확했다. 공을 던지는 펜의 표정은 거의 죽음을 각오한 사람처럼 잔뜩 일그러져 있었다.

"짐, 글러브 좀 빌려줘." 펜이 말했다.

"싫어." 짐은 펜의 부탁을 단칼에 거절한 다음 더욱 힘차게 세번째 공을 던졌다.

돌아오는 펜의 세번째 공 또한 받는 순간 손바닥이 후끈거릴 만큼 강하고 힘이 넘쳤다.

"짐, 제발 글러브 좀 빌려줘. 응?"

"안 돼. 이건 내 글러브야."

그때 피트가 소리쳤다. "짐, 이번엔 커브를 던져봐라!"

"그건 어떻게 하는지 몰라요."

펜이 끼어들어 말했다. "그러니까 내가 글러브를 쓸게. 내가 너보다 야구를 더 잘하잖아."

펜은 온 힘을 다해 공을 던졌다. 그 위력은 짐이 타이 코브 앞에서 공을 놓치는 실수를 할까봐 걱정할 만큼 대단했다.

"아니, 그렇지 않아."

"짐, 내가 너보다 낫다는 건 너도 알잖아. 그러니까 나한테 글러브를 줘."

"넌 나보다 낫지 않아!" 짐은 그 말과 함께 그야말로 죽을힘을 다해 공을 던졌다. 공을 받는 순간 펜은 얼굴을 찡그렸다.

"진정해라, 얘들아." 심상치 않은 분위기를 느낀 제노 삼촌이 소년들을 달랬다.

카슨 씨도 엄한 목소리로 아들을 나무랐다. "펜, 그만해라."

"짐이 글러브를 안 주잖아요." 펜이 대답했다.

"그건 원래 짐 거야."

"하지만 타이 코브가 지켜보는 앞에서 글러브도 없이 야구를 하는 건 창피하단 말이에요."

카슨 씨는 다시 한번 엄한 목소리로 말했다. "징징대지 마라, 펜."

보다 못한 코란 삼촌이 나섰다. "짐, 펜에게 잠깐 글러브를 빌려줘라."

"이건 제 글러브예요!"

그렇게 소리치고 다시 공을 던지려던 순간, 짐은 펜의 정신이 딴 데 팔려 있다는 것을 깨달았다. 펜은 짐의 어깨 너머로 열차 앞쪽을 뚫어져라 바라보고 있었다. 짐은 무슨 일인가 싶어 급히 뒤를 돌아보았다. 열차 밑으로 들어갔던 기관사들이 다시 밖으로 기어나오고 있었다. 먼저 나온 사람의 손에는 연장통이 들려 있었다. 나머지 한 명은 길고 곧은 무언가를 먼저 밖으로 쑥 내민 다음 엔진 아래에서 천천히 나왔다. 짐은 그가 몸을 일으켰을 때야 그가 들고 있는 게 무엇인지 알 수 있었다. 그것은 어깨 바로 밑부터 잘린 암소의 다리였다. 짐은 뒷목의 솜털이 빳빳이 곤두서는 듯한 기분이 들었다.

"저게 문제였군." 차장이 중얼거렸다.

기관사는 두 손으로 암소 다리를 높이 치켜들고 깃발이나 횃불이라도 되는 양 흔들어 보였다. 그러고는 그것을 선로 옆 웅덩이에 던져버리고 다시 열차에 올라탔다. 차장은 기관사에게 손을 흔들고는 큰 소리로 외쳤다.

"승차 완료!"

펜이 성난 목소리로 짐을 향해 외쳤다. "짐! 빨리 글러브 내놔!"

"싫어!"

펜이 고래고래 소리를 질렀다. "글러브 내놔, 이 꼬맹아!"

카슨 씨가 엄하게 명령했다. "펜, 너 이리 좀 와봐라!"

제노 삼촌도 말리고 나섰다. "자자, 이제 그만들 해라. 경기는 끝났다."

이윽고 열차에 올라탄 차장이 문을 닫았다. 짐은 외삼촌들과 차장이 보는 앞에서 펜에게 꼬맹이라는 말을 들은 것이 너무나 화가 났다.

"꼬맹이라고? 난 꼬맹이가 아니야!"

분을 참지 못한 짐은 눈을 감은 채 있는 힘껏 공을 펜에게 던졌다. 펜의 머리 위로 날아가 바닥에 떨어진 공은 젖은 땅 위로 몇 번 튕겨오르더니 데굴데굴 굴러 웅덩이에 빠졌다.

펜은 증오가 가득한 눈빛으로 짐을 노려보았다. 금방이라도 무섭게 달려들 것 같은 눈빛이었다. 당연히 짐의 몸에도 힘이 바짝 들어갔다. 하지만 펜은 짐에게 달려드는 대신 공을 주워오려는 듯 뒤로 돌아섰다. 그러나 한 발짝 뗀 순간, 그는 그만 코를 박고 엎어지고 말았다. 짐은 "엇?" 하는 펜의 목소리를 들었다. 펜은 두 손을 땅바닥에 짚고 몸을 일으키려 했지만 갑자기 다리에 힘이 풀리면서 또다시 쓰러졌다. 펜은 몸을 굴려서 옆으로 누운 뒤 자신의 다리를 내려다보았다. 얼굴에는 놀란 빛이 역력했다. 외삼촌들과 카슨 씨가 허둥지둥 펜을 향해 달려갔다. 피트도 승강장에서 뛰어내려 함께 달려갔다. 그때 열차가 덜컹 소리를 내는가 싶더니 천천히 움직이기 시작했다. 그와 동시에 펜이 바닥에 등을 대고 누워 울부짖기 시작했다. 고독한 야수가 내는 듯한 펜의 울음소리를 들은 순간 짐의 가슴속 깊은 곳에 커다란 구멍 하나가 생겨났다. 짐은 눈을 질끈 감았다. 몸이 어딘가로 한없이 추락하는 것 같았다.

햇살 가득한 오후

펜은 소아마비에 걸렸다.

뉴카펜터에서 보안관이 나와 앨리스빌을 외부로부터 격리한다는 공고문을 붙였다. 주민들은 여전히 우편물을 찾거나 부치기 위해 역을 드나들었다. 하지만 기차를 타는 사람은 한 명도 없었고 내리는 사람 역시 거의 없었다. 아직 4월이었지만 학교는 일찌감치 여름방학에 들어갔다.

짐은 자기 방에 틀어박혀 죽을 날만 기다렸다. 펜과 함께 운동장에 쭈그리고 앉아 녀석의 손까지 잡은 적이 있었기 때문이다. 그때 펜은 뱀이 다리 위로 기어오르기라도 하듯 자신의 다리를 내려다보았다. 그날 일을 생각하자 짐은 갑자기 무언가가 손가락에서부터 스멀스멀 기어올라와 팔을 타고 오르락내리락하는 느낌이 들었다. 엄마가 때때로 짐의 방에 들어와 열이 나는지 확인하려고 이마에 손바닥을 대보았다.

격리 조치로 뒤숭숭해진 마을 분위기와는 달리 날씨는 눈부시게 화창하고 따뜻했다. 남쪽에서 불어오는 산들바람은 긴 겨울잠에서 깨어난 대지와 강물의 냄새를 담고 있었다. 외삼촌들은 머지않아 들로 돌아갈 것이고, 엄마는 외삼촌들을 위해 청소와 요리를 하느라 바쁠 것이었다. 짐은 조용히 눈을 감고 생각했다. '내가 없어도 이 세상은 아무 일도 없는 듯 잘 돌아가겠지……'

그날 카슨 씨는 쓰러진 펜을 안고 트럭으로 달려갔다. 그러고는 뉴카펜터의 병원 대신 진흙길을 내달려 곧장 산속의 집으로 돌아갔다. 외삼촌들은 카슨 씨가 미처 병원에 갈 생각을 못했던 것인지, 아니면 오직 산골에 사는 의사만 신뢰해서 그런 건지 궁금해했다.

짐은 주방 의자를 가져다 창문 앞에 놓고 거기 앉아서 창틀에 팔을 괸 채 밖을 내다보았다. 특별히 구경할 만한 것은 없었다. 거리를 오가는 사람도 없었고, 가게 안마당으로 들어오는 자동차도 없었으며, 호텔이나 역을 드나드는 사람도 없었다. 이렇게 죽을 날을 기다리는 것은 흥미로운 일이었다. 하늘을 가로질러 날아가는 새 한 마리조차 마음속에 새겨두어야 할 특별한 존재로 보였다. 짐은 도로 한가운데서 잠을 자고 있는 개 세 마리를 처음 보는 광경인 양 유심히 지켜보았다. 잠에서 깬 개들이 가게 쪽으로 어슬렁어슬렁 다가오자 짐은 녀석들이 일어나야 할 때를 어떻게 알았으며, 가고 싶은 방향을 어떻게 결정했는지 신기하다는 생각을 했다. 짐은 창밖을 내다보는 틈틈이 의자에서 일어나 멀리뛰기 준비 운동을 하듯 무릎 굽혔다 펴기를 반복했다.

짐은 펜 생각만 하면 마음이 괴로웠다. 펜이 쓰러지던 날 너무나 이기적으로 굴었던 자신의 행동이 자꾸만 떠올라 숨이 막힐 것 같았다. 언젠가 야구공을 던져 펜의 등을 맞힌 일도 기억났고, 기둥 타고 오르기 대회에서 펜을 이겼을 때 느꼈던 환희도 생각났다. 펜에게 했던 나쁜 말이나 녀석에 대해 품었던 부정적인 생각도 모두 기억났다. 그중에서 가장 뼈저리게 후회되는 일은 펜에게 글러브를 빌려주지 않은 것이었다. 짐은 그때 펜이 자신에게 했던 말을 나지막이 속삭였다. "제발!" 이 말은 곧 펜이 낫기를 바라는 기도이자 나쁜 기억이 머릿속에서 사라지기를 바라는 짐의 간절한 마음이기도 했다.

짐이 다시 눈을 떴을 때 맨 처음 눈에 들어온 것은 창밖에 서 있는 에이브러햄이었다.

"안녕하세요, 에이브러햄 할아버지?" 짐은 자세를 바로잡으며 인사를 건넸다.

"안녕하세요, 도련님? 제가 뜻하지 않게 잠을 깨웠나보군요."

"잠은 안 잤어요. 그냥 여기 앉아 있던 거예요."

"저는 이쪽으로 지나가던 중이었습니다."

짐은 왜 에이브러햄이 평소와 달리 길이 아닌 마당으로 지나가는지 궁금했지만 잠자코 있었다.

에이브러햄은 짐의 얼굴을 바라보며 뜻 모를 미소를 지어 보였다. 그러더니 갑자기 기지개를 켜면서 크게 하품을 하고는 말했다.

"아하, 낮잠 좀 잤으면 좋겠네요. 점심을 너무 많이 먹었나봅니다."

"그렇군요." 짐이 대답했다.

에이브러햄이 재킷 주머니에서 갈색 기름종이로 싼 작은 꾸러미를 꺼내들고 말했다.

"이런, 하마터면 이걸 잊어버릴 뻔했네요. 튀긴 애플파이인데, 지금 너무 배가 불러서 먹을 수가 없어요. 도련님이 대신 드실래요?"

짐은 에이브러햄의 손에 들린 파이에서 눈을 떼지 못했다. 그동안은 몰랐는데 문득 자신이 가장 먹고 싶은 음식이 튀긴 애플파이라는 생각이 들었다. 그러면서도 한편으로는 그 파이를 받아먹으면 엄마에게 꾸중을 듣지는 않을지 걱정스러웠다.

"도련님께서 안 드시겠다면 그냥 버리는 수밖에 없어요. 마음 같아선 제가 먹고 싶지만, 너무 배가 불러 들어갈 자리가 없네요."

짐은 자신이 죽을 날을 기다리고 있다는 사실을 기억해냈다. 그렇다면 죽기 전에 마지막으로 파이 하나 먹을 권리 정도는 있을 터였다.

짐이 말했다. "좋아요. 할아버지가 파이를 버리신다니까 그냥 제가 대신 먹을게요."

짐은 에이브러햄이 내민 꾸러미를 받아 나중에 먹으려고 침대 밑에 넣어두었다.

"자, 그럼 이제 전 다시 일하러 가보겠습니다. 오랜만에 도련님을 뵙게 되어 반가웠습니다."

"파이 잘 먹을게요, 할아버지."

에이브러햄은 짐의 인사에 고개를 끄덕이며 뒤로 한 걸음 물러섰다. 하지만 곧장 뒤돌아 가버리지는 않았다. 그의 주름진 이마가 갑자기 축 늘어졌다. 덕분에 눈썹까지 처져 그를 더욱 늙어 보이게 했다.

"짐 도련님, 주님께서 도련님을 지켜주고 있다는 걸 잊지 마세요. 때로는 그 사실이 의심스러울 때도 있겠지만요."

에이브러햄의 말에 짐은 말없이 고개를 끄덕였다.

"카슨 도련님 역시 주님이 지켜주실 거예요."

"그애는 제 단짝이에요."

"주님의 품보다 평안한 곳은 없답니다."

"하지만 펜은 소아마비에 걸린걸요."

"아이구, 소아마비는 인간 세상의 일입니다. 인간 세상에서 일어나는 일은 주님에게 아무런 의미도 없죠. 그 점을 꼭 기억하세요."

"그럴게요."

"도련님도 곧 건강해지실 겁니다."

"네. 저도 노력할게요."

역장 피트가 종이 봉지 안에 묵직해 보이는 무언가를 넣어서 가져왔다.

"안녕하세요, 피트 아저씨?"

"그래, 짐."

짐은 그다음에 무슨 말을 해야 할지 난처했다. 피트와의 대화는 흔히 그렇게 피트의 인사말에서 끝나기 일쑤였다.

피트가 짐에게 봉지를 내밀며 말했다.

"며칠 전 석탄 더미를 뒤지다가 이걸 발견했다. 내가 갖고 있어봐야 짐만 되니 혹시 네가 갖고 싶으면 가져라. 난 이런 잡동

사니는 이미 넘치도록 갖고 있어."

봉지 안에 담긴 것은 나뭇잎 문양이 섬세하게 찍힌 크고 넓적한 석탄 덩어리였다. 짐은 자신의 눈을 의심하지 않을 수 없었다. 그것은 피트의 사무실 책상 위에 있던 화석이었기 때문이다. 짐이 알기로 그 화석은 사람들이 돈을 줄 테니 팔라고 해도 번번이 거절할 만큼 피트가 무척 아끼던 것이었다.

"와, 피트 아저씨! 고맙습니다. 그런데 왜 이걸 제게 주시는 거예요?"

"그냥 정리 좀 하고 싶어서 그런 거야. 다른 뜻은 전혀 없다. 네게 주든 난로에 넣어 태워버리든 매한가지니까."

짐은 돌 위에 찍힌 오래된 나뭇잎들의 윤곽을 손가락으로 조심스럽게 쓸어내렸다.

"총 마흔한 종류의 나뭇잎이지. 내가 직접 세어봐서 알아. 너도 자세히 보면 알겠지만, 모두 양치식물이 아닌가 싶다."

짐은 고개를 끄덕였다. 여름철 강둑의 풀숲은 그늘지고 시원해 양치식물이 무성히 자라났다.

"웨스트버지니아 주 블루필드에서 출발한 석탄 열차가 이곳에 정차했을 때 떨어뜨리고 간 거지. 생각해보면 정말 놀랍지 않나?"

"뭐가요?"

"수백만 년 전에 살았던 생명체가 우리 손에 들려 있다는 사실이 말이야. 웨스트버지니아의 어느 광부가 캐낸 화석이 이리 저리 돌아다니다 이곳 노스캐롤라이나의 우리에게 찾아왔다고 생각해봐."

짐은 화석을 얼굴에 바짝 갖다대고 들여다보았다. 순간적으로 나뭇잎들이 선명한 녹색으로 변하는 듯한 착각이 들었다.

"지난 수백억 년 동안 하루도 빠짐없이 뜨고 지는 일을 반복한 태양을 봐라. 그럼 오늘 일어나는 일 따위는 별로 대단한 게 아니라는 생각이 들 거야."

"그럴지도 모르겠네요."

"그럴지도 모르는 게 아니라 확실히 그래. 한번 생각해보라니까."

"네, 그럴게요."

"좋아, 그럼 됐다."

짐은 무슨 말을 더 해야 할지 몰랐다. 오늘 일어난 일은 짐에게 여전히 몹시 중요하게 느껴졌다. 짐은 짐짓 화석을 더 자세히 관찰하는 척했다.

"엄마는 안녕하시냐?"

"네, 잘 지내세요." 짐이 그 말과 함께 피트를 쳐다보자 그의 얼굴이 갑자기 빨갛게 변했다.

"엄마께 안부를 전해다오."

"네, 그럴게요."

"네 엄마는 정말 대단한 분이야."

짐은 딱히 할 말이 없어서 고개만 끄덕였다.

피트는 짐과 눈을 마주치지 않은 채 마당 안을 서성거리기 시작했다.

"너도 곧 건강해질 거야. 하지만 여기저기 막 돌아다니진 마라."

"네."

"화석에 대해 내가 한 말을 자꾸 되새겨봐."

"그럴게요."

"오늘 일어난 일은 그다지 중요한 게 아니야."

"네."

"그러니 그런 걸로 너무 걱정하지 마라."

"알겠어요."

"타이 코브처럼 야구를 해서도 안 돼. 그는 성질이 너무 더러워."

"캐롤라이나 문에 정말 타이 코브가 타고 있었을까요?"

"그럴지도 모르지. 하지만 그건 별로 중요한 문제가 아니야. 기차에 타고 있던 사람이 누구든, 이미 떠나버렸잖니."

"그러게요."

"좋아. 그럼 이제 난 간다. 잘 있거라."

"안녕히 가세요."

"이런, 하마터면 잊어버릴 뻔했군. 자, 이거 받아라."

화이티가 그렇게 말하면서 자그마한 구언가를 내밀었다. 한쪽 끝은 홈이 파이고, 반대쪽 끝은 흉하게 찌그러진 납 조각이었다.

"이게 뭐예요?" 짐이 물었다.

"남북전쟁 때 쓰던 총알이야. 우리 할아버지 다리에서 빼낸 거지."

짐은 놀라서 왕방울만 해진 눈으로 손바닥 위의 납 조각을 들여다보았다.

"아저씨 할아버지가 다리에 총을 맞으셨어요?"

"프랭클린 전투에서였지. 결국 할아버지는 한쪽 다리를 잘라내셔야 했어. 거기 찌그러진 쪽이 뼈에 닿았던 부분이란다. 물론 뼈는 산산조각이 났지."

"다리를 잘라냈다고요?"

"그래. 원래 전쟁 전에는 농사를 지으셨는데, 다리를 잘라낸 뒤로 목사가 되셨지."

"아, 그러셨군요."

"그래도 외다리 목사로 꽤 명성이 높으셨단다. 내가 네 나이 쯤일 때 할아버지가 이 총알을 주셨는데, 이제는 너에게 주고 싶구나."

"고맙습니다. 잃어버리지 않게 잘 간직할게요."

화이티는 모자를 벗고 머리를 몇 번 긁적인 다음 다시 모자를 썼다.

"짐, 어쩌면 앞으로 이렇게 너를 볼 수 없을지도 모르겠다."

"왜요?"

"내가 직장을 잃었거든. 요즘 경기가 썩 좋지 않아서 예전만큼 사료와 씨앗이 잘 팔리지 않아. 그래서 회사에서 나를 해고시켰단다. 이제 이곳저곳 돌며 영업할 필요가 없어졌으니, 기차를 타고 앨리스빌에 올 일도 없을 거야."

짐은 침을 꿀꺽 삼키며 고개를 끄덕였다.

"나도 마음이 몹시 아프단다. 어떻게든 이 상황을 부정하고 싶지만 할 수 있는 건 아무것도 없구나."

"외삼촌들께 말씀드리면 분명 일자리를 구해주실 거예요."

짐이 그렇게 말하자 화이티 얼굴에 잔잔한 미소가 번졌다.

"이미 네 외삼촌들과 그런 얘기도 해봤단다. 하지만 그건 별로 좋은 생각이 아니라는 결론을 내렸어."

짐은 문득 얼마 전 오두막에서 있었던 일을 떠올렸다. 엄마는 짐에게 그날 일에 대해서 한마디도 하지 않았고, 짐 역시 마찬가지였다.

"음, 그럴지도 모르겠네요. 그러면 앞으로 어떻게 하실 생각이세요?"

"나도 잘 모르겠다. 북부로 떠날 수도 있고, 어쩌면 서부로 갈지도 모르지. 외판원 자리가 있는 곳이면 어디든 갈 생각이야."

"좋은 생각이에요."

"내가 너에게 꼭 해주고 싶은 말은 그동안 너와 친구로 지내서 무척 즐거웠다는 거야. 짐, 너는 매우 착한 소년이란다."

화이티는 손을 내밀어 악수를 청했다.

"전 소아마비에 걸렸을지도 몰라요."

"나는 원래 모험을 좋아한단다."

화이티는 그 말과 함께 두 손으로 짐의 손을 꽉 잡았다.

"짐 글래스, 일이 이렇게 되지 않기를 바랐는데 참 안타깝구나."

"저도 알아요."

그 말에 화이티는 고개를 갸우뚱하며 한쪽 눈썹을 치켜세웠다.

"그날 밤 오두막에서 아저씨가 엄마와 얘기 나누시는 걸 봤어요."

"이런, 그게 정말이냐?"

"네."

"음, 그날 네 엄마가 혹시라도 다른 사람이 우리가 만나는 걸 볼까봐 걱정이라고 말했는데, 그 말이 맞았구나."

"엄마와 결혼하려고 하셨던 거예요?"

짐의 질문에 화이티는 큰 소리로 웃었다. 배 속 깊은 곳에서 터져나오는, 어딘지 모르게 서글픈 웃음이었다.

"그러려고 했지. 하지만 네 엄마가 거절했단다."

"저도 알고 있어요."

"엄마는 여전히 네 아빠를 사랑한다고 하더구나."

"아빠는 제가 태어나기도 전에 돌아가셨어요."

"나도 안다. 안타까운 일이지."

"저도 그렇게 생각해요."

화이티는 고개를 뒤로 젖힌 다음 두 손을 목 뒤에 대고 깍지를 꼈다.

"하지만 우리는 모두 힘든 현실을 잘 헤쳐나가야 한단다. 알 겠니, 짐?"

"네, 아저씨."

"우리 각자 열심히 일하고 바르게 살기 위해 노력하자."

"네, 아저씨."

"특히 엄마를 잘 보살펴드려라. 알겠지?"

"네. 그럴게요."

"항상 몸 조심하고."

짐이 미처 "명심할게요"라고 대답하기도 전에 화이티는 뒤돌아서 마당을 벗어나 호텔 쪽으로 빠르게 걸어갔다.

제 6 부

산에서 내려다본 세상

우리가 사랑하는 소년

짐의 열한번째 생일날 아침, 기적 같은 일이 일어났다. 엄마가 짐에게 외삼촌들과 함께 산에 올라가도 좋다고 허락한 것이다. 게다가 떠날 시각이 되자 집 밖으로 나와 배웅까지 해주었다. 코란 삼촌과 알 삼촌은 트럭 짐칸에 올라타서 미리 준비해둔 딱딱한 의자에 자리를 잡았다. 출발하기 전, 엄마는 트럭 발판을 딛고 서서 앞좌석에 탄 짐과 제노 삼촌의 얼굴을 한동안 말없이 바라보았다. 제노 삼촌이 시동을 걸자 엔진에서 소리가 났다.

"시시, 너도 함께 가지그래?" 제노 삼촌이 요란한 엔진 소리 너머로 외쳤다.

엄마는 고개를 가로저었다.

"내가 산에 갈 수 없다는 건 큰오빠도 잘 알잖아요. 아픈 기억을 견뎌낼 자신이 없어요."

짐은 그런 엄마의 얼굴을 보지 않으려 일부러 고개를 숙이고 야구 글러브만 만지작거렸다. 짐이 다시 고개를 들자 엄마는 두 손으로 그의 얼굴을 감싸쥐고 두 눈을 뚫어지게 들여다보면서 말했다.

"짐, 꼭 다시 돌아오겠다고 엄마한테 약속하렴."

뜻밖의 말에 당황한 짐은 얼굴이 벌게진 채 어색하게 몸을 비틀면서 중얼거렸다.

"약속할게요."

엄마는 그제야 환하게 웃으며 트럭 발판에서 내려갔다.

제노 삼촌이 힘찬 목소리로 말했다. "자, 그럼 이제 슬슬 출발해볼까? 준비됐지?"

"네, 준비됐어요."

"엄마한테 손 흔들어드려라, 짐."

"네."

간선도로변에 세워진 전봇대의 전깃줄은 규칙적으로 높아졌다 낮아지며 물결무늬를 이루었다. 강둑을 따라 늘어선 키 작은 옥수수들의 연둣빛 잎사귀가 가볍게 흔들렸다. 6월의 풍요로운 목초지에서는 젖소들이 한가로이 풀을 뜯고, 그 옆에서는 갓 태어난 송아지들이 어미젖을 조금이라도 더 빨기 위해 서로 다투었다. 짐이 탄 트럭은 도로를 벗어나 린스 마운틴으로 이어지는 옆길로 들어섰다. 붉은 흙먼지가 트럭 뒤에 뭉게뭉게 피어올라 일행이 지나온 길 위를 떠돌아다녔다. 덜컹거리며 길을 내달린 트럭은 제노 삼촌의 제분소를 지나 페인터 시내에 놓인 나무 다리를 통과했다. 다리는 집에서 멀지 않은 곳에 있었지만 짐은 태어나서 처음 건너는 것이었다. 지금까지는 다리 건너편 지역에 가볼 일이 전혀 없었다.

일행은 향기로운 인동덩굴이 드리워진 쥐엄나무 덤불숲을 지나 완만한 비탈길을 올라갔다. 길은 둥그런 산마루에서 내리막으로 변해 굽이도는 시골 들판으로 이어졌다. 가까이에 우뚝 솟아 있는 린스 마운틴은 짐이 평소 앨리스빌에서 볼 때와 능선 모양이 약간 달랐다. 아마도 바라보는 각도가 다르기 때문인 것 같았다. 산에 점점 가까워질수록 산이 트럭 쪽으로 점점 다가오는 듯한 느낌이 들었다.

"저게 린스 마운틴이다." 제노 삼촌이 말했다.

"네."

"펜이 사는 곳이 바로 저기야. 네 아빠도 저기서 태어났고."

짐은 말없이 고개를 끄덕였다.

"네 아빠는 어머니의 장례식을 치른 뒤 애머스 영감이 있는

산을 떠나 앨리스빌까지 걸어 내려왔지. 꼬박 하루를 쉬지 않고
걸었다더라."

짐은 다시 고개를 끄덕였다.

"네 아빠가 산에서 내려온 날 밤 모습이 어땠는지 아니? 세상
에서 가장 배고프고 불쌍한 얼굴이었단다."

"그래서 외삼촌들이 먹을 것을 좀 주셨나요?"

짐의 질문에 제노 삼촌은 코웃음을 쳤다. "우리가 먹을 걸 좀
줬냐고? 그 친구는 온 집 안에 있는 먹을거리를 죄다 거덜냈다.
짐 너처럼 말이야."

구불구불한 산길은 낮은 골짜기를 지나 페인터 시내를 따라
난 오솔길로 이어졌다. 린스 마운틴은 녹음이 우거진 오솔길을
통과할 때까지 잠시 짐의 시야에서 사라졌다.

"네 아빠가 이곳 출신이니까 짐 너도 절반은 산사람이라고 할
수 있을 것 같은데. 네 생각은 어떠냐?"

"아니요. 전 절대로 산사람이 아니에요."

"그래? 그럼 뭐……"

사실 짐은 그처럼 매몰차게 말할 의도는 없었다. 그는 미안한
마음에 제노 삼촌을 쳐다보며 미소를 지으려 애썼다. 하지만 생
각과는 달리 짐의 표정은 괴상하게 일그러졌다.

"모든 게 다 잘될 거다, 짐." 제노 삼촌이 말했다.

"할아버지를 꼭 뵈러 가야 하나요?"

"꼭 그래야 하는 건 아니지. 하지만 지금 찾아뵙지 않으면 나중에 언젠가 후회할 날이 올 거다. 외삼촌 말 명심해라."

짐은 잠자코 트럭 앞유리 앞에 펼쳐진 풍경을 바라보았다. 조금씩 오른쪽으로 꺾이는 길을 따라 달리는 동안 산은 점점 일행에게서 멀어졌다.

"펜에게 뭐라고 말해야 하죠?" 짐이 물었다.

제노 삼촌이 미소 띤 얼굴로 말했다.

"펜과 너는 친구잖니. 일단 만나면 무슨 말을 할지 저절로 알게 될 거다."

"저도 그랬으면 좋겠네요."

린스 마운틴에 가까이 다가갈수록 길은 점점 더 울퉁불퉁해졌다. 길가의 붉은 퇴적층에 하얀 석영이 드러나 있었다. 길은 고지대 농장을 끼고 있는 낮고 가파른 언덕들을 오르락내리락하면서 끝없이 이어졌다. 언덕 중턱에 아슬아슬하게 자리잡은 계단식 밭에서는 옥수수며 고구마, 담배, 목화 등이 자라고 있었다. 농장도 하나 보였는데, 목초지는 외양간에서 멀리 떨어진 가파른 곳에 있는 데다 작은 바위투성이였다. 흰 암소 한 마리가 구불구불한 오솔길이 나 있는 풀밭에서 풀을 뜯다 고개를 들어 짐 일행을 바라보았다. 무척 평화로워 보이는 눈빛이었다. 오솔길 가까이에 있는 한 집에서는 늙은 여인이 작업복 바지와 셔츠, 화려한 무늬의 원피스, 하얗고 커다란 속바지 들을 빨랫줄에 널고 있었다. 갑자기 현관 아래쪽에서 푸른색과 흰색이 섞인 얼룩무늬 사냥개들이 달려나왔다. 녀석들은 짐 일행의 트럭을 뒤쫓으며 슬프게 짖어댔다.

"네 아빠는 너구리 사냥을 좋아했지." 제노 삼촌이 말했다. "모닥불 앞에 앉아서 사냥개들이 신호를 보내오기만을 기다리는 건 좋아하지 않았어. 직접 숲으로 들어가 너구리를 쫓아야 직성이 풀리는 타입이었지. 어둠 속에서 랜턴을 이리저리 흔들며 큰 소리로 너구리를 부르던 네 아빠의 모습이 지금도 눈에 선하구나. 나와 코란과 알은 항상 사냥개들이 너구리를 궁지에 몰아넣고 우리를 부를 때까지 모닥불 앞에 앉아 기다리기만 했어. 하지만 네 아빠는 개들과 함께 직접 너구리를 찾아다녔단다. 너구리를 쫓을 때 달리기 실력은 사냥개에 뒤지지 않을 정도였어."

"아빠가 너구리 사냥을 잘했다고요?"

"그래. 네 아빠는 숲에서 하는 일은 무엇이든 잘했단다. 물론 네 아빠 말로는 읍내 사람들이 하는 너구리 사냥은 산골 사람들이 하는 것과 차원이 다르다고 하더라. 산골에서는 사냥할 때 표범을 조심해야 했대. 네 아빠가 사냥을 하던 시절에는 저기 저

골짜기 부근에 표범이 살았다는구나. 페인터 시내라는 이름도 표범이 사는 골짜기에서 흘러오는 거라서 붙여진 거야.*"

"삼촌도 표범을 보신 적이 있어요?" 짐이 호기심 어린 눈빛으로 물었다.

"아니, 난 못 봤어. 하지만 네 아빠는 봤다더라."

"아빠가 진짜 표범을 봤다고요?"

"그래, 자기 입으로 그렇게 말했어. 표범이나 다른 무언가였다고."

짐은 등골이 오싹해졌다.

"'다른 무언가'라니, 그게 무슨 말씀이세요?"

"네 아빠도 그게 뭐였는지 정확히 모르겠다고 하더라. 퓨마였을 수도 있고, 어쩌면 유령이었을 수도 있다고."

"유령이요?"

"그래, 유령. 네 아빠가 그렇게 말했어. 그 일이 있었을 때 네 아빠가 지금 네 나이 정도였다고 들었으니 아마 열두 살쯤이었겠구나. 애머스 씨가 아직 감옥에 있었을 즈음인데, 네 아빠는 나이는 어려도 밤중에 혼자서 숲 속을 돌아다닐 만큼 씩씩했단다. 그날도 네 아빠는 외사촌과 함께 너구리 사냥을 나갔대. 그

---

* 영어로 표범을 뜻하는 panther와 페인터 시내(Painter Creek)의 painter는 발음이 비슷하다.

날은 구름이 잔뜩 끼어서 달도 보이지 않는 고요한 밤이었는데, 사실 그런 날이 사냥하기엔 더 좋지. 그런데 네 아빠와 사촌이 모닥불을 피우고 얼마 지나지도 않아 사냥개들이 돌아온 거야. 녀석들은 무슨 일인지 겁에 잔뜩 질려서 꼬리를 뒷다리 사이에 감추고 있더란다. 네 아빠가 아무리 다그쳐도 꿈쩍도 않고 불빛 가까이에 납작 엎드려 있었대. 이건 몹시 드문 일이야. 원래 사냥개들은 흐리고 고요한 날 밤에 사냥하기를 제일 좋아하거든.

네 아빠와 사촌은 녀석들을 다시 사냥터로 보내려고 발로 툭툭 걷어차면서 다그쳤대. 표범 울음소리가 들려온 건 바로 그때였어. 그 소리는 모닥불에서 그리 멀지 않은 곳에서 들려왔지. 네 아빠 말로는 마치 여자가 울부짖는 소리 같았다고 하더라. 생전 처음 들어봤지만 두 번 다시 듣고 싶지 않을 만큼 섬뜩한 느낌이었대."

"그래서 그다음엔 어떻게 됐어요?"

"처음 그 소리를 들었을 때 사촌이 엉겁결에 랜턴을 발로 차서 깨뜨렸대. 그래서 두 소년은 뒷걸음질로 모닥불에 최대한 가까이 다가갔지. 바로 그때 어둠 저편에서 움직이는 초록색 눈을 본 거야. 초록색 눈은 보였다가 안 보였다가를 반복하는가 싶더니 어느 순간 두 소년의 뒤쪽에 다시 나타났어. 그때 네 아빠는 총도 없었어. 사냥감이 개들에게 쫓겨서 나무 위로 올라가면 그

나무를 흔들어서 땅바닥에 떨어뜨린 다음 자루에 담는 게 당시 소년들의 사냥 방식이었거든. 네 아빠 같은 산골 소년들은 용감하고 대담해서 별로 겁내는 게 없는데, 표범은 예외였지. 그런데 그날 바로 표범과 맞닥뜨린 거야. 두 소년에겐 총도 없고 랜턴도 깨진 상태였어. 게다가 밤새 모닥불을 지필 만한 솔방울도 충분하지 않았지. 표범은 모닥불이 꺼지기를 기다리며 주변을 어슬렁거렸고, 사냥개들은 잔뜩 겁에 질린 채 깨갱거리면서 두 소년의 발치에 엎드려 있기만 했어. 평소 같으면 곰도 자빠뜨릴 만큼 용맹한 녀석들이 말이야."

"그래서 아빠는 어떻게 했대요?"

"모닥불이 점점 꺼져갈 즈음, 또다시 표범 울음소리가 들려왔단다. 이번에는 좀더 가까이에서 들렸지. 네 아빠 바로 근처에서 나는 것 같았다더구나. 그런데 더 끔찍한 건 울음소리에 이어 말소리까지 들렸다는 거지."

"표범이 말을 했다고요?"

"그래. 여자 목소리로 '제발 도와주세요. 죽을 것 같아요'라고 하더래."

"그래서요? 그래서 그다음엔 어떻게 됐어요?"

"글쎄, 네 생각엔 어떻게 됐을 것 같니? 무조건 도망치는 수밖에 더 있었겠어? 네 아빠와 사촌, 사냥개들까지 모두가 걸음아

날 살려라 하고 집 쪽으로 뛰기 시작했단다. 네 아빠 말로는 월계수 덤불 잔가지에 얼굴을 긁히면서도 쉬지 않고 앞만 보고 뛰었다더구나. 도중에 돌부리에 걸려 엎어져도 아픈지도 모르고 다시 일어나고, 칠흑 같은 어둠 속에서 서로 할퀴고 발로 차고 버둥거리고…… 아무튼 숲에서 도망치려고 난리법석을 떨었다더라. 그러는 동안 정체 모를 그 무언가는 줄곧 등 뒤에서 숨을 헐떡이며 바싹 쫓아왔대. 계속 울부짖으면서 말이야. 표범인지 유령인지는 몰라도 그것이 울부짖을 때마다 네 아빠는 금방이라도 붙잡힐 것 같은 공포감에 떨었다더구나. 만약 그랬다면 네 아빠는 그날 밤 이 세상을 등졌겠지."

"그래서 누군가가 붙잡혔대요?"

"아니, 그렇진 않았대. 마침내 네 아빠 일행은 숲을 벗어나 집으로 달려들어갔어. 줄곧 그들을 쫓아오던 무언가는 숲 끝자락에서 멈추고 더이상 다가오지 않더란다. 다음 날 밤, 로블리 젠틴이 산골의 모든 남자와 소년들, 사냥개. 총 등을 있는 대로 모아서 숲으로 향했어. 물론 표범을 잡으러 간 거였지. 표범이 있던 곳 주변에 사냥개를 풀어 수색하게 했어. 하지만 이상하게도 아무런 흔적도 찾을 수 없었단다. 끔찍한 울음소리를 들은 사람도, 녹색 눈동자를 본 사람도 없었지."

짐은 제노 삼촌을 빤히 쳐다보았다. 마음 같아선 큰 소리로 웃고 싶었지만 마음과는 달리 속 시원히 터져나오질 않았다.

"그거 삼촌이 꾸며낸 얘기 아니에요?"

짐의 물음에 제노 삼촌은 세차게 고개를 가로저었다.

"아니, 절대로 아니야. 네 아빠가 이 얘기를 할 때마다 나와 코란과 알도 거짓말하지 말고 사실대로 말하라고 추궁했어. 하지만 아무리 다그쳐도 끝까지 사실이라고 하더구나. 목숨을 걸고 맹세할 수 있다고 했어. 실제로 네 아빠는 결코 거짓말을 할 사람이 아니었단다."

"그런데 왜 지금까지 이 얘기를 저한테 안 해주셨어요?"

"네 엄마가 너한테 이 얘기를 하면 가만있지 않겠다고 으름장을 놓았거든. 너한테 들려주기엔 너무 무서운 이야기라고."

짐은 말없이 생각에 잠겼다.

"게다가 알도 이 이야기를 별로 좋아하지 않았어. 특히 네 아빠가 세상을 떠난 뒤엔 더욱 싫어하게 됐지."

"왜요?"

제노 삼촌은 잠시 망설이다 침을 꿀꺽 삼킨 다음 말했다.

"너도 알이 어떤 사람인지 잘 알잖니. 녀석은 미신을 믿는 편이야. 알의 추측으로는 그날 밤 산에서 확실한 정체는 모르지만 무언가 나쁜 기운이 네 아빠한테 씌었고, 그후로 계속 네 아빠를 따라다니다 끝내 그날 목화밭까지 몰아갔다는 거야."

짐은 무슨 말을 해야 할지 당황스러웠다. 갑자기 온 세상이 자신을 위협하는 무시무시한 공간으로 느껴졌다.

"그건 알 혼자만의 생각이다. 너도 알다시피 녀석은 세상 모든 일이 무언가를 암시하는 불가사의한 것이라고 생각하잖니."

"그런데 왜 이 이야기를 제게 해주신 거예요?"

짐의 물음에 제노 삼촌은 어깨를 으쓱했다.

"글쎄, 나도 잘 모르겠다. 아마 짐 네가 이렇게 애머스 글래스 씨를 만나기 위해 산에 올라갈 만큼 컸으니, 그날 밤의 표범 사건에 대한 이야기를 해줘도 상관없다고 생각했나봐."

트럭은 앞 유리창이 산의 초록빛 옆구리로 가득찰 만큼 린스 마운틴에 가까이 다가갔다. 짐은 몸을 비스듬히 기울여 친숙한 푸른 하늘을 배경으로 한 린스 마운틴의 능선을 감상했다. 린스 마운틴은 마치 햇살 아래 모로 누운 채 잠자고 있는 듯했다.

트럭은 페인터 시내 위에 놓인 좁다란 다리를 지나 산 쪽으로 이어진 푸르른 계곡 옆을 달리기 시작했다. 계곡 옆으로는 바둑판 같은 밭이며 목초지, 농장 등이 멀리까지 자리잡고 있었고, 오리나무, 월계수, 대나무가 곳곳에서 장식처럼 자라고 있었다. 맞은편에는 수풀로 무성한 산이 당당한 자태를 뽐내며 버티고 있었다. 짐은 계곡이 끝나고 산이 시작되는 지점이 정확하게 구분된다는 것을 그제야 처음 알게 되었다. 짐은 그 지점의 나무들을 눈여겨 살펴보았다.

계곡 위쪽에 이르자 길에 붙어 흐르던 시냇물이 어느 순간 산쪽으로 급히 휘어졌다. 길도 시내를 따라 구불구불 이어졌다. 트럭 앞쪽으로 펼쳐진 길은 벽처럼 빽빽하게 들어선 나무들 사이로 사라졌다. 짐은 능선을 보려고 몸을 앞 유리창 쪽으로 기울이고 고개까지 비틀었지만 헛수고였다. 트럭이 이미 녹음 속으로 들어가고 있었기 때문이다. 제노 삼촌은 아쉬워하는 짐을 보고 소리 없이 웃었다.

짐은 시원하게 그늘진 숲을 따라서 끝없이 이어진 우아한 오솔길을 보고 감탄하지 않을 수 없었다. 굵직굵직한 나무들이 싹이 움트기 직전의 양치식물 위로 기둥처럼 죽 늘어서 있었다. 오솔길 왼쪽으로는 페인터 시내가 작고 매끈한 자갈들 위로 재잘대듯 졸졸 흘렀다. 푸른 어치 한 마리가 요란한 노랫소리와 함께 느닷없이 트럭 앞쪽으로 푸드덕 날아들었다 순식간에 사라졌다.

"아빠가 이 길을 따라 걸으셨을까요?" 짐이 제노 삼촌에게 물었다.

"물론이지. 린스 마운틴 이편에서는 이게 유일한 길이니까. 네 아빠는 이 길을 따라 앨리스빌까지 걸어왔단다."

트럭은 시내에서 멀어져 숲으로 이어진 오르막길로 들어섰다. 오르막길이라고는 하지만 경사는 그다지 급하지 않았다.

"네 아빠는 이 산을 무척 좋아했단다. 이곳을 떠날 때 아마 몹시 마음이 아팠을 거야. 스스로 원해서가 아니라 달리 방법이 없어서 억지로 떠난 거였거든."

짐은 아버지가 보았을 풍경을 직접 보고 싶어 몸을 앞으로 기울였다. '아빠가 이 나무들 아래를 걸어가셨단 말이지? 아마 저기 저 바위에 앉아서 쉬기도 하셨을 거야.' 트럭이 커브를 돌 때마다 짐은 젊은 시절의 아버지가 숲을 헤치고 힘차게 걸어오는 모습을 상상했다. 몇 가지 안 되는 소지품을 자루에 담아 어깨에 둘러메고 성큼성큼 걸어오는 짐 글래스 시니어의 모습을. 그는 산에서 내려온 뒤 고작 육 년을 더 살다가 세상을 떠났다. 그때 그의 나이 겨우 스물세 살이었다.

"아빠가 만난 건 정말 유령이었을까요? 삼촌도 아빠에게 나쁜 기운이 씌어서 그렇게 돌아가신 거라고 생각하세요?"

짐의 느닷없는 질문에 제노 삼촌은 입을 꾹 다문 채 눈썹을 일그러뜨렸다. 그리고 마침내 어렵사리 입을 열었다.

"아니, 난 그렇게 생각하지 않는다. 네 아빠는 원래 심장이 안 좋았어. 그러다 갑자기 심장이 멈춘 바람에 세상을 떠난 거야. 내 생각은 그렇다. 그 이상은 생각하고 싶지 않구나."

길이 험해지기 시작했다. 트럭은 가볍게 떠올랐다 아래로 쿵 떨어지기를 반복했다. 끝없이 이어진 지그재그 길은 갈수록 더 위험해져 커브 사이마다 놀랄 만큼 가파른 오르막길이 나타났다. 제노 삼촌은 제일 낮은 기어로 바꾸었다. 트럭 짐칸에 앉아 있던 코란 삼촌과 알 삼촌은 미끄러져 바닥에 주저앉았다. 짐은 속이 약간 울렁거리면서 멀미가 났다.

산속 깊이 들어갈수록 큰 나무 밑에 자라는 덤불의 종류는 양치식물에서 월계수와 철쭉으로 바뀌었다. 어두운 빛깔의 울창한 덤불은 트럭이 지나갈 때마다 쉬쉬 소리를 냈다. 어느 모퉁이에서는 시냇물이 길 위로 졸졸 흐르고 있었다. 트럭이 지나는 순간 시냇물이 반대편 월계수 덤불 쪽으로 후두두 튀었다. 조금 더 가자 빽빽한 덤불 때문에 산이 제대로 보이지 않았다. 짐은 갑자기 하늘이 자기 아래에 있다는 사실을 깨달았다.

"지금 우리가 하늘에 떠 있는 건가요?" 짐이 흥분한 목소리로 물었다.

"하늘에 점점 가까이 다가가고 있지." 제노 삼촌이 웃으면서 대답했다.

마침내 지그재그 길의 마지막 커브를 돌아 올라간 일행은 린스 마운틴 정상과 다른 산의 등줄기 사이에 있는 계곡으로 접어들었다. 위에서 내려다본 페인터 시내는 마치 산의 정면을 가로질러 흐르는 것이 당연하다는 듯 당당하게 산마루와 등줄기 사이로 굽이쳐 흘렀다. 계곡 위쪽에는 철쭉과 월계수 덤불이 초록빛 나무들을 배경으로 자라고 있었고, 산허리와 산등성이 윗부분은 흰색과 연자주색으로 점점이 물들어 있었다. 제노 삼촌이 트럭의 속도를 늦추고 산등성이 옆쪽에 피어난 야생 벚나무를 가리켰다. 거기서부터 아래쪽은 산등성이 윤곽선이 보다 큰 산과 겹쳐 제대로 보이지 않았다. 짐 일행이 지나고 있는 계곡 역시 눈에 잘 띄지 않았다. 앨리스빌은 이미 한여름이었지만 산속은 여전히 늦봄 같은 날씨였다.

날카로운 산등성이 사이사이 산비탈을 따라 분지들이 가파르게 자리잡고 있었고, 그 바깥쪽으로는 작은 개울이 더 큰 물줄기를 찾아 흘러갔다. 분지 위쪽으로는 좁다란 흙길이 나 있었다. 짐은 그 흙길이 이어지는 곳을 향해 고개를 높이 들고 올려다보았다. 맨 처음 발견한 것은 마당에 가로장 울타리가 쳐진 통나무 오두막이었다. 한 여자가 아기를 안고 현관 앞에 서 있었다. 오두막 옆의 밭에서는 키 큰 남자가 멍에를 메운 소들을 데리고 옥수수밭을 갈고 있었다. 짐은 차창 밖으로 고개를 내밀고 뒤쪽을 바라보았다.

산등성이 너머 계곡 위쪽으로 민둥한 바위산이 보였다. 짐은 경치를 구경하기 위해 제노 삼촌 쪽으로 몸을 기울였다. 하지만 구경을 제대로 하기도 전에 길이 홱 꺾이면서 다시 산꼭대기를 향한 오르막길로 이어졌다.

"집으로 돌아가는 길에 저기 들를 수 있나요?" 짐이 물었다.

"글쎄, 이따 봐서."

일행은 가게와 교회, 작은 우체국, 산골 소년들이 폐교되기 전까지 다녔던 교실이 하나뿐인 학교 등을 차례로 지났다. 그리고 학교에서 1.5킬로미터쯤 더 가서 커브를 돌자 제재소가 나왔다. 제노 삼촌은 길가에 차를 세웠다. 톱밥 더미 한옆에는 단단한 통나무들이 차곡차곡 쌓여 있었고, 그 반대쪽에는 갓 베어낸 재목들이 뒹굴고 있었다. 오두막 안에서는 가솔린 엔진의 윙윙대는 소리와 톱날이 나무를 자르는 시끄러운 소리가 동시에 들려왔다. 잠시 후 컴컴한 오두막에서 누군가가 걸어나왔다. 카슨 씨였다. 그는 바퀴 자국이 난 질척한 길을 저벅저벅 걸어 제노 삼촌의 트럭 쪽으로 왔다. 카슨 씨는 작업용 무명 바지와 빛바랜 캔버스 셔츠를 입고 있었는데, 허벅지까지 올라오는 진흙투성이 장화에 가려 바지는 거의 보이지 않았다. 끈이 달린 장화는 벌채 노동자들이 흔히 신는 것이었다.

"어, 펜의 아빠시네요!" 짐이 놀란 목소리로 외쳤다.

제노 삼촌이 대답했다. "여긴 그가 운영하는 제재소다."

카슨 씨는 트럭 옆으로 다가와서 코란 삼촌과 알 삼촌에게 인사를 건넸다. 그러고는 짐이 있는 차창 안쪽을 슬쩍 들여다보았다. 길고 검은 턱수염에 나무 부스러기를 장식처럼 매달고 있는 카슨 씨에게선 가솔린과 땀, 향기로운 수액 냄새가 동시에 풍겼다.

"제노!" 카슨 씨가 반갑게 인사했다.

"잘 있었나, 래드퍼드?"

카슨 씨는 짐의 작은 손도 덥석 잡았다. 그 힘이 얼마나 센지 손이 아플 정도였다. 짐은 절로 찡그려지는 표정을 애써 숨기면서 인사했다.

"안녕하세요, 카슨 아저씨?"

"펜을 만나러 와줘서 고맙다." 카슨 씨는 그 말과 함께 짐의 얼굴을 뚫어질 듯 빤히 들여다보았다. 카슨 씨와 눈이 마주친 짐은 깜짝 놀랐다. 카슨 씨의 두 눈에 눈물이 가득 차 있었기 때문이다. 눈물이 뺨을 타고 흐르다 수염 안으로 사라졌다. 검은 수염 아래 가려진 카슨 씨의 붉은 아랫입술이 파르르 떨렸다.

"내 아들…… 내 아들 펜은……" 카슨 씨는 흐르는 눈물을 감추려 몸을 돌리고 말을 이었다. "짐 너를 무척 소중한 친구로 생각한단다."

카슨 씨는 뒷주머니에서 붉은 손수건을 꺼내 요란하게 코를 풀었다. 짐은 제노 삼촌을 쳐다보았다. 삼촌은 손가락을 입술에 대고 있었다. 카슨 씨가 다시 뒤돌아 고개를 절레절레 흔들며 말했다.

"젠장! 펜이 쓰러진 뒤로는 사냥할 맛도 나지 않아."

"펜에게 그런 안 좋은 일이 생기다니 정말 뭐라고 할 말이 없네." 제노 삼촌이 대답했다.

"내가 할 수 있는 일이 아무것도 없다는 게 화가 나서 미칠 지경이야. 총으로도 해결될 일이 아니잖아."

카슨 씨는 그렇게 말한 다음 트럭 발판 위로 올라서서 손등으로 차창을 툭툭 치며 외쳤다.

"제기랄! 어쨌거나 출발하자고!"

트럭은 제재소 마당에서 빠져나와 다시 도로에 들어섰다. 몇몇 오두막과 작은 목조 가옥 옆을 지난 트럭은 곧 다시 도로에서 벗어나 높다란 포플러 숲 안쪽에 자리한 멋진 통나무집 앞에 멈춰섰다. 꽤 큰 이층집으로 마당도 널찍했다.

카슨 씨가 발판에서 뛰어내리며 말했다. "펜에게 네가 왔다고 알리마."

카슨 씨는 재빨리 마당을 가로질러 집 앞 현관 계단을 한 번에 두 칸씩 뛰어올라갔다. 짐은 그의 뒷모습을 바라보며 야구 글러브를 꼈다. 갑자기 배가 살살 아파오기 시작했다.

코란 삼촌과 알 삼촌이 트럭 뒤에서 뛰어내렸다. 제노 삼촌도 운전석에서 내려와 차 문을 닫았다. 알 삼촌이 엉덩이를 문지르며 투덜거렸다.

"어이, 제노 형! 운전을 그렇게밖에 못해?"

"내 나이에 이 정도면 잘하는 거야."

"흥, 운전의 '운' 자도 모르는 사람이 한 것치고는 잘했다고 할 수 있겠지."

짐도 뒤늦게 트럭에서 내렸다.

코란 삼촌이 짐을 가리키며 외쳤다. "아니, 이게 누구십니까?"

짐은 농담에 대꾸할 기분이 아니었다. 이를 눈치챈 제노 삼촌이 재빨리 동생들에게 말했다.

"얘들아! 우리 다리도 풀 겸 좀 걷는 게 어때? 저 길로 다시 내려가서 래드퍼드의 제재소나 구경하고 오자."

알 삼촌이 또다시 엉덩이를 문지르며 말했다.

"어차피 앉아 있기도 힘든데 그러지 뭐."

"그냥 여기 계시면 안 돼요?" 짐이 말했다.

"금방 갔다 올 거야." 코란 삼촌이 대답했다.

"펜한테 무슨 말을 해야 할지 모르겠어요. 뭐라고 해야 돼요?"

짐의 물음에 제노 삼촌이 뒤돌아 손을 흔들며 대답했다. "저절로 알게 될 거다."

짐은 트럭 발판에 걸터앉아서 펜의 집을 멍하니 바라보았다. 펜의 집은 비록 통나무로 지었지만 짐이 생각했던 것보다 훨씬 크고 근사했다. 커다란 벽돌 굴뚝이 두 개나 있었고, 월계수 가지를 꼬아 만든 난간이 돋보이는 현관 너머로는 큰 창문이 여섯 개나 보였다. 현관 옆 화단에 있는 알록달록한 빛깔의 꽃들은 정성 들여 가꾼 티가 났고, 현관에서 마당까지는 넓적한 돌판을 깐 길이 나 있었다.

짐은 펜에게 어떤 집에 사느냐고 물어본 적이 한 번도 없었다. 그저 세상과는 완전히 단절된 채 가파른 산등성이에 덩그러니 자리잡은 방 한 개짜리 오두막을 머릿속에 그려보았을 뿐이다. 짐은 지금까지 항상 자신의 집이 펜의 집보다 크고 좋을 거라 생각했다. 그래서 둘 사이에 붙은 경쟁에서 지면 남몰래 그런 생각을 하며 스스로를 위로하곤 했다. 짐은 발판에서 일어나 도로를 내려다보았다. 외삼촌들은 이미 모퉁이를 돌아가서 보이지 않았다. 짐은 눈에 들어온 돌멩이를 발로 툭 걷어찼다. 그러고는 뒤쫓아가서 한 번 더 세게 찼다. '혹시 펜이 지금 집 안에서 나를 지켜보고 있는 건 아닐까? 펜이 나를 만나고 싶어할까?' 짐은 야구공을 공중에 던져올렸다가 받았다. 그런 다음 글러브에서 공을 꺼내 붉은 실로 꿰맨 바느질 자국을 유심히 들여다보았다. 마치 그 안에 어떤 비밀이 적혀 있기라도 한 것처럼.

그때 현관문이 열리면서 한 여인이 계단을 내려와 짐이 있는 쪽으로 걸어왔다. 펜의 어머니인 것 같았다. 하늘색 원피스에 흰색 앞치마를 두르고 적갈색 머리를 느슨하게 묶은 그녀는 짐을 향해 손을 흔들면서 환하게 웃었다. 짐도 답례로 손을 흔들었다. 점점 가까이 다가오는 펜의 어머니는 엄마만큼 예쁘지는 않지만 상당히 매력적인 인상이었다. 주근깨가 박힌 자연스러운 얼굴과 약간 어색한 미소를 보고 있자니 짐도 저절로 미소가 지어졌다. 펜의 어머니는 짐의 오른손을 두 손으로 꼭 감싸고는 그의 얼굴을 찬찬히 들여다보았다. 그녀의 손은 따뜻하고 부드러웠다. 짐은 자기도 모르게 얼굴이 발갛게 달아올랐다.

펜의 어머니가 약간 특이한 억양으로 명랑하게 말했다. "짐 글래스, 이렇게 만나게 되어 무척 반갑구나. 펜이 너에 대해 얼마나 칭찬을 많이 하는지 몰라."

"고맙습니다, 아주머니. 저도 만나뵙게 돼서 기뻐요."

펜의 어머니는 짐의 어깨에 팔을 두르고 현관 쪽으로 이끌었다. 두 사람은 집의 너비만큼 길게 뻗은 복도로 들어섰다. 열린 문 너머로 응접실의 멋진 가구들과 피아노가 보였다. 그 맞은편 방에는 커다란 캐노피 침대가 있었다. 기다란 복도 중간쯤에는 사진 액자 두 개가 서로 마주 보게 걸려 있었다. 그중 하나는 펜과 카슨 부인이 종탑이 있는 커다란 벽돌 건물 계단에 서서 찍은 것이었다. 펜은 흰색 셔츠에 타이를 맨 차림이었다. 짐은 사진 속의 건물이 어쩐지 낯익다는 생각이 들었다.

"여기가 어딘지 아니?" 카슨 부인이 물었다.

"잘 모르겠는데요."

"필라델피아에 있는 독립기념관이야. 독립선언문을 서명한 곳이지. 지난여름에 우리 가족 모두 놀러갔었단다."

짐은 사진 속에서 웃고 있는 펜을 바라보며 놀란 입을 다물지 못했다. "그럼 벤저민 프랭클린과 토머스 제퍼슨이 이 계단을 밟고 올라갔단 말인가요?"

짐의 물음에 카슨 부인이 웃으면서 대답했다. "당연히 그랬겠지. 아주 오래전에 말이야."

"여기가 아줌마 고향이에요?"

"그래. 독립기념관에서 그리 멀지 않은 곳에 내 친정집이 있단다. 나는 원래 일 년 예정으로 이곳에 교사로 파견된 건데, 펜의 아빠를 만난 바람에 계속 여기 눌러살게 됐지."

또다른 사진에선 펜과 카슨 씨가 세상의 끝처럼 보이는 곳에서 입이 찢어져라 웃고 있었다. 배경의 금속 가드레일만 없었다면 두 사람이 완전히 허공에 떠 있다고 해도 믿을 정도였다. 카슨 씨는 수염이 바람에 날려 한쪽으로 쏠려 있었고, 펜은 떨리는 표정으로 가드레일 사이를 바라보고 있었다. 두 사람 아래로는 잿빛 안개에 휩싸인 거대한 도시 풍경이 펼쳐져 있었다. 그 끝이 어디인지 가늠할 수 없을 만큼 웅장한 도시는 짐의 상상을 훨씬 뛰어넘는 것이었다.

"와! 여기가 도대체 어디예요?"

"뉴욕의 엠파이어 스테이트 빌딩이야. 펜과 펜의 아빠에게 맨해튼을 보여주고 싶어서 내가 가자고 제안했지. 예상대로 두 사람은 내내 벌어진 입을 다물지 못했단다."

짐은 카슨 부인을 쳐다보며 눈을 깜박거렸다. 그녀에게 중요한 무언가를 말하고 싶었지만 아무 생각도 나지 않았다. 대신 갑자기 부끄러워지면서 자신이 작아지는 느낌이 들었다.

"그런데 왜 여기 사세요?" 짐이 물었다.

카슨 부인은 잠시 당황한 표정을 지었다가 웃으면서 말했다. "그야 여기가 우리 집이니까 그렇지."

"아, 네."

짐은 카슨 부인을 따라서 진흙으로 얼룩진 뒷문 현관으로 나갔다. 뒷마당이 끝나는 곳에는 작은 개울이 흐르고 있었다. 개울 앞에 흔들의자 두 개가 놓여 있었는데, 그중 하나에 펜이 앉아 있었다. 펜을 본 순간, 짐은 계단 꼭대기에 그대로 발이 얼어붙었다.

"펜은 괜찮은가요?" 짐이 조심스럽게 물었다.

카슨 부인은 고개를 살짝 기울인 채 미소 띤 얼굴로 짐을 내려다보았다. 마치 짐이 안쓰럽다는 듯.

"펜은 괜찮단다. 내려가서 인사하는 게 어떠니? 펜은 너를 무척 기다리고 있어."

짐은 개울 쪽으로 무거운 발걸음을 옮겼다. 갑자기 이 세상에 대해 화가 났다. 자신을 여기까지 데려온 외삼촌들에게도 짜증이 났고, 이곳에 가도록 허락한 엄마도 원망스러웠다. 짐은 트럭으로 돌아가 외삼촌들이 올 때까지 기다릴까 하는 생각도 잠시 해보았다. 하지만 개울로 이어지는 내리막길을 걸어가는 두 다리를 멈출 수가 없었다. 펜은 엠파이어 스테이트 빌딩 꼭대기에 가본 소년이었다. 필라델피아 독립기념관까지 구경한 소년이었다. 짐은 그처럼 기막힌 경험을 한 소년에게 무슨 말을 해야 할지 몰랐다. 더구나 그 소년은 소아마비에 걸린 환자가 아닌가. 흔들의자 옆을 지난 순간, 짐은 높은 곳에서 뛰어내린 것처럼 가슴이 철렁 내려앉았다. 짐은 숨을 크게 한 번 들이마셨다가 내쉰 다음 천천히 뒤돌아섰다.

"안녕, 펜?"

"안녕, 짐?"

두 소년은 말없이 서로의 얼굴을 마주 보다가 누가 먼저랄 것도 없이 환하게 웃었다. 그러고는 어른이 시켜서 억지로 하는 것처럼 어색하게 악수를 나누었다. 짐은 자기도 모르게 펜의 두 다리에 눈길이 갔다. 그러자 펜이 손바닥으로 오른쪽 다리를 두 번 탁탁 때리면서 말했다.

"이쪽 다리야. 이 다리를 움직일 수가 없어."

"미, 미안해."

"괜찮아. 까딱했으면 더 심각한 상황에 빠졌을 수도 있었는데, 뭐." 펜은 왼쪽 다리를 구부렸다가 쭉 뻗어 보였다. "다행히 이쪽 다리는 멀쩡해."

"처음에 읍내 병원에서는 네가 죽을지도 모른다고 했어."

"여기서도 마찬가지였어."

"너도 네가 죽을 거라고 생각했어?"

"글쎄, 기억이 안 나."

짐은 말없이 땅에 떨어진 작은 나뭇가지를 발끝으로 건드리다가 다시 입을 열었다.

"혹시 또다시……?"

"그럴지도 몰라."

"정말?"

"윈스턴세일럼 병원의 의사가 그러는데 병이 재발할지도 모른대. 그건 아무도 확신할 수 없는 일이래."

"그렇구나."

"하지만 금방 익숙해져."

"느낌이 어떤데?"

"가끔 아플 때도 있지만, 보통 때는 그냥 잠든 것처럼 아무 감각이 없어."

펜은 또다시 오른쪽 다리를 찰싹 때리고는 가만히 내려다보았다. 짐도 따라서 그의 다리를 들여다보았다.

"봐, 아무렇지도 않지?"

"응, 진짜 그러네."

"야구 글러브는 왜 가져온 거야?"

펜의 물음에 짐은 자기도 모르는 물건이 저절로 생겨난 것처럼 글러브를 내려다보았다. 짐은 어깨를 살짝 으쓱하고는 글러브를 빼면서 말했다.

"너 한번 껴볼래?"

펜은 아랫입술을 깨물고 잠시 생각에 잠겼다.

"그럼 잠깐만 껴볼게."

펜은 글러브를 벌렸다 오므렸다를 반복했다. 얼굴에 가까이 들이대고 킁킁 냄새를 맡기도 했다. 그러고는 야구공을 글러브 안에 몇 번 넣었다가 뺐다. 그 모습을 가만히 지켜보던 짐이 벌떡 일어서서 한 걸음 뒤로 물러난 다음 두 손을 앞으로 뻗었다.

펜은 짐의 뜻을 눈치채고 그에게 공을 던졌다. 짐은 공을 받아서 다시 펜에게 던졌다. 그런데 그만 공이 글러브 끝을 스쳐서 땅에 떨어졌다.

"내가 주워올게." 짐이 말했다.

"실수로 놓친 거야. 실수로."

두 소년은 다시 말없이 몇 차례 공을 주고받았다. 펜은 다시는 공을 놓치지 않았다.

"봤지? 이쪽 다리만 빼고는 모든 게 다 정상이라니까." 펜이 말했다.

그러더니 이번에는 조금 더 세게 짐을 향해 공을 던졌다.

"그날 앨리스빌에서 있었던 일 기억나?"

짐이 그 말과 함께 다시 공을 던졌다. 펜은 공을 받아서 그대로 잡고 있었다. 고개를 숙인 채 공을 들여다보는 그의 표정은 잔뜩 일그러져 있었다.

"그 얘기는 하고 싶지 않아, 짐."

"기차에 타이 코브가 타고 있을 때 난 당연히 네게 글러브를 빌려줬어야 했어."

"괜찮아. 어쨌든 네 글러브잖아." 펜이 여전히 고개를 숙인 채 말했다.

"아니야. 내가 너무 이기적이었어. 내가 그렇게 이기적으로 굴지만 않았다면, 타이 코브에게 우리의 멋진 실력을 보여줄 수 있었을 거야."

"그만해, 짐."

"난 네게 사과하려는 거야."

펜이 갑자기 몸을 앞으로 숙이고 글러브로 얼굴을 가렸다. 심호흡을 하는 듯하던 펜은 끝내 양쪽 어깨를 들썩이기 시작했다.

"펜! 왜 그래? 무슨 일이야?"

펜은 글러브에 얼굴을 묻고 엉엉 울기 시작했다. "내가 쓰러지는 것을 그가 봤어! 내가 진흙탕에 코를 박고 엎어지는 걸 타이 코브가 봤다고!"

짐은 재빨리 달려가 그의 등을 토닥여주었다.

"아니야, 그렇지 않아. 타이 코브는 네가 쓰러지는 걸 못 봤어. 어쩌면 기차에 타고 있던 사람은 진짜 타이 코브가 아니었을지도 몰라. 그래, 확실해! 차장이 말한 사람은 그저 타이 코브를 닮은 사람이었을 거야. 설사 그가 진짜 타이 코브였다 해도, 아마 창밖을 내다보고 있지 않았을 거야."

펜은 자신의 등을 토닥이는 짐의 손을 밀쳐내며 소리쳤다.

"아니야! 그가 맞아! 너도 그렇다는 걸 알잖아!"

짐은 갑자기 목덜미에서부터 머리끝까지 열이 확 치밀어오르는 것을 느꼈다. 목청껏 소리 내어 엉엉 울고 싶은 기분이었다.

짐은 얼굴을 만져봤지만 아무런 느낌이 없었다. 주먹으로 눈을 비벼봐도 물기는 전혀 묻어나지 않았다.

"난 그냥 네가 나보다 야구 실력이 좋다는 말을 하고 싶은 거야. 난 너한테 글러브를 당연히 빌려줬어야 했어."

"그 얘기는 하고 싶지 않다고 말했잖아. 얼마나 더 같은 말을 반복해야겠어? 내 말 못 들었어? 너 귀머거리야?"

짐은 펜에게 내 귀는 멀쩡하다고 쏘아붙이고 싶었다. 하지만 입을 열려는 순간 펜이 소아마비에 걸렸다는 사실이 떠올랐다. 짐은 펜의 집 쪽으로 눈길을 돌렸다. 뒷문은 닫힌 상태였다. 짐은 말없이 펜의 옆 의자에 앉아서 가볍게 의자를 흔들었다. 어쩐지 세상 모든 사람에게 화가 났다.

잠시 후 펜이 의자에 앉아서 몸을 뒤로 기대고는 거칠게 숨을 몰아쉬었다. 그의 얼굴은 벌겋게 달아올라 있었다. 펜이 오른쪽 손등으로 눈가를 훔치면서 말했다.

"미안해."

"뭐가?"

"괜히 울고 징징거려서."

"괜찮아."

"아니, 안 괜찮아. 난 어린애가 아니잖아."

"난 너한테 어린애라고 한 적 없는데?"

"그냥 좀 피곤해서 그래. 난 정말 피곤할 때가 아니면 절대로 울지 않거든."

"나도 피곤하다. 꽤 오래 여행했거든."

짐은 일부러 크게 하품을 하고는 눈을 감고 의자에 등을 기댔다. 펜이 그 모습을 보고 말했다.

"우리 잠깐 쉬었다가 얘기하자."

"좋았어."

몇 분 뒤, 야구공을 쥔 펜의 손이 펴지면서 공이 툭 떨어졌다. 짐은 의자에서 일어나 개울 쪽으로 걸어갔다. 모래가 깔린 개울 바닥에는 경단고둥이 점점이 박혀 있었다. 짐은 나뭇잎 하나를 주워 물 위에 떨어뜨렸다. 나뭇잎 그림자가 경단고둥 위에 구름처럼 어두운 그늘을 드리웠다. 무심코 뒤로 돌아선 짐은 개울둑에 핀 철쭉 뒤에 놓인 휠체어를 보았다. 순간 사나운 들짐승과 마주치기라도 한 것처럼 가슴이 덜컥 내려앉았다. 짐은 허둥지둥 흔들의자로 돌아와서 잠든 펜의 얼굴을 들여다보았다.

펜의 얼굴은 여전히 붉게 달아올라 있었지만 입가에는 잔잔한 미소가 번져 있었다. 콧구멍을 통해 흘러나오는 숨소리는 낮고 안정적이었다. 짐은 펜의 손에 끼워진 자신의 야구 글러브를 한 손가락으로 살짝 만져보았다. 그러고는 떨어진 공을 주워 양손으로 몇 차례 주고받았다. 묵직한 공의 무게가 느껴지자 마음이 편해졌다. 잠시 후, 짐은 공을 다시 펜의 손에 끼워진 글러브 안에 집어넣었다. 그런 다음 발끝으로 살금살금 걷다가 마지막으로 뒤를 한 번 돌아보고는 빠르게 언덕을 뛰어올라갔다.

제노 삼촌은 트럭을 몰고 다시 도로로 들어섰다. 짐이 차창에 힘없이 기댔다.

"어디 아프니?"

짐은 눈을 감은 채 대답했다.

"그냥 좀 피곤한 것뿐이에요."

"펜은 어떻더냐?"

"잘 지내고 있어요."

"그런데 왜 아무도 안 보이는 거지?"

"다들 뒷마당에 계세요. 제가 모두에게 작별 인사를 하고 왔어요."

"그렇구나." 제노 삼촌은 곁눈으로 짐을 슬쩍 바라보았다.

"그런데 네 야구 글러브는 어디 있냐? 깜박 잊고 두고 온 거 아니냐?"

짐은 천천히 고개를 가로저었다.

"제가 펜에게 줬어요."

순간 제노 삼촌의 턱 근육 하나가 팽팽하게 당겨졌다. 그는 가

속페달에서 발을 뗐다가 다시 세게 밟았다.

"그랬구나. 펜이 좋아하던?"

"네, 삼촌. 무척 좋아했어요."

짐은 기분이 더 나빠졌다. 그 이유가 펜에게 글러브를 줬기 때문인지, 아니면 이제 곧 할아버지를 만나야 한다는 생각 때문인지는 짐 자신도 알 수 없었다. 짐의 마음속에서 할아버지는 항상 엄마가 들려주는 옛날이야기 속에 나오는 나쁜 사람들과 비슷했다. '파라오' '피 묻은 뼈다귀' '검은 수염'처럼 못된 꼬마들을 잡아가려고 마을 주변을 어슬렁거리는 유령이나 도깨비, 살인마와 다를 게 없다고 생각했던 것이다. 엄마는 짐이 착하게 굴면 아무도 한밤중에 데려가지 않을 거라고 했다. 또한 무슨 일이 있어도 할아버지에게 짐을 보여주지 않을 거라고 입버릇처럼 말했다. 그런데 지금 짐은 할아버지의 집으로 향하고 있었다! 마치 오랫동안 단단히 채워져 있던 그 방 자물쇠가 갑자기 풀리기라도 한 것처럼…… 짐은 당장 오늘 밤부터 잠자리에 들면 '피 묻은 뼈다귀'의 무시무시한 얼굴이 창문 밖에 나타나거나, 표범이 소름 끼치는 목소리로 이름을 부를 것 같은 불길한 생각이 들었다.

"할아버지는 어쩌다 그렇게 나쁜 사람이 된 건가요?"

짐의 갑작스러운 질문에 제노 삼촌은 잠시 망설이다 입을 열었다. "음, 그건 무척 설명하기 힘든 질문이구나. 인간은 모두 자기 안에 나쁜 마음을 어느 정도 갖고 있단다. 하지만 사람들은 대부분 그것을 밖으로 드러내지 않지. 해서는 안 될 말이나 행동을 스스로 제어할 수 있는 능력이 있으니까."

"그럼 삼촌도 나쁜 마음을 갖고 있어요?"

"약간은 있지."

"저도 언젠가 나쁜 사람이 될 수도 있을까요?"

제노 삼촌은 빙긋 웃으면서 짐의 눈앞에 대고 주먹을 가볍게 휘둘렀다.

"네가 스스로 범죄의 세계로 들어가고 싶어하지 않는 한 그럴 일은 없을 거다."

짐은 제노 삼촌의 농담에 살짝 미소를 지었다. 그러고는 외삼촌의 팔을 밀어내면서 중얼거렸다.

"저는 그저 할아버지 같은 사람이 되고 싶지 않을 뿐이에요."

"네 할아버지가 왜 그렇게 문제를 많이 일으켰는지 아니?"

"몰래 술을 만들어 팔아서요?"

"그것도 이유 중의 하나지. 그럼 몰래 술을 만들면 왜 문제가 생기는지 아니?"

"죄를 짓는 거니까 그런 거 아니에요?"

"그것 말고 또다른 이유 말이야."

짐은 고개를 절레절레 흔들었다.

"그건 말이다. 술을 한 통 만들 때마다 정부에 세금을 내야 하기 때문이야."

"그렇군요."

"만일 세금을 내지 않으면 세무서에서 나와 술 제조 시설을 부수고 그 사람을 감옥에 집어넣는단다. 그런데 예전에는 세무서에서 산골 사람들에 그리 큰 관심을 갖지 않았어. 당연히 산골 사람들도 세무서를 별로 신경 쓰지 않았고. 그래서 산골에서 술을 제조해 파는 것은 돈을 벌 수 있는 좋은 방법이었지.

네 할아버지가 문제를 일으키게 된 건 그만둬야 할 적절한 때를 몰랐기 때문이다. 그는 체리 바운스라는 아주 특별한 밀주를 만들었는데, 무척 인기가 많아서 저 멀리 샬럿이나 스파튼버그, 컬럼비아에서까지 사람들이 몰려와서 사갈 정도였단다. 애머스 영감은 무척 부지런했어. 그건 누구나 인정하는 사실이지. 린스 마운틴에 야생 체리가 익어갈 무렵이면 애머스 글래스는 어김없이 온 산을 뒤지며 체리를 땄어. 그렇게 잠시도 쉬지 않고 부지런히 술을 만들어 곧 큰 부자가 되었지. 그가 망가진 건 부자가 된 뒤에도 계속 돈 욕심을 냈기 때문이란다. 그는 산속 집에서 바로 길 하나만 건너면 되는 곳에 그럴듯하게 양조장을 지었어.

남의 눈에 쉽게 띄는 탁 트인 장소에 지은 커다란 벽돌 건물이었지. 그 안에는 그가 북부 어딘가에서 직접 구해온 황동 증류기도 있었어.

당연히 얼마 지나지 않아 애머스 영감에 대한 소문이 세무서에까지 알려졌지. 세무서에서는 곧장 가장 유능한 직원 두 명을 린스 마운틴으로 파견했어. 그런데 며칠 뒤 그 직원들은 겁에 잔뜩 질린 채 아무 소득 없이 돌아왔단다. 알고 보니 애머스 영감이 그들을 붙잡아 가두고 린스 마운틴에 다시는 접근하지 말라고 단단히 으름장을 놓았던 거야. 다시 한번만 세무서에서 사람을 보내면 그때는 그 사람을 죽여버리겠다고 위협했다더구나. 게다가 애머스 영감은 그것만으로는 부족하다고 생각했는지 노스캐롤라이나 주 샬럿의 한 신문사에 편지를 보내 린스 마운틴은 연방에서 탈퇴하겠다고 선언했단다."

"남북전쟁 때처럼 말인가요?"

"비슷해. 애머스 영감은 체리 바운스를 만드는 것이 하나님이 자신에게 내려준 특권이라고 믿었던 거야. 그게 아니라면 왜 하나님이 자신의 산에 체리를 열리게 해주셨겠냐는 거지. 그래서 그는 정부에서 자신에게 이래라저래라 명령하는 것을 받아들일 수 없었어. 그리고 다른 사람들도 모두 자기처럼 정부를 못마땅하게 여긴다고 믿었지. 만약 자신이 앞장서서 논쟁에 불을 붙이면 다른 사람들도 모두 들고일어나 함께 투쟁할 거라고 생각했어. 1861년 남부연합이 그랬던 것처럼 말이야. 애머스 영감은 전쟁 당시 젭 스튜어트* 아래에서 대위로 복무했고, 여전히 전쟁 결과에 대해 못마땅하게 생각하고 있었단다."

"그래서 어떻게 됐어요?"

"음, 세무서를 제외하고는 아무도 그에게 관심을 갖지 않았단다. 사람들은 그가 만든 술은 좋아했지만 애머스 글래스라는 인물에 대해서는 별 관심이 없었어. 그를 좋아하기는커녕 오히려 두려워했지. 게다가 산골 사람들 중에는 전쟁 때 북부를 지지한 이들이 많았어. 애머스 영감의 행동을 단순히 미친 짓으로 생각하는 이들도 많았고. 결국 그와 함께 투쟁에 나서기로 한 사람은 애머스 영감이 하는 일을 도우며 먹고사는 몇몇 노인뿐이었단다. 그것도 대부분 젠틴가 사람들이었지. 아무튼 그들은 다람쥐 사냥용 총으로 무장하고 세무서 사람들이 나타나기를 기다렸어."

"세무서 사람들이 진짜 왔나요?"

"물론 왔지. 세무서 직원을 납치하고 신문사에 편지까지 보낸 애머스 영감의 행동에 주지사와 정부 사람들이 아주 많이 화가

---

* 남북전쟁 당시 남군의 기병 지휘관으로 이름을 날린 군인.

났거든. 그들은 기관총으로 무장한 연방 보안관 일흔다섯 명을 산으로 올려보냈단다. 애머스 영감을 잡아오라는 특명을 내린 거지."

"그래서 전쟁이 일어났나요?"

"음, 사실 전쟁까지 갈 것도 없었단다. 처음에 애머스 영감과 그 일당은 도로에 장애물을 설치하고 세무서 사람들을 기다렸어. 하지만 적의 개틀링 기관총을 눈으로 확인한 순간 연방에서 탈퇴해야겠다는 마음이 싹 사라졌지. 그들은 곧장 걸음아 날 살려라 하고 뿔뿔이 숲 속으로 흩어졌어. 애머스 영감도 확실히 전세가 불리하다는 것을 깨닫고는 몸을 숨기려 했지만 너무 늙은데다 도움을 청할 사람도 없었어. 결국 하루인가 이틀 뒤, 옥수수 창고에 숨어 있다 세무서 사람들에게 붙잡혔단다. 그들은 애머스 영감을 집 뒤로 끌고 가 그가 지켜보는 앞에서 양조장에 불을 질렀어. 네 아빠 말로는 불타는 양조장을 지켜본 것이 생애 첫 기억이라더라. 그게 1904년 일이니까 네 아빠가 아주 어렸을 때지. 세무서 사람들이 그나마 집에 불을 지르지 않은 건 어린 네 아빠 때문이었단다. 그들은 애머스 영감을 산에서 끌고 내려와 종신형을 내렸어. 하지만 구 년 뒤에 감옥에서 풀어주었지."

"감옥에서 나온 뒤에도 여전히 심술궂게 행동했나요?"

"그래. 오히려 전보다 훨씬 더 심해졌지. 애머스 영감은 감옥

살이를 하고 나온 뒤에도 변한 게 전혀 없었단다. 달라진 게 있다면 더 늙고, 이전만큼 술을 잘 만들지 못한다는 것이었어. 소문에 따르면, 그는 린스 마운틴에 돌아온 뒤 단 한 번도 체리 바운스 고유의 맛을 살려내지 못했다더라. 심지어 도수도 제대로 맞추지 못해서 한 모금 마시기도 힘들 정도였대. 그런 술은 마셨을 때 취하기는 해도 맛은 형편없지. 애머스 영감이 어린 아들과 아내를 그토록 학대한 것도 다 그래서였다고 하더라. 모든 것을 잃은 그에게 남은 건 심술뿐이었던 거지."

"언젠가 아빠가 할아버지의 증류기에 총을 쏴서 구멍을 낸 적도 있대요." 짐이 카슨 씨에게 들은 이야기를 했다.

"그래, 짐. 네 아빠는 매우 용감한 사람이었단다. 들리는 얘기로는 애머스 영감은 한창때 사람을 한두 명 죽였다던데, 네 아빠가 증류기를 총으로 쏜 것에 비하면 그건 아무것도 아니지."

짐은 월계수 덤불 아래 몸을 웅크리고 할아버지의 증류기를 향해 조심스럽게 총을 겨누는 아버지의 모습을 머릿속에 그려보았다. 그러자 아버지의 자부심과 용기가 짐에게 고스란히 전해져오는 듯한 기분이 들었다.

"아빠는 이 세상의 그 무엇도 두려워하지 않았어요." 짐이 혼잣말처럼 중얼거렸다.

제노 삼촌이 물었다. "할아버지가 두렵니?"

"아니요!" 짐은 거짓말을 했다.

"잘됐구나. 이제 그의 집에 다 왔거든."

짐은 움찔하며 주위를 둘러보았다. 트럭은 솔송나무와 월계수, 키 큰 백송이 우거진 서늘한 숲길을 지나고 있었다. 하지만 사람이 사는 집의 흔적은 어디에도 보이지 않았다. 앞에는 잔물결이 이는 얕은 개울이 흐르고 있었다. 제노 삼촌은 개울 한가운데서 차를 멈춰 세웠다. 하류 쪽에서는 우렁찬 폭포 소리가 들렸고, 상류 쪽에는 수영이나 낚시를 하기에 적당한 널따란 초록빛 웅덩이가 보였다. 웅덩이 가장자리 둑에는 월계수 덤불이 무성하게 자라고 있었는데, 특이하게도 근처 얕은 웅덩이의 물이 진흙으로 부옇게 흐려져 있었다.

"이게 페인터 시내란다." 제노 삼촌이 말했다. "저 위에 샘이 세 개 있는데, 그중 하나에서 흘러나온 물이지. 그런데 아무래도 방금 전에 무언가가 물에서 기어나와 월계수 덤불 사이로 들어가버린 것 같은데."

"그게 뭐였는데요?"

"나도 모르지." 제노 삼촌은 다시 운전대를 잡고 개울에서 벗어나 둑 위로 올라갔다.

다음 커브 지점 근처에 페인트칠이 안 된 기다란 엽총 주택* 한 채가 있었다. 제노 삼촌은 그 집 앞마당으로 들어가서 차를 세웠다. 마당에는 돼지풀과 사초가 무성하게 자라고 있었고, 녹슨 레오 트럭 한 대가 웅크리고 있었다. 집은 아무도 살지 않는 폐가처럼 보였다. 양철 지붕은 금방이라도 내려앉을 것처럼 휘어졌고, 돌로 된 기둥은 위쪽이 허물어진 상태였다. 그 사이로 햇빛이 보였다. 집 벽면에 붙인 판자는 못이 빠져서 나무에서 깎아낸 대팻밥처럼 뒤로 휘어 있었다. 한마디로 집은 짐이 그때까지 본 건물 중에서 가장 길고 우스꽝스럽게 생겼다. 집 안에서 자신을 기다리고 있는 사람이 누구인지 몰랐다면 짐은 아마 배꼽을 잡고 웃었을 것 같았다.

"여기가 네 할아버지 집이란다." 제노 삼촌이 말했다.

"네."

"전쟁이 끝난 직후 글래스 씨가 손수 지은 집이야."

"집이 왜 이렇게 길어요?"

"글쎄다. 사람들 얘기로는 글래스 씨가 어떻게 집을 짓기 시작해야 하는지는 알았지만 어떻게 끝내야 하는지를 몰라서 그랬다고 하더구나."

"아."

"본인 말로는 높이로는 일층집이지만 길이로는 오층집이라고

---

* 남북전쟁 당시 유행한 폭이 매우 좁고 기다란 형태의 집. 미국 남부의 하층민들이 주로 거주했다.

하더라."

"그럼 여기서 아빠가 태어나신 건가요?"

"그래. 태어나서부터 마을로 내려오기 전까지 줄곧 여기서 살았지."

"지금 할아버지가 이 안에 계세요?"

"아마 그럴 거야. 몹시 편찮으시다는 얘기를 들었으니까. 마음의 준비는 됐니, 짐?"

짐이 대답을 하려는 순간 느닷없이 열네다섯 살쯤 되는 소녀 둘이 월계수 덤불에서 뛰어나왔다. 사슴처럼 다리가 긴 두 소녀는 곧장 집 뒤쪽으로 후다닥 달아났다. 물에 젖은 머리는 제멋대로 엉켜 있었고, 옷도 가냘픈 옆구리에 찰싹 달라붙은 채였다.

"어라? 저게 뭐지?" 코란 삼촌이 트럭 뒤에서 소리쳤다.

"이제야 아까 웅덩이에서 헤엄을 친 주인공이 누구였는지 알겠구나." 제노 삼촌이 말했다.

짐이 놀란 눈으로 물었다. "누군데요?"

"그야 나도 모르지. 하지만 이제 곧 알게 될 거다."

제노 삼촌은 낡은 레오 트럭 옆에 나란히 차를 세웠다. 방충망이 처진 문 뒤로 집 안의 뒷문까지 훤히 들여다보였다. 뒷문 틈새로 직사각형 모양의 눈부신 햇살이 새어들어오고 있었다. 그러나 앞문과 뒷문 사이의 공간은 불길한 느낌이 들 정도로 컴컴했다. 제노 삼촌이 트럭 경적을 울렸다. 하지만 기다려봐도 집 안에서는 아무런 반응이 없었다. 삼촌은 차에서 내려 집 주변을 둘러보기 시작했다. 그때였다. 벽 뒤에서 한 소녀가 갑자기 얼굴을 쏙 내밀었다가 방충망 문 오른쪽으로 휙 사라졌다. 뒤이어 그 소녀와 똑같이 생긴 또다른 얼굴이 방충망 왼쪽 벽에서 나타났다가 마찬가지로 급히 사라졌다. 제노 삼촌이 걸음을 멈추고 큰 소리로 외쳤다.

"계십니까?"

"누구세요?" 소녀의 목소리였다.

"그러는 너희는 누구지?"

"저희가 먼저 물었잖아요."

"나는 앨리스빌에서 온 제노 맥브라이드라고 한다. 저기 트럭 뒤에 타고 있는 사람들은 내 동생 코란과 알이고, 트럭 앞에 탄 소년은 내 조카 짐이야. 애머스 영감님의 손자이기도 하지."

"애머스 할아버지한테 손자는 없는데요?" 또다른 소녀의 목소리였다.

"이애는 애머스 영감님의 아들인 짐 글래스의 아들이란다."

제노 삼촌의 설명에 이번에는 아무런 대답도 나오지 않았다.

상황을 지켜보던 코란 삼촌이 트럭 뒤에서 외쳤다. "오늘이 이 녀석 생일이야!"

집 안에서 두 소녀가 낮은 목소리로 옥신각신하는 소리가 들려왔다. 잠시 후 두 소녀가 다시 얼굴을 내미는가 싶더니 이내 벽 뒤로 쏙 사라져버렸다.

첫번째 소녀가 안에서 외쳤다. "애머스 할아버지는 가진 게 하나도 없는 빈털터리예요!"

"설사 숨겨놓은 돈이 있다고 해도 그건 우리 아빠한테 줘야 할 돈이에요. 우리가 여기 머무는 대가로요." 두번째 소녀가 말했다.

첫번째 소녀가 나지막한 소리로 나무랐다. "야, 그런 얘기는 뭐 하러 해?"

제노 삼촌은 모자를 벗어 손가락으로 머리를 쓱쓱 빗어 넘겼다. 그러고는 기도를 하듯 잠시 하늘을 올려다보다가 다시 모자를 눌러쓰고 엄격한 목소리로 말했다.

"으흠, 지금부터 내가 하는 말 잘 들어라. 우리는 돈을 원해서 여기 온 게 아니란다. 지금 이 마당에 돈이 떨어져 있다고 해도 우리는 절대로 그 돈을 줍지 않을 거야."

집 안에서는 쥐 죽은 듯 아무 소리도 나지 않았다. 얼마 후 마침내 두 소녀가 동시에 천천히 고개를 내밀었다. 갈색 눈동자에 입술이 뾰로통하게 나온, 조금 길지만 예쁘장한 얼굴이었다. 특이한 점은 쌍둥이인 코란 삼촌과 알 삼촌보다 더 많이 닮았다는 것이었다. 두 소녀는 윗니로 아랫입술을 깨문 채 짐과 외삼촌들의 얼굴을 차례로 유심히 살폈다. 짐은 그런 소녀들이 어딘지 모르게 조금 야생적이라고 느꼈고, 그래서 트럭에서 내리고 싶지 않았다.

"돈을 원하는 게 아니라면 여긴 무슨 일로 왔죠?" 왼쪽에 있는 소녀가 물었다.

"우리는 그저 너무 늦기 전에 애머스 영감님과 짐을 만나게 해주려고 온 거란다. 짐은 애머스 영감님의 하나뿐인 혈육이니까. 우리가 원하는 건 그뿐이야."

소녀들은 잠시 생각에 잠겼다가 서로를 마주 보았다. 그러더니 다시 몸을 돌려 마당을 향해 섰다.

"할아버지를 만나볼 수는 있어요. 하지만 일단 좀 기다리셔야 해요." 오른쪽에 있는 소녀가 말했다.

"우리는 온몸이 홀딱 젖었거든요." 왼쪽에 있는 소녀가 한마디 덧붙였다.

"야, 입 다물어!"

"뭐 어때? 사실이잖아."

보다 못한 제노 삼촌이 말했다. "알았다. 여기서 기다리고 있을 테니 준비가 되면 알려다오."

양조장은 벽을 온통 뒤덮은 덩굴옻나무와 주변을 에워싼 덤불 때문에 알아보기가 힘들 정도였다. 제노 삼촌이 손가락으로 가리켜주지 않았다면 짐은 그곳에 양조장이 있는지도 몰랐을 것이다.

"이게 다예요?" 짐이 제노 삼촌에게 물었다.

"그래. 남은 건 이게 다지. 애머스 영감이 이걸 볼 때마다 얼마나 괴로울지 짐작이 가는구나."

짐은 덩굴옻나무가 줄기를 뻗어 자신을 휘감을까봐 두려운 듯 주춤주춤 폐허를 향해 다가갔다. 덩굴이 벽 장식처럼 출입문을 막아서 들어갈 수 없었지만 창문이 있던 자리를 덮고 있는 덩굴과 아래쪽 창틀 사이에 짐이 간신히 통과할 만한 크기의 틈이 나 있었다. 짐은 허리를 굽히고 조심스럽게 그 틈 사이로 들어갔다. 한때는 길고 좁다란 방이었을 공간에는 이제 미루나무가 작은 숲을 이루고 있었다. 시멘트 바닥은 대부분 부스러져 흙과 구분이 가지 않을 정도였다. 미루나무는 아직은 키가 벽보다 작았지만 직사각형의 푸른 하늘을 향해 열심히 자라고 있었다. 바깥쪽과 달리 안쪽 벽은 아직까지는 덩굴옻나무에 점령당하지 않은 상태였다. 대신 새순이 돋은 덩굴 줄기가 정찰병처럼 벽 위쪽과 창문을 통해 기어들어오고 있었다. 남쪽 벽 창문을 덮은 덩굴 잎사귀에 햇살이 비쳐 초록빛 그림자를 잿빛 바닥에 드리웠다.

짐은 미루나무 사이를 비집고 들어가 가장 끝에 있는 벽으로 향했다. 특별한 목적이 있어서 그런 것은 아니었다. 짐은 바닥에서 나무들이 없어지고 바닥과 하늘 사이에 지붕이 있는 양조장의 모습을 상상해보았다. 지붕 아래에서 할아버지는 허리를 굽혀 부글부글 끓는 증류기 안을 들여다보고 있고, 밖에서는 세무서 사람들이 횃불을 들고 지키고 있는 광경을. 하지만 아무리 애써봐도 구체적인 그림은 그려지지 않았다. 짐의 머릿속에 떠오르는 것은 그저 아무 의미 없이 움직이는 어둡고 흐릿한 그림자들뿐이었다. 건물이 너무 낡고 망가져 있어 예전의 모습을 상상하기가 힘들었다. "이 건물이 불타는 모습을 아빠가 지켜보셨잖아" 하고 되뇌어봐도 짐 자신이 아닌 다른 사람이 이 공간에 서 있는 모습은 쉽게 머릿속에 그려지지 않았다.

짐은 벽 앞에 서서 양 손바닥을 벽돌에 찰싹 붙였다. 마치 승부가 아슬아슬한 야구 경기에서 베이스에 손을 갖다대듯이. 발밑에는 석탄 덩어리며 깨진 유리 조각, 사금파리 등이 여기저기 어지럽게 흩어져 있었다. 짐은 작은 시멘트 덩어리를 주워서 벽에 '짐'이라고 썼다. 그러고는 가장 가까이 있는 창문 쪽으로 시멘트 덩어리를 던졌다. 시멘트는 창문을 덮은 덩굴옻나무 줄기를 뚫고 밖으로 날아갔다. 짐은 자리에 쭈그리고 앉아서 깨진 그릇 조각을 주머니 가득 채워넣었다. 마치 사금파리를 가져가려고 이곳에 오기라도 한듯. 그때 제노 삼촌이 덩굴들 사이로 불쑥 얼굴을 들이밀고 말했다.

"이제 그만 나와라, 짐. 시간이 됐다."

현관 계단 꼭대기에 소녀들이 맨발로 서 있었다. 그들은 교회에 갈 때 입는 단정한 원피스 차림이었지만 옷이 너무 작아서 몸에 꽉 끼었다. 젖은 머리는 깔끔하게 빗어서 커다란 리본으로 묶고 있었다.

"저는 애다라고 해요." 왼쪽에 있는 소녀가 말했다.

"전 베스예요." 오른쪽에 있는 소녀가 이어 말했다.

왼쪽 소녀가 곧장 정정하고 나섰다. "정확히 말해 레호베스지."

베스는 자기 언니를 살짝 노려보고는 조금 작은 목소리로 말했다.

"성경에 나오는 이름이라 그래요."

애다가 코란 삼촌과 알 삼촌을 유심히 바라보며 물었다. "그런데 아저씨들은 쌍둥이인가요?"

코란 삼촌과 알 삼촌은 머쓱한 표정으로 서로를 마주 보았다.

"아니." 코란 삼촌이 말했다.

애다의 얼굴에 미소가 살짝 번졌다. 그녀는 고개를 천천히 옆으로 기울이면서 말했다.

"아저씨들 몇 살이에요?"

"네가 보기엔 우리가 몇 살일 것 같니?" 코란 삼촌이 되물었다.

제노 삼촌이 두 사람의 대화를 가로막고 나섰다. "쓸데없는 얘기는 그만들 해. 얘야, 너희 아버지가 누구시니?"

코란 삼촌이 짐을 향해 윙크를 했다.

"로블리 젠틴 씨예요." 베스가 대답했다.

"그럼 짐과 너희는 친척이구나. 짐의 친할머니가 너희 아버지의 누이니까."

"저희도 알아요." 베스가 짐에게 눈길조차 주지 않은 채 쌀쌀맞게 말했다.

"그런데 너희는 왜 여기 사는 거니?" 알 삼촌이 물었다.

"아빠가 그러라고 했거든요. 저희는 너무너무 싫지만요." 애다가 말했다.

베스가 반박하고 나섰다. "아니, 싫지는 않아."

"아니야, 싫어. 애머스 할아버지는 성질이 너무 괴팍해요. 그래서 우린 다른 데서 살고 싶어요."

애다는 그렇게 말하고는 짐을 매섭게 쏘아보았다. 짐은 애다가 계단에서 뛰어내려와 자기에게 달려들까봐 겁이 났다.

"애머스 영감님을 좀 뵐 수 있을까?" 제노 삼촌이 물었다.

"집 안에는 못 들어와요." 애다가 단호하게 말했다.

베스도 한마디 거들었다. "우리 아빠가 아무도 집 안에 들이지 말라고 했어요."

"대신 저기로 안을 들여다보는 건 괜찮아요." 애다가 현관문 오른쪽에 있는 창문을 가리키며 말했다. "애머스 할아버지는 침대에 누워 계시거든요."

짐은 외삼촌들을 뒤로한 채 계단을 올라가기 시작했다. 애다와 베스가 옆으로 비켜서며 길을 터주었다. 현관 앞에 다다른 짐은 두 발이 몸과 분리된 듯한 느낌에 발밑을 내려다보았다. 가죽단화를 신은 그의 발은 낡은 나무 바닥에 붙어 있지 않고 둥둥 떠 있는 것 같았다. 짐은 창문에 처진 방충망을 조심스럽게 손끝으로 건드려보고는 방충망 가까이 얼굴을 가져다댔다. 순간 시큼한 악취가 훅 끼쳤고, 짐은 깜짝 놀라 뒤로 물러섰다. 목구멍 깊은 곳에서 녹슨 철사 맛 같은 신물이 올라오는 것이 느껴졌다.

이윽고 어둠에 눈이 익숙해지자 창문 가까이에 놓인 침대가 보였다. 침대 가운데에는 한 노인이 알몸에 얇은 홑이불을 허리쯤까지 덮은 채 누워 있었다. 노인의 몸은 뾰족한 막대기에 얇은 잿빛 종이를 씌워놓은 것처럼 바싹 말라 보였다. 누런 손톱과 발톱은 독수리처럼 끝이 휘었고, 길고 하얀 머리털은 마구 엉클어져 있었다. 홀쭉한 두 뺨은 지저분하고 텁수룩한 흰 수염으로 덮여 있었다. 시커멓고 두툼한 입술 사이로는 듣는 사람을 불안하게 만드는 나지막한 쇳소리가 흘러나왔다. 짐은 순간 울컥했다. 할아버지가 곧 돌아가실 거란 직감이 들었다.

짐은 엄마와 외삼촌들의 이야기를 통해 마음속에 아버지의 존재를 어렴풋이 그려왔다. 하지만 할아버지를 눈앞에서 지켜보는 이 순간만큼 아버지의 존재가 현실적으로 느껴진 적은 없었다. 그 전까지 짐은 항상 아버지와 술래잡기 놀이 같은 걸 하고 있다고 생각했다. 눈에 보이지만 않을 뿐 아버지는 어딘가에 숨어서 짐이 문 뒤나 침대 밑을 찾아보는 동안 계속 지켜보고 있다고. 또한 짐은 그런 일이 실제로 일어날 수 없다는 것을 알면서도 남몰래 생각하곤 했다. 어쩌면 내일 아버지를 만날 수 있을지도 모른다고. 숲 속 오솔길에서 아버지와 마주치거나 강가 바위 위에 앉아 있는 아버지를 발견할지도 모른다고. 하지만 이제 눈앞에 누워 있는 할아버지를 보면서 짐은 그것이 결코 실현될 수 없는 일이라는 것을 확실히 깨달았다. 할아버지가 죽으면 아버지도 성경 속 인물처럼 얼굴도 모르는 과거의 사람이 되어 결코 볼 수 없는 먼 곳으로 가버릴 것이었다. 그러면 짐은 이 세상에 완전히 혼자 남겨진 듯한 느낌을 받게 될 것이었다. 그것은 이전까지 느꼈던 외로움과는 차원이 다른 절대적인 고독감일 터였다.

짐은 방충망에 코가 닿을 정도로 바싹 창문에 다가갔다. 할아버지의 숨소리는 강둑 위로 밀려온 물고기처럼 절망적이었다. 자신이 살던 세계에서 멀어져 자극적인 빛과 낯선 공기 속에서 살기 위해 버둥거리는 물고기. 짐은 보잘것없는 소지품 몇 가지를 자루에 넣어 어깨에 둘러메고 길을 나서는 젊은 아버지를 보았다. 아버지가 짐을 바라보며 손을 흔들었다. 짐은 집게손가락으로 방충망을 부드럽게 긁어내렸다. 갑자기 방충망 너머로 목소리를 전달할 수도 없을 만큼 온몸의 힘이 스르르 빠져나간 느낌이 들었다.

"할아버지……?" 짐이 속삭이듯 할아버지를 불러보았다.

아버지가 뒤돌아 길을 따라 걷기 시작했다.

"할아버지? 저예요. 짐."

짐이 다리에 힘이 빠져 막 쓰러지려는 순간 애머스가 눈을 떴다. 애머스의 푸른 눈동자는 짐이 이야기 속에서 들었던 대로 강렬하게 빛났다. 다만 눈동자의 푸른빛은 백내장 때문에 물에 반사된 혹은 불투명 유리를 통해 보는 하늘빛처럼 흐릿해 보였다.

"안녕하세요, 할아버지? 할아버지를 뵙고 싶어서 왔어요."

애머스는 아무런 대답이 없었다. 짐은 할아버지와 눈을 맞추기 위해서 고개를 약간 옆으로 기울였다. 하지만 고개를 이리저리 계속 움직여봐도 할아버지의 눈은 계속 짐이 아닌 다른 어딘가를 바라보고 있었다. 할아버지의 눈이 다시 감기자 짐은 방충망에서 손을 떼고 뒤돌아서 애다와 베스에게로 돌아왔다.

"내가 누군지 못 알아보셔."

짐의 말에 애다가 시큰둥하게 대답했다. "너뿐만 아니라 다른 누구도 못 알아보셔."

짐은 계곡 꼭대기 근처의 산등성이에 비죽 튀어나온 작은 바위 위로 올라갔다. 그러자 짐의 키가 외삼촌들과 거의 비슷해졌다. 늦은 오후의 햇살은 그들 아래쪽 어딘가에 고여 있다가 올라오는 것처럼 보였다.

"여기서 내려다보는 풍경이 어떠냐, 짐?" 제노 삼촌이 물었다.

짐은 말없이 어깨만 으쓱했다. 어디를 봐야 할지, 무슨 말을 해야 할지 몰랐기 때문이다. 초록빛 전원에는 눈에 띄는 사람의 모습이나 건물이 보이지 않았다. 짐은 태어나서 지금까지 한곳에서 살면서 하나의 산만을 올려다보았다. 산꼭대기에서 내려다보면 그곳이 얼마나 다르게 보일지 생각해본 적도 없었다. 짐이 이전까지 알던 세상은 지금 이 순간 내려다보는 세상과 아무런 관련이 없는 것 같았다.

"우리 집은 어느 쪽이에요?" 짐이 물었다.

제노 삼촌이 아래쪽에 있는 계곡을 가리켰다.

"저기 가운데를 봐라. 아까 우리가 온 길이 바로 저 길이야."

짐은 삼촌이 가리키는 곳으로 눈길을 돌렸다. 햇살 아래 어렴풋이 반짝이는 붉은 흙길과 주변 풀밭을 거니는 암소 몇 마리가 눈에 들어왔다.

"길 건너편을 한번 봐라." 코란 삼촌이 말했다. "길게 이어진 잡목림이 보이지? 그쪽이 페인터 시내야."

코란 삼촌이 가리키는 곳을 따라가자 정말 나무들 사이로 물이 흐르고 있었다. 햇빛을 받아 반짝반짝 빛나는 페인터 시내를 바라보며 짐은 가만히 고개를 끄덕였다.

알 삼촌이 말했다. "이제 시내를 따라서 강 쪽으로 쭉 가봐. 그럼 우리가 사는 집이 나올 거야."

페인터 시내는 그날 아침 짐 일행이 트럭을 타고 지나온 언덕들 사이로 굽이굽이 이어지다 반대 방향으로 빠져나갔다. 짐은 시내에서 눈길을 떼지 않고 쭉 따라갔다. 들판을 가로질러 곧게 뻗은 간선도로가 나타나자 그때부터는 방향을 확신하고 자유롭게 그 주변을 둘러보았다. 간선도로 저 멀리에는 철로가 있었다. 간선도로와 철로를 따라 동쪽으로 계속 시선을 돌리다보니 마침내 햇살 아래 반짝이는 외삼촌들의 조면소가 보였다.

조면소의 위치를 확인하자 사료 가게와 역과 외삼촌들의 집은 쉽게 찾을 수 있었다. 읍내 소년들과 산골 소년들이 야구 시합을 하던 운동장과 학교도 금세 눈에 들어왔다. 짐은 교회와 호텔, 마을의 여러 집, 창고, 헛간 등을 하나하나 확인했다. 모든 것이 제자리에 그대로 있었다. 짐은 이 세상에서 앨리스빌이 차지하는 공간이 얼마나 작은지 깨닫고는 깜짝 놀랐다. 짐이 없는 동안 마을이 완전히 사라져버린다고 해도 세상은 크게 달라지지 않을 터였다. 짐은 마음의 눈으로 외증조할아버지가 마을을 측량할 때 그랬던 것처럼 앨리스빌에 동그라미를 그려보았다. 우울한 기분은 나아지지 않았다. 짐은 자신이 동그라미 안에서 할 수 있는 일 가운데 동그라미 밖 사람들에게까지 중요하게 여겨질 일은 아무것도 없다는 것을 깨달았다.

어느덧 해가 뉘엿뉘엿 기울었다. 짐과 외삼촌들은 그날의 마지막 햇빛이 그들이 서 있는 바위를 향해 천천히 올라오는 것을 가만히 지켜보았다. 황금빛 햇살 뒤로는 어둑어둑한 저녁 하늘이 따라오고 있었다. 짐과 외삼촌들은 얼굴을 비추던 햇빛이 사그라지자 곧바로 몸을 돌리고는 햇빛이 산꼭대기를 넘어가는 모습을 지켜보았다. 햇살을 받아 반짝거리는 산꼭대기의 나무 한 그루가 어둠에 맞서 끝까지 싸우려는 듯한 반항적인 인상을 풍겼다. 해가 완전히 지자 느닷없이 싸늘한 바람이 불어와 짐의 바짓단을 펄럭였다. 짐은 산을 내려가기 전에 마지막으로 산 아래 경치를 감상하려고 다시 외삼촌들과 함께 뒤돌아섰다. 가장 밝은 부분을 제외한 거의 모든 초록빛이 생기를 잃어버리고 대신 푸르스름한 어둠이 그 자리를 채우고 있었다. 페인터 시내를 따라 늘어선 나무들 사이로 희부연 안개가 천천히 퍼지고 있었다. 짐은 바위에서 뛰어내려 다시 집이 있는 쪽을 바라보았다. 제노 삼촌 집에서 빛이 깜박거리고 있었다.

"네 엄마구나. 네 엄마가 현관 앞 등에 불을 밝혔어." 코란 삼촌이 말했다.

알 삼촌이 중얼거렸다. "시시를 혼자 두고 오는 게 아니었는데…… 우리 중 한 사람은 집에 남아 있어야 했어."

멀리서 바라보는 불빛은 주변을 에워싼 엄청난 공허함에 맞서 싸우느라 힘겹게 깜박거리는 것처럼 보였다. 짐은 눈을 감았다. 엄마가 현관 앞에 서서 산을 올려다보았다. 짐이 어디쯤 있을까 생각하고 있는 게 분명했다. 엄마가 숲 속 오두막 앞 눈밭에 주저앉았다. 펜의 손에 힘이 풀리면서 야구공이 풀밭 위에 툭 떨어졌다. 할아버지가 흐릿한 푸른 눈동자로 짐의 얼굴이 아닌 다른 어딘가를 바라보았다. 애다와 레호베스가 아랫입술을 깨문 채 코란 삼촌과 알 삼촌을 따라 트럭까지 쫓아왔다. 화이티가 짐에게 야구공을 주었다. 짐은 그 공을 던져 펜의 등을 맞혔다. 에이브러햄이 짐에게 사과 한 조각을 주었다. 아버지가 목화밭을 가로질러 짐 쪽으로 걸어왔다. 그리고 어느 순간 손에 든 괭이를 떨어뜨리고 한 발짝 더 내딛는가 싶더니 그대로 땅바닥에 쓰러졌다.

다시 눈을 떴을 때 제노 삼촌이 코앞에 얼굴을 바싹 들이대고 있었다. 알 삼촌과 코란 삼촌은 짐의 양옆에 무릎을 꿇고 있었다.

"짐, 왜 그러니? 무슨 일이야?" 제노 삼촌이 물었다.

짐은 말없이 산 너머 세상을 향해 손을 흔들었다.

그 모습을 본 제노 삼촌이 얼굴을 찌푸리며 고개를 설레설레 저었다.

"너무 커요." 짐이 말했다.

"뭐가?"

"이 세상 모든 것이요."

"무슨 말을 하는지 모르겠구나, 짐."

"저는 그냥 어린아이일 뿐이잖아요." 짐이 말했다.

제노 삼촌은 잠자코 발뒤꿈치로 서서 몸을 앞뒤로 흔들며 코란 삼촌과 알 삼촌을 번갈아 바라보았다. 그러고는 짐을 향해 환하게 웃으며 말했다.

"그건 우리도 알아. 하지만 너는 그냥 아이가 아니야. **우리가 사랑하는 아이란다.**"

감사의 말

고든 카토, 찰스 얼리와 그의 아내 레바, 도널드 벨과 그의 아내 루스, 삼위일체 감독파 신학교, 시사이드 연구소, 사우스 대학교, 밴더빌트 대학교 등 이 책이 출간되기까지 물심양면으로 도와준 사람들과 단체에 감사의 말을 전한다.

『소년 짐』이라는 제목은 1952년 노스캐롤라이나 주 레이크 루어의 짐 워시번이 펴낸 동명의 작품에서 따온 것이다. 내가 그보다 더 나은 제목을 생각해낼 수 있었다면 결코 그 제목을 차용하지 않았을 것이라는 점을 워시번 가족에게 전하고 싶다.

토니 얼리와의 인터뷰

당신에게 문학적 영향을 준 사람은 누구이고, 그 영향은 구체적으로 어떤 것인가?

아내는 우리 집안사람들 모두가 이야기꾼 기질을 갖고 있다고 말한다. 물론 세상의 모든 가족이 이야기꾼 기질을 갖고 있지는 않을 것이다. 그렇게 본다면 내게 처음으로, 그리고 아주 지대한 영향을 준 것은 바로 가족일 것이다. 내가 특별히 자세한 조사를 하지 않고도 대공황 시대에 대해 쓸 수 있었던 것도 가족들에게 그 시절 삶에 관한 이야기를 수없이 들었기 때문이다. 그 이야기를 얼마나 많이 들었는지 내가 그 시절을 직접 살았던 것처럼 느껴질 정도다. 할머니에게서 당시의 삶 이야기를 들을 때마다 그 시대의 풍경이 머릿속에 그려지곤 했다. 다른 작가에게

서 받은 영향은 딱 집어 설명하기가 힘들다. 나는 지금까지 수많은 책을 읽었는데, 그걸 통해 많은 걸 배운 것 같다. 하지만 무엇을 배웠는지는 정확히 모르겠다. 내가 가장 좋아하는 문학작품을 꼽으라면 윌라 캐더의 『나의 안토니아』와 『대주교에게 죽음이 오다』이다. 윌라 캐더가 작가 중에서 내게 가장 큰 영향을 미친 작가인지는 잘 모르겠다. 아무튼 그녀의 영향을 전혀 받지 않았다고는 할 수 없을 것이다.

스스로 미국 남부 문학 작가라고 생각하는가? 자신이 남부 문학의 위대한 전통을 이어받았다고 생각하는가, 아니면 보편적인 현대 청소년 문학 작가에 더 가깝다고 생각하는가?

나는 스스로 남부 문학 작가라고 생각한다. 내가 태어난 곳이 남부이고, 그 지역에 관한 글을 쓰기 때문이다. 좀더 구체적으로 말하자면, 나는 노스캐롤라이나 작가다. 다른 지역을 배경으로 쓴 작품도 내용은 모두 노스캐롤라이나 사람들에 관한 것이다. 기본 전통에 어긋나지 않는 한 나는 굳이 하나의 틀에 나를 억지로 끼워 맞추려고 애쓰지 않는다. 그보다는 내 안의 여러 가지 생각을 다양한 틀에 끼우는 편이다. 물론 신구를 막론하고 뛰어난 남부 문학 작가들이 내게 영향을 준 것은 사실이다. 하지만 나는 다른 사람이 아닌 나만의 독창적인 목소리를 내고 싶다. 작가가 자신의 작품에 대해 들을 수 있는 가장 가혹한 평은 '모방작'이라는 말이다.

당신은 첫 장편소설이 출간되기도 전에 〈그랜타〉와 〈뉴요커〉에서 발표한 '이 시대 최고의 젊은 작가' 중 한 명으로 선정되었다. 작가로서 일찍부터 그처럼 높은 평가를 받게 된 소감이 어떤가?

〈뉴요커〉에서 선정되었을 때는 무척 즐거웠다. 나는 선정된 다른 작가들과 함께 사진을 찍기 위해 캠핑카를 빌려 오십 블럭이나 떨어진 촬영장으로 갔다. 거기서 우리는 음식도 먹고 전문 분장사에게 메이크업도 받았다. 마치 록스타가 된 기분이었다. 진짜 록스타라면 파스타 샐러드가 맛있다고 입에 침이 마르게 칭찬하는 행동 따위는 하지 않았겠지만 말이다. 반면 〈그랜타〉에서 선정되었을 때는 기분이 엉망이었다. 그때 나는 첫 장편소설을 아직 끝내지 못한 상태였고, 심지어 내가 그 소설을 완성할 수 있을지 확신조차 없었다. 따라서 내가 미국 최고의 젊은 작가 중 한 명으로 뽑혔다는 소식은 부담감만 주었다. 그후 일 년 반 동안 나는 컴퓨터 앞에 앉을 때마다 자문했다. "이런, 이제 어떡하지?"

자신이 작가가 될 거라는 것을 언제 처음 알았는가?

작가가 되기로 결심한 것은 일곱 살 때, 2학년 담임선생님에게서 작가가 되라는 말을 들었을 때였다. 그때 나는 생각했다. '작가? 흠, 꽤 그럴듯한 직업이겠는걸. 좋다, 커서 작가가 돼야지.' 대부분 사람과 달리 나는 어린 시절의 꿈을 포기해야 할 이유가 없었다. 그런 점에서 나는 대단히 운이 좋은 것 같다. 내 친구들은 너도나도 야구 선수가 되고 싶어했다. 하지만 그 꿈을 이룬 친구는 한 명도 없다. 난 꿈을 이루지 못했다는 것이 어떤 느낌인지 알지 못하지만 그 점을 감사하게 생각한다.

지금까지 작가로서 가장 흥분되었던 순간은 언제였나?

몇 가지 생각나는 것이 있다. 내 첫 작품인 『여기는 천국입니다』 초판본이 우편으로 배달됐을 때, 그것을 꺼내 책장을 펼치고 냄새를 맡던 순간 기분이 정말 황홀했다. 〈뉴요커〉에 실린 내 이름을 처음 보았을 때도 좋았다. 하지만 지금까지 가장 흥분되었던 순간은 아마도 『소년 짐』의 마지막 문장 끝에 마침표를 찍었을 때일 것이다. 나는 뒤로 몸을 젖히고 생각했다. '그래, 드디어 내가 소설가가 된 거야.' 물론 입에 올리기조차 두려울 만큼 괴롭고 힘들었던 순간도 많았다.

『소년 짐』의 등장인물 가운데 나중에 작품에서 다시 다루어보고 싶은 인물이 있는가?

나는 『소년 짐』에 나오는 짐과 외삼촌들 그리고 엄마에게서 이미 멀리 떨어져 있다. 그들이 그렇게 해달라고 부탁했기 때문이다. 가끔은 『소년 짐』을 삼부작의 첫 권으로 해서 계속 써나가면 어떨까 생각한 적도 있다. 그렇게 하면 나머지 두 권은 『짐, 사랑에 빠지다』와 『짐, 집에 돌아오다』가 될 것이다. 하지만 작가로서 욕심이 많은 또다른 나는 머릿속에서 이렇게 속삭인다. '집어치워. 그런 생각은 그만두라고. 틀에 박힌 작가가 되고 싶나? 그건 안 돼. 무언가 다른 걸 써보란 말이야.'

작가 지망생들에게 소설 작법을 가르칠 때 특별히 해주는 조언이 있나? 추천하는 필독서는 무엇인가?

나는 학생들에게 무엇보다 글쓰기 외에 각자 자신의 일을 해야 한다고 말한다. 검은색 터틀넥을 입고 비통한 표정으로 커피숍에 앉아 있다고 작가가 되는 것은 아니다. 신경과민 환자가 될 뿐 작가는 되지 못한다. 글을 쓰는 것은 결코 쉬운 일이 아니다. 글을 잘 쓰는 법을 배우는 데는 꽤 오랜 시간이 걸린다. 우수한 학생들은 이 사실을 일찌감치 알아차린다. 필독서를 꼽으라면, 헤밍웨이 작품들이다. 특히 헤밍웨이의 초기 단편들을 몇 번

이고 반복해서 읽기를 권한다. 작품 자체도 훌륭할뿐더러 문장
이 단순하고 간결하기 때문에 이야기가 어떻게 돌아가는지 파악
하기가 쉽다. 먼저 이야기라는 기계장치가 어떻게 움직이는지
알아야만 그것을 사용하여 자신의 작품을 만들어낼 수 있다.

토니 얼리의 추천 도서

윌라 캐더, 『대주교에게 죽음이 오다(Death Comes for the Archbishop)』

윌라 캐더, 『나의 안토니아(My Antonia)』

C. S. 루이스, 『나니아 연대기(The Chronicles of Narnia series)』

마저리 롤링스, 『아기 사슴 이야기(The Yearling)』

E. B. 화이트, 『샬롯의 거미줄(Charlotte's Web)』

로라 잉걸스 와일더, 『초원의 집(The Little House on the Prairie)』

옮긴이의 말

'남부 문학'이라는 것이 있다. 미국 문학의 한 장르인데, 여기에 속한 대표적인 작가가 『허클베리 핀의 모험』과 『톰 소여의 모험』을 쓴 마크 트웨인이다.

남부 문학은 주로 남부의 역사, 가족의 중요성, 공동체 의식과 공동체 안에서의 개인의 역할, 정의감, 지역의 지배적인 종교(주로 개신교), 종교로 인한 부담 또는 보상, 인종 간의 갈등, 토지와 그것이 보장하는 미래, 사회적 계층 의식에 초점이 맞춰져 있으며, 남부 사투리가 많이 등장한다. 『소년 짐』은 이 같은 남부 문학의 특징이 잘 드러난 작품이다.

1930년대 미국 노스캐롤라이나 주의 한 시골 마을에 사는 소년의 성장기를 다룬 이 작품은 근래에 보기 드물게 서정적이고 순수하다. 농촌을 배경으로 만든 한 편의 TV 드라마 같다고나 할까. 앨리스빌에서 일상적으로 벌어지는 자질구레한 일들이 소박하면서도 정감 있게 묘사되어 있다. 특히 새 학교의 완공을 기념하는 마을 축제 장면이나 마을에 전기가 처음 들어오던 크리스마스이브날 밤 풍경에 대한 묘사는 훈훈하면서도 아름답다.

등장인물들도 하나같이 소박하고 따뜻한 품성을 지닌 사람들로 묘사되어 있다. 이웃집에 누가 사는지도 잘 모르는 현대사회와는 달리, 짐이 사는 마을에서는 모든 사람들이 한 가족처럼 가까이 지낸다. 그러면서 서로 돕고 슬픔과 기쁨도 함께 나눈다. 그렇다보니 이 작품에는 인간애를 느낄 수 있는 장면이 많다. 특히 예기치 않은 친구의 불행을 눈앞에서 목격하고, 그동안 친구에게 야박하게 군 죄책감에 괴로워하는 짐을 위해 주변 사람들이 자기만의 방식으로 신경을 써주는 모습은 읽는 이의 마음을 따뜻하면서도 뭉클하게 한다.

남부 문학이 대부분 그렇듯, 작품의 전체적인 플롯은 아주 단순하다. 그저 짐이라는 소년이 열 살 생일부터 일 년 동안 겪는 소소한 일상의 에피소드가 전부인 듯하다. 이 작품에서는 강렬한 서스펜스나 상상을 초월하는 반전, 예리한 풍자 같은 것도 찾아볼 수 없다. 그러나 소년과 그의 주변에서 일어나는 사소한 사건들의 이야기가 수채화처럼 맑고 순수하다. 그래서 다 읽고 나면 마음이 깨끗이 정화된 것 같은 기분이 든다.

　작가 토니 얼리는 미국 텍사스 주에서 태어나 노스캐롤라이나 주에서 성장한 전형적인 남부 문학 작가이다. 그는 주로 노스캐롤라이나 주와 관련된 소설을 썼는데, 일찍이 미국 평단으로부터 '주목할 만한 젊은 작가'라는 평을 들은 바 있다. 『소년 짐』은 국내에 소개되는 토니 얼리의 첫 작품으로, 미국에서 출간되자마자 언론의 찬사와 함께 뜨거운 화제를 불러일으킨 작품이다. 아무쪼록 국내에서도 이 작품이 많은 사람들에게 감동을 주고, 오래도록 사랑받기를 바란다.

2011년 5월
정희성

지은이 **토니 얼리**

1961년 미국 텍사스 주에서 태어나 워런 윌슨 칼리지와 앨라배마 대학을 졸업했다. 1994년 단편 『목성의 예언자』로 내셔널 매거진 어워드 소설상과 미디어에서 화제가 된 작품에 주어지는 펜/신디케이티드 소설상을 수상했다. 1996년 〈그랜타〉 선정 '미국의 젊은 소설가 20인'에, 1999년 〈뉴요커〉 선정 '21세기에 주목해야 할 미국 작가 20인'에 뽑혔다. 발표한 작품으로 단편집 『여기는 천국입니다』와 장편소설 『블루 스타』, 수필집 『가족의 탄생』 등이 있다. 현재 밴더빌트 대학교에서 영어와 글쓰기를 가르치고 있다.

옮긴이 **정회성**

일본 도쿄대학에서 비교문학을 공부하고 성균관대학교와 덩지대학교 등에서 강의했으며 지금은 번역과 함께 창작을 하고 있다. 번역한 책으로 『에메랄드 아틀라스』 『똥보가 세상을 지배한다』 『줄무늬 파자마를 입은 소년』 『왓슨 가족 버밍햄에 가다』 『피그맨』 『1984』 『에덴의 동쪽』 『뻐꾸기 둥지 위로 날아간 새』 등이, 지은 책으로 『영어문법 한방에 끝내기』 『영문법 나만 따라와』 『친구』 『작은 영웅 이크발 마시』 『책 읽어주는 로봇』 등이 있다.

문학동네 세계문학

소년 짐

초판인쇄 2011년 6월 7일 | 초판발행 2011년 6월 17일

지은이 토니 얼리 | 옮긴이 정회성 | 펴낸이 강병선
책임편집 허주미 | 독자 모니터 최진아
디자인 엄혜리 이원경 | 저작권 김미정 한문숙
마케팅 정민호 김도윤 박보람 정진아 | 온라인 마케팅 이숙혁 한민아 장선아
제작 안정숙 서동관 김애진 | 제작처 (주)상지사P&B

펴낸곳 (주)문학동네
출판등록 1993년 10월 22일 제406-2003-000045호
주소 413-756 경기도 파주시 교하읍 문발리 파주출판도시 513-8
전자우편 editor@munhak.com | 대표전화 031) 955-8388 | 팩스 031) 955-8855
문의전화 031) 955-3576(마케팅) 031) 955-2657(편집)
문학동네카페 http://cafe.naver.com/mhdn

ISBN 978-89-546-1513-6 03840

www.munhak.com

필경사 바틀비

허먼 멜빌 소설 | 하비에르 사발라 그림 | 공진호 옮김

『모비 딕』의 작가 허먼 멜빌의 대표 단편. 고층 빌딩에 둘러싸인 삭막한 월 스트리트에서 안락하고 원만하게 살아온 한 변호사 앞에 기이한 필경사가 등장한다. 음울하고 말수 적은 그의 이름은 바틀비. 무력해 보이기만 하는 이 사내가 던진 한마디가 월 스트리트의 철벽에 균열을 일으키기 시작한다.

검은 고양이

에드거 앨런 포 소설 | 루이스 스카파티 그림 | 강미경 옮김

19세기 미국 낭만주의를 대표하는 작가이자 추리소설의 선구자라 불리는 에드거 앨런 포의 공포 단편선. 극한으로 치닫는 인간의 광기와 공포를 그린 세 작품 「검은 고양이」 「나락과 진자」 「때 이른 매장」의 어둡고 괴기스러운 분위기가 루이스 스카파티의 무채색 삽화를 통해 실감나게 전해진다.

지킬 박사와 하이드 씨

로버트 루이스 스티븐슨 소설 | 마우로 카시올리 그림 | 강미경 옮김

『보물섬』의 작가 로버트 루이스 스티븐슨이 인간의 마음속에 공존하는 선과 악의 대립에 대해 던지는 심오한 질문. 명망 높은 과학자 헨리 지킬 박사와 혐오스러운 흉악범 에드워드 하이드, 두 사람의 미스터리한 이야기가 마우로 카시올리의 그림과 더불어 독자를 사로잡는다.

변신

프란츠 카프카 소설 | 루이스 스카파티 그림 | 이재황 옮김

모든 것이 불확실하고 출구를 찾을 수 없는 현대인의 삶 속에서 인간에게 주어진 불안한 의식과 구원에의 꿈 등을 명료한 언어로 아름답게 형상화한 카프카의 대표작. 그리고 『변신』의 한 장면 한 장면을 더없이 '카프카적'으로 그려 보이는 루이스 스카파티의 삽화는 『변신』뿐 아니라 카프카 문학세계 전체의 이미지를 생생하게 보여준다.